CLÁSSICOS DA LITERATURA UNIVERSAL

POLLYANNA MOÇA

O livro é a porta que se abre para a realização do homem.

Jair Lot Vieira

ELEANOR H. PORTER

POLLYANNA MOÇA

Tradução
Marina Petroff

VIA LEITURA

Título original: *Pollyanna Grows Up*. Publicado originalmente em Boston, Estados Unidos, em 1915, por The Page Company.

Grafia conforme o novo Acordo Ortográfico da Língua Portuguesa.

1ª edição, 2017.

Editores: Jair Lot Vieira e Maíra Lot Vieira Micales
Produção editorial: Denise Gutierres Pessoa
Assistência editorial: Thiago Santos
Capa: Marcela Badolatto | Studio Mandragora
Preparação: Tatiana Tanaka
Revisão: Andressa Bezerra Corrêa e Thiago Santos
Editoração eletrônica: Estúdio Design do Livro

Dados Internacionais de Catalogação na Publicação (CIP)
(Câmara Brasileira do Livro, SP, Brasil)

Eleanor H. Porter, 1868-1920.

Pollyanna moça / Eleanor H. Porter; tradução de Marina Petroff. - São Paulo: Via Leitura, 2017. - (Coleção Clássicos da Literatura Universal).

Título original: *Pollyanna Grows Up*; 1ª edição 1915.

ISBN 978-85-67097-35-0

1. L I. Petroff, Marina II. Título. III. Série.

16-00359 CDD-028.5

Índices para catálogo sistemático:
1. Literatura infantil 028.5
2. Literatura infantojuvenil 028.5

VIA LEITURA

São Paulo: 11 3107-4788
Bauru: 14 3234-4121
www.vialeitura.com.br

Para
meu primo Walter.

SUMÁRIO

CAPÍTULO 1
DELLA DESABAFA

DELLA WETHERBY subiu os degraus um tanto imponentes da residência da irmã na avenida Commonwealth e apertou com força o botão da campainha. Do topo de seu chapéu de abas largas até a ponta do sapato baixo ela irradiava saúde, capacidade e disposição. Mesmo sua voz, cumprimentando a empregada que lhe abriu a porta, vibrava com a alegria de viver.

– Bom dia, Mary. A minha irmã está?

– S-sim, senhora, a senhora Carew está sim – hesitou a garota –, mas avisou que não receberia ninguém.

– É mesmo? Bem, eu não sou ninguém – sorriu a senhorita Wetherby –, então ela me receberá. Não se preocupe... Eu levo a culpa – assentiu, em resposta ao olhar temeroso da garota. – Onde ela está, na sala?

– S-sim, senhora, mas... é isso, ela avisou... – A senhorita Wetherby, entretanto, já se encontrava no meio da ampla escada, e, com um olhar desesperado para trás, a empregada foi embora.

No saguão de cima, Della Wetherby seguiu sem vacilar em direção a uma porta semiaberta e bateu.

– Bem, Mary – respondeu uma voz impaciente. – Eu não avisei... Oh! Della! – A voz de repente mostrou-se amorosa e surpresa. – Minha querida, de onde está vindo?

– Sim, sou eu – disse a jovem alegremente, já no meio da sala. – Estou chegando de um domingo na praia com duas outras enfermeiras e devo voltar para o sanatório. Isto é, estou aqui agora, mas não posso demorar. Dei uma passadinha para isso... – concluiu, dando um beijo carinhoso na dona da voz desanimada.

A senhora Carew franziu a testa e recuou com certa frieza. O leve traço de alegria e animação que havia dominado seu rosto desapareceu, restando apenas um mau humor abatido que parecia ser seu aspecto habitual.

– Ah, é claro! Eu devia ter adivinhado – respondeu. – Você nunca se demora... aqui.

– Aqui! – Della Wetherby riu e ergueu os braços. Então, de repente, sua voz e modos mudaram, e ela lançou um olhar sério e terno para a irmã. – Ruth, querida, eu não conseguiria viver nesta casa, de jeito nenhum. Você sabe que não... – concluiu docilmente.

A senhora Carew se agitou, irritada.

– Não tenho tanta certeza disso – rebateu.

Della Wetherby meneou a cabeça.

– Tem sim, querida. Sabe que não gosto nem um pouco disso: da melancolia, da falta de objetivos, da insistência na angústia e na amargura.

– Mas eu *sou* angustiada e amarga.

– Não deveria ser.

– Por que não? Que motivo eu tenho para ser diferente?

Della Wetherby fez um gesto de impaciência.

– Escute aqui, Ruth – contestou–, você tem trinta e três anos, boa saúde, ou teria se se cuidasse adequadamente, e com certeza tem bastante tempo e muito dinheiro. Sem dúvida qualquer um lhe diria que precisa encontrar *alguma coisa* para fazer nesta linda manhã, em vez de ficar enclausurada nesta casa que mais parece

CAPÍTULO 1

uma tumba, dando instruções à empregada de que não quer ver ninguém.

– Mas eu *não quero* ver ninguém.

– Então eu te *faço* querer.

A senhora Carew deu um suspiro cansado e virou o rosto.

– Oh, Della, por que você não entende nunca? Não sou como você. Não consigo... esquecer.

Uma expressão de dor cruzou rapidamente o rosto da jovem mulher.

– Você se refere... ao Jamie, suponho. Eu não o esqueço, querida. É claro que não poderia esquecê-lo. Mas ficar se lastimando não ajudará a encontrá-lo...

– Como se eu não tivesse tentado encontrá-lo durante oito longos anos, sem me lastimar – interrompeu a senhora Carew, indignada, com um soluço na voz.

– É claro que tentou, querida – a irmã acalmou-a rapidamente –, e continuaremos a busca, nós duas, até o encontrarmos, ou até morrermos. Mas *este* tipo de coisa não ajuda.

– Não quero fazer mais nada – murmurou Ruth Carew melancolicamente.

Por um momento reinou o silêncio, com a mulher mais jovem sentada observando a irmã com um olhar preocupado e reprovador.

– Ruth – disse ela, finalmente, um tanto irritada –, desculpe-me, mas... você continuará sempre assim? Sei que ficou viúva, eu entendo; mas sua vida de casada durou só um ano, e seu marido era muito mais velho, você não passava de uma criança na época. Agora aquele ano tão curto deve parecer apenas um sonho. Com certeza você não vai amargar isso a vida toda!

– Não, oh não – murmurou a senhora Carew, ainda melancólica.

– Então, você *continuará* assim para sempre?

– Bem, é claro que se eu pudesse encontrar o Jamie...

– Sim, sim, eu sei; mas Ruth, querida, não existe nada no mundo além do Jamie... que possa te dar *alguma* alegria?

– Não parece haver nada que eu possa imaginar – suspirou a senhora Carew, indiferente.

– Ruth! – exclamou repentinamente a irmã, quase com raiva. Então, de repente, ela riu. – Ora, Ruth, Ruth, eu gostaria de lhe dar uma dose de Pollyanna. Não conheço ninguém que precise disso mais que você.

A senhora Carew ficou tensa.

– Bem, não imagino o que possa ser uma Pollyanna, mas seja o que for não quero – replicou rispidamente, agora irritada. – Aqui não é o seu adorado sanatório, e eu não sou sua paciente para ser medicada e mandada, por favor lembre-se disso.

Os olhos de Della Wetherby se alegraram, embora os lábios continuassem amuados.

– Pollyanna não é um remédio, querida – explicou com calma –, embora tenha ouvido que algumas pessoas a considerem um tônico. Pollyanna é uma garotinha.

– Uma criança? Bem, como eu iria adivinhar? – retorquiu a outra, ainda ofendida. – Você tem a sua "beladona", então não sei por que não teria uma "Pollyanna". Além disso, está sempre recomendando algo para eu tomar, e tenho certeza de que ouvi você dizer "dose", e dose geralmente significa algum tipo de remédio.

– Bem, Pollyanna é um remédio... algo parecido. – Della sorriu. – De qualquer forma, todos os médicos do sanatório declaram que ela é melhor que qualquer remédio que possam prescrever. Ela é uma garotinha, Ruth, de doze ou treze anos, que esteve no sanatório durante todo o verão passado e a maior parte do inverno. Eu não convivi com ela mais que um ou dois meses, pois ela partiu logo após eu ter chegado. Mas isso bastou para eu ficar encantada com ela. Além disso, o sanatório inteiro ainda fala dela e pratica seu jogo.

– *Jogo?!*

– Sim – Della assentiu, com um sorriso curioso. – Seu "jogo do contente". Jamais esquecerei a primeira vez que soube dele. Um dos procedimentos do tratamento dela era particularmente desagradável, doloroso até. Deveria ser aplicado toda terça-feira pela manhã e, logo após minha chegada, passou a ser minha responsabilidade fazê-lo. Fiquei com medo, pois, pela experiência que tive com outras crianças, sabia o que esperar: mau humor e lágrimas,

CAPÍTULO 1

se não algo pior. Mas para minha infinita surpresa, ela me recebeu com um sorriso e disse estar feliz em me ver; e se acreditar, nunca ouvi um lamento sequer durante toda essa provação, embora soubesse que eu a machucava cruelmente. Acredito que eu deva ter dito algo que demonstrou minha surpresa, pois ela me explicou, muito séria: "Ah, sim, eu costumava me sentir assim também, e tinha tanto medo, até imaginar que era exatamente como os dias de lavar roupa da Nancy, e então eu deveria ficar mais contente nas *terças*, pois não haveria outro procedimento durante a semana inteira".

– Nossa, que extraordinário! – exclamou a senhora Carew, franzindo a testa, sem entender muito bem. – Mas não consigo perceber *jogo* nenhum aí.

– Também demorei para perceber. Mas então ela me contou. Parece que ela era órfã de mãe, filha de um pobre pastor do oeste e foi criada pela Liga das Senhoras recebendo doações de missionários. Quando era pequena, a menina queria uma boneca; então aguardou confiante a próxima doação, mas nela viera só um par de muletas. A criança chorou, é claro, e foi então que o pai lhe ensinou o jogo de procurar um motivo para ficar alegre com tudo o que ocorria, dizendo que ela poderia começar imediatamente, ficando contente por não *precisar* de muletas. Aquilo foi o início. Pollyanna disse que era um jogo adorável e que vinha jogando desde então; e, quanto mais difícil era encontrar a parte de se alegrar, mais divertido ficava, exceto quando era *terrivelmente* difícil, como ela achava vez ou outra.

– Puxa, que extraordinário! – murmurou a senhora Carew, ainda não entendendo por completo.

– Você pensaria ainda mais assim se pudesse constatar os resultados desse jogo no sanatório – Della continuou –, e o doutor Ames diz que ouviu que a menina revolucionou a cidade de onde veio da mesma forma. Ele conhece muito bem o doutor Chilton, o homem que se casou com a tia de Pollyanna. E, a propósito, acredito que o casamento tenha sido um de seus feitos. Ela conseguiu reconciliar o casal depois de uma antiga briga. Veja, há uns dois anos ou mais, o pai de Pollyanna faleceu, e a garotinha foi mandada para o leste, para a casa da tia. Em outubro, ela foi atropelada e lhe disseram que jamais voltaria a andar. Em abril o doutor Chilton a encaminhou ao sanatório, onde ela ficou até março, quase um ano. Voltou para casa praticamente curada. Deveria tê-la visto! Havia apenas uma nuvem para frustrar sua felicidade: ela não podia voltar *caminhando* até lá. Pelo que entendi, a cidade inteira apareceu para recebê-la, com direito a banda e faixas. Mas não dá para falar sobre Pollyanna. É preciso *conhecê-la.* E é por isso que eu gostaria que você tivesse uma dose de Pollyanna. Isso te faria tão bem!

A senhora Carew ergueu um pouco o queixo.

– Na verdade, acho que devo discordar de você – ela replicou com frieza. – Não faço nenhuma questão de ser "revolucionada" e não tenho antigas brigas de casal para resolver; e se há *uma coisa* que seria insuportável para mim, seria ter uma senhorita Certinha me aconselhando o quanto eu deveria agradecer. Jamais suportaria... – Mas uma sonora gargalhada a interrompeu.

– Ora, Ruth, Ruth – engasgou Della, rindo bastante. – Senhorita Certinha, de fato, *Pollyanna*! Ah, se você pudesse ver essa garotinha agora! Mas eu deveria saber. Eu lhe disse que não dá para falar sobre Pollyanna. E, é claro, você não terá como vê-la. Mas... Senhorita Certinha? É mesmo! – E tornou a cair na risada. Quase imediatamente, porém, ela ficou séria e observou a irmã com o antigo olhar preocupado. – Falando sério, querida, não dá para fazer nada? – ela implorou. – Você não deveria desperdiçar sua vida desse jeito. Por que não tenta sair um pouco e encontrar pessoas?

– Por que eu deveria, se não quero? Estou cansada de... gente. Você sabe que nunca gostei de companhia.

– Então por que não tenta se ocupar de alguma forma... Com caridade?

A senhora Carew fez um gesto impaciente.

– Querida, nós já falamos sobre tudo isso antes. Eu doo dinheiro, muito dinheiro, e isso basta. De fato, nem sei quanto, mas é muito. Não acredito na ideia de pauperizar as pessoas.

– Mas se você se doasse um pouco, querida – sugeriu Della, gentilmente. – Se ao menos se interessasse por algo fora de sua vida, isso a ajudaria tanto, e...

– Escute, Della, querida – interrompeu a irmã mais velha, impaciente. – Eu a amo e adoro que venha aqui, mas simplesmente não consigo aguentar que alguém me dê sermões. É muito fácil para você se transformar em anjo de misericórdia e distribuir copos de água gelada, fazer curativos em cabeças feridas e coisas do tipo. Talvez *você* consiga esquecer Jamie dessa forma, mas eu não. Isso só me faria pensar nele ainda mais, imaginando se *ele* teria alguém para lhe servir água ou fazer um curativo na cabeça dele. Além disso, a coisa toda seria muito desagradável para mim... Misturar-me com todo tipo de pessoas.

– Você já tentou alguma vez?

– Ora, é claro que não! – A voz da senhora Carew demonstrou desdém e indignação.

– Então como pode saber antes de tentar? – indagou a jovem enfermeira, pondo-se em pé, um tanto cansada. – Mas eu preciso ir embora, querida. Devo me encontrar com as garotas na estação Sul. Nosso trem sai ao meio-dia e meia. Sinto muito se fiz você ficar zangada comigo – concluiu, dando um beijo de despedida na irmã.

– Não estou zangada com você, Della – suspirou a senhora Carew –, só queria que entendesse!

Um minuto mais tarde, Della Wetherby atravessou os aposentos sombrios e silenciosos, saindo para a rua. O rosto, os passos e os modos eram muito diferentes daqueles de quando subiu os degraus, menos de meia hora antes. Toda a vivacidade, a ligeireza e a alegria de viver desapareceram. Apática, arrastou-se por meio quarteirão. Então, de repente, jogou a cabeça para trás e respirou fundo.

– Uma semana naquela casa me mataria. – Ela estremeceu. – Acredito que nem mesmo Pollyanna pudesse jogar uma luz naquela tristeza! E a única coisa com que ela conseguiria se alegrar seria não ter de ficar lá.

Entretanto, aquela descrença declarada na habilidade de Pollyanna em mudar o lar da senhora Carew para melhor não era a opinião real de Della Wetherby, como ficou provado rapidamente, pois, mal chegou ao sanatório, descobriu algo que a fez voltar correndo o trajeto de oitenta quilômetros, até Boston, no dia seguinte.

Encontrou as circunstâncias na casa da irmã tão exatamente iguais estavam antes, que parecia que a senhora Carew não se movera desde que ela a deixou.

– Ruth – Della desembestou a falar, após responder ao cumprimento surpreso da irmã –, eu simplesmente *tive* de vir, e, desta vez, você deve me ouvir e me deixar fazer as coisas do meu jeito. Ouça! Acho que você pode ter aquela pequena, Pollyanna, aqui, se quiser.

– Mas eu não quero – replicou a senhora Carew, com fria rapidez.

Della Wheterby pareceu não ter ouvido. E continuou, animada:

– Quando voltei ontem, descobri que o doutor Ames recebera uma carta do doutor Chilton, o homem que se casou com a tia de Pollyanna, sabe? Bom, parece que ele contou que viajaria à Alemanha para um curso especial de inverno e levaria a esposa consigo, se pudesse persuadi-la de que Pollyanna ficaria bem em algum internato aqui durante esse período. Mas a senhora Chilton não gostaria de deixar Pollyanna o tempo inteiro em uma escola, então ele teme que a esposa não vá. Agora, Ruth, esta é a nossa chance. Eu quero que *você* hospede Pollyanna por uns meses e deixe que ela frequente alguma escola aqui por perto.

– Que ideia mais absurda, Della! Como se eu quisesse uma criança para me importunar aqui!

– Ela não a atrapalhará em nada. Deve estar com quase treze anos, e é a garotinha mais capacitada que já se viu.

– Não gosto de crianças "capacitadas" – rebateu a senhora Carew, perversa. Mas ela riu, e por ela ter rido sua irmã se encheu de repentina coragem e redobrou os esforços.

Talvez tivesse sido a surpresa do apelo, ou a novidade do fato. Talvez a história de Pollyanna tenha, de alguma forma, tocado o coração de Ruth Carew. Ou talvez fosse apenas sua relutância em negar o apelo apaixonado da irmã. Qualquer que tenha sido o fator que virou a balança, quando Della Wetherby saiu apressada meia hora mais tarde, carregava consigo a promessa de Ruth Carew de receber Pollyanna em sua casa.

– Mas lembre-se apenas – recomendou a senhora Carew, antes de sua partida –, lembre-se que, no instante em que essa criança começar a me passar sermão e me dizer para contar minhas bênçãos, ela voltará para você, que poderá fazer o que quiser com essa menina. *Eu* não ficarei com ela!

– Vou me lembrar disso, mas não estou nem um pouco preocupada – disse a irmã mais jovem com um meneio de cabeça, despedindo-se. Ao sair da casa, apressada, murmurou consigo: – Metade da minha tarefa está cumprida. Agora a outra metade é fazer Pollyanna vir aqui. Ela tem de vir. Vou escrever uma carta, assim eles não terão como não deixar.

CAPÍTULO 2

ALGUNS VELHOS AMIGOS

NAQUELE MÊS DE AGOSTO, em Beldingsville, a senhora Chilton esperou até que Pollyanna fosse para a cama antes de falar com o marido sobre a carta que chegara naquela manhã. Para aquele assunto, ela teria de aguardar, de qualquer jeito, pelas horas lotadas de consultório e as duas longas e distantes jornadas do doutor pelas montanhas que não deixavam tempo para conferências domésticas.

Na verdade, eram quase nove e meia da noite quando o doutor entrou na sala de estar da esposa. Seu rosto cansado se iluminou ao vê-la, mas logo um questionamento perplexo surgiu em seus olhos.

– Querida, o que foi? – perguntou, preocupado.

A esposa deu uma risada aflita.

– Bem, é uma carta, mas eu não esperava que descobrisse só de olhar para mim.

– Então sua aparência não deveria demonstrar isso. – Ele sorriu. – Mas do que se trata?

A senhora Chilton hesitou, apertou os lábios, e por fim ergueu uma carta que estava ao seu lado.

CAPÍTULO 2

– Vou ler para você – explicou. – É de uma senhorita chamada Della Wetherby, do sanatório do doutor Ames.

– Tudo bem, vá em frente – disse o homem, alongando-se no sofá ao lado da cadeira da esposa.

Mas a esposa não "foi em frente" de imediato. Primeiro se levantou e cobriu o corpo reclinado do marido com uma manta de lã penteada. O dia do casamento da senhora Chilton ocorrera há um ano, e agora ela estava com quarenta e dois anos. Às vezes, parecia que tinha tentado preencher aquele curto ano de casamento com todo o cuidado amoroso e "maternal" que se acumulara em vinte anos de carência de amor e de solidão. Tampouco o médico – que na época do casamento tinha quarenta e cinco anos e não era capaz de se lembrar de nada além da falta de amor e da solidão –, de sua parte, desaprovava seus "cuidados concentrados". Na verdade, agia como se os apreciasse muito, embora tivesse o cuidado de não demonstrar demais: descobrira que a senhora Polly fora senhorita Polly durante tanto tempo que tendia a se retrair em pânico e considerar seus cuidados como "bobos", caso fossem recebidos com muita atenção e avidez. Então ele se contentou com uma mera carícia na mão dela, que lhe alisou a manta, ajeitando-se em seguida para ler a carta em voz alta. Della Wetherby escreveu:

Prezada senhora Chilton,

Por seis vezes cheguei a começar e depois rasguei a carta, então agora resolvi não "começar", mas simplesmente contar o que eu quero de uma vez. Eu quero Pollyanna. Isso é possível?

Encontrei a senhora e seu esposo em março passado, quando vieram para levar Pollyanna para casa, mas acredito que não se lembrem de mim. Pedi ao doutor Ames (que me conhece muito bem) que escrevesse para o seu marido, para que a senhora possa (espero eu) não temer em confiar sua pequena querida sobrinha aos nossos cuidados.

Soube que viajaria para a Alemanha com seu marido se não fosse por Pollyanna; isso me leva a ousar lhe pedir que nos deixe cuidar dela. Na realidade, estou lhe implorando, senhora Chilton, que permita que ela fique conosco. E agora, deixe-me que eu lhe conte o motivo.

Minha irmã, a senhora Carew, é uma mulher solitária, abatida, descontente e infeliz. Vive em um mundo sombrio, onde nenhum raio de sol penetra. Eu acredito que, se há algo na Terra que possa trazer luz em sua vida, esse algo é a sua sobrinha, Pollyanna. A senhora permitiria que ela tentasse? Desejaria poder lhe contar o que ela fez aqui no sanatório, mas só falar não adiantaria. A senhora precisaria ver com os próprios olhos. Há tempos descobri que não há como contar sobre Pollyanna. No momento em que tentar, ela parece esnobe, tediosa e... impossível. Por outro lado, a senhora e eu sabemos que ela não é nem um pouco assim. É preciso trazer Pollyanna à cena e deixá-la falar por si só. Então, eu gostaria de levá-la para a casa da minha irmã e deixá-la agir. É claro que ela frequentaria uma escola, mas, enquanto isso, acredito fielmente que ela estaria curando as feridas no coração de minha irmã.

Não sei como concluir esta carta. Acredito que seja mais difícil do que foi começá-la. Temo que nem queira terminá-la. Gostaria de continuar escrevendo, escrevendo, por medo de que, caso eu pare, possa lhe dar uma chance de dizer não. E então, caso esteja tentada a dizer aquela palavra tenebrosa, será que poderia considerar que... que ainda estou escrevendo e lhe contando o quanto queremos e precisamos de Pollyanna?

Esperançosa,

Della Wetherby

– Aí está – exclamou a senhora Chilton, baixando a carta. – Alguma vez você já leu uma carta tão impressionante, ou ouviu um pedido tão absurdamente ridículo?

CAPÍTULO 2

– Bem, não tenho tanta certeza. – O médico sorriu. – Não acho que seja absurdo querer Pollyanna.

– Mas... mas da maneira como ela coloca... curar as feridas do coração da irmã e todo o resto. Alguém pode pensar que a menina seja um tipo de... remédio!

O médico caiu na risada e ergueu as sobrancelhas.

– Bem, eu não tenho muita certeza disso, mas acho que ela é, Polly. Eu *sempre* disse que gostaria de poder prescrevê-la e comprá--la, como se fosse uma caixa de comprimidos; e Charlie Ames diz que no sanatório eles sempre tentaram dar uma dose de Pollyanna aos pacientes assim que eles chegavam, durante o ano inteiro que ela esteve lá.

– "Dose", realmente! – comentou a senhora Chilton com desdém. – Então você não pensa em deixá-la ir?

– Deixar? Mas é claro que não! Você acha que eu deixaria aquela criança ficar com pessoas totalmente estranhas como aquelas? E como são estranhas! Ora, Thomas, eu deveria esperar que aquela enfermeira a engarrafasse e rotulasse com instruções de uso e tudo o mais até a hora que voltássemos da Alemanha.

O médico tornou a jogar a cabeça para trás e a dar gargalhadas, mas só por um momento. Seu rosto mudou perceptivelmente quando buscou uma carta no bolso.

– Eu também tive notícias do doutor Ames esta manhã – contou num tom de voz estranho, que deixou a esposa com uma expressão intrigada. – Suponho que é a minha vez de ler minha carta.

E começou:

Prezado Tom,

A senhorita Della Wetherby pediu que eu lhe descrevesse a "personalidade" dela e de sua irmã, o que faço com grande satisfação. Conheço as meninas Wetherby desde bebês. Elas vêm de uma bela e antiga família e são senhoras muito distintas. Você não tem nada a temer neste ponto.

Havia três irmãs: Doris, Ruth e Della. Doris casou-se com um homem chamado John Kent, totalmente contra o desejo de seus familiares. Kent vinha de uma boa família, mas ele mesmo não era grande coisa, acredito eu, e com certeza era um homem muito excêntrico e desagradável para se lidar. Ele ficou furioso com a atitude dos Wetherby em relação a ele, e houve pouca comunicação entre as famílias até a chegada do bebê. Os Wetherby adoraram o pequenino James – "Jamie", como o chamavam. Doris, a mãe, faleceu quando o menino completou quatro anos, e os Wetherby fizeram todo esforço possível para que o pai entregasse de vez o menino a eles quando, de repente, Kent desapareceu, levando o menino consigo. Desde então, nunca mais ouviram falar dele, embora tenha sido feita uma busca pelo mundo todo.

A perda praticamente matou os velhos senhor e senhora Wetherby. Ambos morreram logo em seguida. Ruth já havia se casado e enviuvado. Seu marido era um homem chamado Carew, muito rico e muito mais velho que ela. Após o casamento, ele viveu um ano (no máximo), e a deixou com um filho, que também faleceu em um ano.

Desde a época do desaparecimento do pequeno Jamie, Ruth e Della pareciam ter apenas um objetivo na vida, que era encontrá-lo. Elas gastaram dinheiro a rodo e reviraram o mundo inteiro, mas sem sucesso. Depois de um tempo, Della se ocupou com enfermagem. Ela está fazendo um trabalho esplêndido e se tornou uma mulher sã, animada e eficiente como deveria ser, embora jamais esqueça o sobrinho perdido nem deixe de seguir qualquer pista que possa levá-la até ele.

Mas com a senhora Carew a coisa é bem diferente. Após ter perdido o próprio filho, parece que concentrou todo seu amor materno frustrado no filho da irmã. Como pode imaginar, ela ficou desvairada quando o menino desapareceu. Isso ocorreu há oito anos – para ela, oito longos anos de tristeza, melancolia e amargura. É claro que tudo o que o dinheiro pode comprar ela tem a seu dispor; mas nada a agrada, nada lhe interessa. Della acredita que chegou a hora de afastar Ruth dessa tristeza, de qualquer jeito; e também que a pequena e iluminada sobrinha de sua esposa, Pollyanna, possui a chave mágica que destrancará a porta para uma nova existência da irmã dela. Sendo este o caso, espero que não vejam percalço em conceder-lhe o pedido. E, quero acrescentar que eu, pessoalmente, também agradeceria o favor, pois Ruth Carew e sua irmã são velhas amigas muito queridas por mim e pela minha esposa; tudo o que as afeta, nos afeta também.

Sinceramente,

Charlie

Terminada a carta, reinou um longo silêncio; tão longo que o médico murmurou:

– E então, Polly?

Mas o silêncio continuou. Observando o rosto de sua esposa de perto, o médico percebeu que os lábios e o queixo, normalmente firmes, tremiam. Em silêncio, ele esperou até que a esposa falasse.

– Quão cedo... você acha... que elas a aguardam? – ela perguntou por fim.

Surpreso, o doutor teve um pequeno sobressalto.

– Você quer dizer... que *vai* deixá-la ir? – indagou.

A esposa se voltou, indignada.

– Ora, Thomas Chilton, que pergunta! Você acredita mesmo que, depois de uma carta como essa, eu possa fazer algo que não seja *permitir* que ela vá? Além disso, não é o *próprio* doutor Ames que está nos pedindo? Você acha que, depois de tudo que aquele homem fez por Pollyanna, eu lhe recusaria algum favor, não importa o que fosse?

– Minha querida! Só espero que o médico não tenha a ideia de pedir *você*, meu amor – murmurou o esposo de um ano, com um sorriso estranho

Mas a esposa lhe lançou um olhar de merecido desprezo e respondeu:

– Você pode escrever respondendo ao doutor Ames que mandaremos Pollyanna; e peça a ele que diga para a senhorita Wetherby para nos enviar todas as instruções. Isso deve ocorrer antes do dia 10 do mês que vem, claro, pois é quando você embarca; e, naturalmente, antes de partir quero ter certeza de que ela está bem-adaptada.

– Quando contará para Pollyanna?

– Provavelmente amanhã.

– O que dirá a ela?

– Não sei exatamente o quê, mas com certeza o mínimo possível. Não importa o que aconteça, Thomas, não queremos mimar Pollyanna; mas não tem como uma criança não ficar mimada se acreditar que é um tipo de... de...

– De remédio com instruções completas de como tomar? – completou o doutor, sorrindo.

– Sim – suspirou a senhora Chilton. – É a ausência de consciência dela que a salva disso tudo. Você *sabe* disso, querido.

– Sei, sim – ele assentiu.

– Ela sabe, é claro, que você, eu e metade da cidade jogamos com ela e que nós... nós somos maravilhosamente mais felizes pelo fato de *estarmos* jogando. – A voz da senhora Chilton tremeu um pouco, depois se firmou, e ela continuou: – Mas se, de forma consciente, ela não for mais a pequenina iluminada e feliz que joga o jogo que o pai lhe ensinou, ela se tornará exatamente o que aquela enfermeira chamou de "impossível". Então, eu direi qualquer coisa a ela, menos que ficará com a senhora Carew para animá-la – concluiu, erguendo-se resoluta e deixando seu trabalho de lado.

– E acredito que você esteja certa nisso – aprovou o doutor.

Pollyanna foi informada no dia seguinte; e foi assim que tudo aconteceu:

CAPÍTULO 2

– Minha querida – começou a tia, quando as duas estavam sozinhas naquela manhã –, o que acha de passar o próximo inverno em Boston?

– Com a senhora?

– Não, resolvi ir com seu tio para a Alemanha, mas a senhora Carew, uma amiga querida do doutor Ames, pediu que você ficasse com ela durante o inverno ou um pouco mais, então acho que permitirei.

O rosto de Pollyanna se entristeceu.

– Mas em Boston eu não terei o Jimmy, nem o senhor Pendleton, nem a senhora Snow, nem ninguém que eu conheça, tia Polly.

– Não, querida, mas você também não os tinha quando chegou aqui... Até conhecê-los.

Pollyanna logo deu um sorriso.

– É verdade, tia Polly, eu não os conhecia! E isso significa que lá em Boston há alguns Jimmys e senhores Pendleton e senhoras Snow esperando por mim e que eu não conheço, certo?

– Sim, querida.

– Então, posso ficar contente por isso. Acredito agora, tia Polly, que a senhora sabe praticar o jogo melhor do que eu. Eu não cheguei a pensar nas pessoas lá, esperando para me conhecer. E há tantas delas! Vi algumas quando estive lá há dois anos, com a senhora Gray. Ficamos por duas horas, a caminho daqui, quando vínhamos do Oeste. Havia um homem na estação: um homem verdadeiramente encantador, que me disse onde eu poderia beber água. Será que ele está lá agora? Eu gostaria de conhecê-lo. E havia uma senhora simpática com uma menininha. Elas moram em Boston, pelo que me contaram. O nome da garotinha era Susie Smith. Quem sabe eu possa reencontrá-las. Será que consigo? E havia um menino e outra senhora com um bebê, só que eles viviam em Honolulu, então provavelmente não conseguirei encontrá-los lá agora. Mas a senhora Carew estará lá de qualquer jeito. Quem é a senhora Carew, tia Polly? É nossa parente?

– Puxa, Pollyanna! – exclamou a senhora Chilton, um tanto sorridente, um tanto desesperada. – Como espera que alguém consiga acompanhar o que você diz tão rápido, quanto mais seguir seus pensamentos, quando eles pulam para Honolulu e voltam em dois segundos?

Não, a senhora Carew não é parente nossa, mas sim irmã de Della Wetherby. Você se lembra da senhorita Wetherby, do sanatório?

Pollyanna bateu palmas.

– Irmã *dela*? Irmã da senhorita Wetherby? Ora, então sei que será adorável, pois a senhorita Wetherby era. Eu adorava a senhorita Wetherby. Apareciam ruguinhas ao redor de seus olhos e de sua boca quando sorria, e ela conhecia as histórias *mais* interessantes. Mas só tive sua companhia por dois meses, pois ela entrou lá um pouco antes de eu ir embora. Primeiro, fiquei triste por ela não ter estado lá o tempo *todo*, mas depois eu já estava contente, pois, se eu *tivesse* ficado aos seus cuidados desde o início, teria sido muito mais difícil me despedir dela, do que tendo convivido só um pouco. E agora será como se eu estivesse com a senhorita Wetherby novamente, já que ficarei com a irmã dela.

A senhora Chilton inspirou, prendeu a respiração e mordeu o lábio.

– Mas, Pollyanna, querida, você não deve esperar que elas sejam tão iguais – sugeriu.

– Ora, mas são *irmãs*, tia Polly – argumentou a garotinha, arregalando os olhos –, e pensei que as irmãs fossem sempre parecidas. Tivemos dois pares delas na Liga das Senhoras. Um era de gêmeas, e elas eram *tão* iguais que não dava para dizer quem era a senhora Peck e quem era a senhora Jones, até uma verruga crescer no nariz da senhora Jones, então é claro que sabíamos, pois procurávamos primeiro pela verruga. E foi isso o que eu disse a ela certo dia quando ela reclamou que as pessoas a chamavam de senhora Peck: eu disse que, se elas observassem a verruga, como eu fazia, saberiam na hora. Mas ela pareceu ficar realmente contrariada, quero dizer, irritada, e imagino que ela não gostou do que eu disse, embora eu não entenda o porquê. Afinal de contas, pensei que ela ficaria contente, já que havia algo que poderia ser usado para diferenciar, especialmente por ela ser a presidente e não gostar de quando as pessoas não *agiam* como se ela não fosse: os melhores assentos e apresentações e atenção especial nas ceias da igreja, entende? Mas ela não gostou e, depois disso, ouvi a senhora White contar à senhora Rawson que a senhora Jones tinha feito tudo o que se podia imaginar para tirar aquela verruga, até

CAPÍTULO 2

tentar pôr sal na cauda de um pássaro. Mas não imagino como isso poderia adiantar. Tia Polly, colocar sal na cauda de um pássaro tira verrugas do nariz das pessoas?

– É claro que não, menina! Como você fala, Pollyanna... Especialmente quando se refere àquelas senhoras da Liga!

– Sério, tia Polly? – indagou a garotinha, pesarosa. – E isso a aborrece? Eu não queria causar isso, de verdade, tia Polly. E, de qualquer forma, se eu te aborreço com a Liga das Senhoras, você deveria ficar contente, pois se penso nas senhoras, é porque devo estar contente por não pertencer mais a elas, mas tenho uma tia só para mim. Você pode ficar contente por isso, não pode, tia Polly?

– Sim, sim, querida, é claro que posso – disse a senhora Chilton, rindo e se levantando para sair da sala, sentindo muita culpa, de repente, por vez ou outra ter consciência de sua antiga irritação perante o perpétuo contentamento de Pollyanna.

Durante os dias seguintes, enquanto cartas referentes à estadia de inverno de Pollyanna em Boston iam e vinham, a menina se preparava para o período, fazendo uma série de visitas de despedida aos amigos de Beldingsville.

Todos no pequeno vilarejo em Vermont conheciam Pollyanna e quase todos jogavam com ela. Os poucos que não o faziam não se abstinham por não saber o que era o jogo do contente. Assim, Pollyanna agora levava de uma casa para outra a notícia de que passaria o inverno em Boston; houve muitos lamentos e protestos, desde Nancy, na própria cozinha da tia Polly, até a casa grande na montanha onde residia John Pendleton.

Nancy não hesitou em dizer a todos – com exceção de sua patroa – que *ela* considerava esta viagem a Boston uma bobagem e que, da parte dela, teria ficado contente em levar a senhorita Pollyanna consigo para casa, nos Corners – é isso mesmo, ela teria; e então a senhora Polly poderia ir para a Alemanha o quanto quisesse.

Na montanha, John Pendleton falou praticamente a mesma coisa, só que ele não hesitou em dizê-lo à senhora Chilton em pessoa. E quanto ao Jimmy (o menino de doze anos que o senhor Pendleton havia acolhido em sua casa porque Pollyanna queria – e que ele agora adotara porque ele mesmo queria), o Jimmy ficou indignado, e não demorou nada para demonstrar isso.

– Mas você acabou de voltar – ele recriminou, num tom de voz que um menininho é capaz de usar quando quer ocultar o fato de ser amoroso.

– Ora, estou aqui desde março passado. Além disso, não é como se eu fosse para sempre: vou ficar fora apenas neste inverno.

– Não importa. Você ficou fora um ano inteiro quase e, se eu *sabia* que já iria embora de novo, em primeiro lugar, não teria ajudado nem um tiquinho com as bandeirolas, as faixas e as coisas para te encontrar naquele dia em que você *volta* do sanatório.

– Ah, Jimmy Bean! – censurou Pollyanna, espantada. Então, com um toque de superioridade, resultante de orgulho ferido, observou: – Tenho certeza de que não *pedi* que fosse me encontrar na estação com as faixas e as coisas. E você cometeu dois erros no que acabou de dizer. Não se diz "se eu sabia", e acho que "você volta" também está errado. Não soa correto, de qualquer jeito.

– Bem, e quem se importa se errei?

O olhar de Pollyanna demonstrou ainda mais censura.

– *Você* disse que se importava, quando me pediu, neste verão, que eu lhe avisasse se você cometesse um erro, porque o senhor Pendleton estava tentando lhe ensinar a falar certo.

– Bom, se você tivesse sido educada em um orfanato sem ninguém que se importasse, em vez de um bando de velhas que não tinham nada para fazer além de te dizer como falar corretamente, talvez você dissesse "se eu sabia" e um monte de coisas piores, Pollyanna Whittier!

– Ora, Jimmy Bean! – rebateu Pollyanna. – As minhas senhoras da Liga não eram velhas, isto é, muitas delas não eram tão velhas – corrigiu-se rapidamente, com sua tendência habitual em sempre ser franca, levando a melhor sobre a sua raiva. – E...

– Bem, e eu não sou Jimmy Bean – interrompeu o menino, erguendo o queixo.

– Você não... não é... Ora, Jimmy Be... O que quer dizer? – perguntou a garotinha.

CAPÍTULO 2

– Fui adotado, *legalmente.* Ele tinha a intenção de fazer isso há tempos, foi o que me disse, mas nunca dava certo. Agora, ele me adotou. Então passei a me chamar "Jimmy Pendleton" e eu devo chamá-lo de "tio John", só que eu não *tou*, quero dizer, não estou acostumado com isso, então ainda não *comeci*... comecei a chamá-lo assim.

O menino ainda falava de forma raivosa, ofendida, mas todos os indícios de desagrado haviam desaparecido do rosto da menina ao ouvir a notícia. Ela bateu palmas de alegria.

– Nossa, que maravilhoso! Agora você realmente tem *família*... Família que se importa, entende? E você nunca mais vai ter que ficar explicando que não *nasceu* naquela família, pois o nome é o mesmo agora. Estou tão contente, *contente*, CONTENTE!

De repente, o garoto saltou do muro de pedra onde estavam sentados e se afastou, caminhando. As bochechas ardiam e os olhos estavam cheios de lágrimas. Devia tudo aquilo a Pollyanna – esse benefício imenso que teve – e ele bem sabia disso. E era para Pollyanna que estava dizendo, agorinha mesmo...

Ele chutou uma pedrinha com raiva, então outra e mais outra. Achou que aquelas lágrimas quentes em seus olhos transbordariam e rolariam pelas bochechas, por mais que não quisesse. Chutou outra pedra, mais outra; então ergueu uma terceira pedra e a atirou longe, com toda força. Um minuto depois, voltou caminhando na direção de Pollyanna, ainda sentada no muro de pedra.

– Aposto que consigo chegar naquele pinheiro lá embaixo antes de você – ele desafiou a amiga, com animação.

– Aposto que não – exclamou Pollyanna, saltando de seu poleiro.

No fim das contas, a corrida não aconteceu, pois Pollyanna se lembrou, na última hora, que correr rápido era um dos luxos que ela não podia se dar ainda. Mas, para Jimmy, isso não importava nem um pouco suas bochechas já não queimavam mais, seus olhos não ameaçavam mais transbordar com lágrimas. O menino voltou a ser o que era.

CAPÍTULO 3
UMA DOSE DE POLLYANNA

CONFORME O DIA 8 de setembro se aproximava – o dia da chegada de Pollyanna –, a senhora Ruth Carew ficava mais e mais nervosa e irritada consigo mesma. Ela declarou que se arrependeu apenas *uma vez* de aceitar receber a menina, e que o sentimento se perpetuava desde então. E, de fato, antes de passarem vinte e quatro horas ela já tinha escrito à irmã, exigindo que a liberasse desse acordo; mas Della respondera que era tarde, já que tanto ela quanto o doutor Ames já haviam escrito para os Chilton.

Logo em seguida, chegou uma carta de Della dizendo que a senhora Chilton havia dado seu consentimento e que iria a Boston em alguns dias para ajeitar tudo em relação à escola e coisas do tipo. Então não havia nada a ser feito, naturalmente, além de deixar tudo seguir seu rumo. A senhora Carew entendeu isso e se submeteu ao inevitável, mas com má vontade. Ela tentou, de verdade, agir de forma decentemente civilizada quando Della e a senhora Chilton fizeram a tão esperada visita; ficou feliz, porém, que o tempo limitado forçou a senhora Chilton a ficar pouco tempo, cheia de assuntos para resolver.

CAPÍTULO 3

Talvez fosse bom, de fato, que a chegada de Pollyanna acontecesse numa data que não ultrapassasse o dia 8, já que o tempo, em vez de conciliar a senhora Carew com o futuro novo membro de seu lar, a preenchia com raivosa impaciência diante daquilo que ela denominava de "absurda concessão ao esquema maluco de Della".

Nem mesmo Della deixava de ter consciência do estado de espírito da irmã. Se aparentemente demonstrava segurança, por dentro sentia bastante medo em relação aos resultados; mas como depositava suas esperanças em Pollyanna, ela resolveu apostar no arriscado plano de deixar a menininha iniciar sua luta inteiramente sozinha e sem ajuda. Planejou, portanto, que sua irmã fosse recebê-las na estação na hora da chegada; então, logo depois dos cumprimentos e apresentações, Della rapidamente se desculpou por ter um compromisso inadiável e foi embora. Assim, a senhora Carew mal teve tempo de observar sua nova responsabilidade antes de se ver sozinha com a menina.

– Oh, mas Della... Della... você não deve... eu não posso... – chamou-a agitadamente, seguindo a figura da enfermeira, que se distanciava.

Mas Della, se a ouviu, não demonstrou; assim, visivelmente aborrecida e contrariada, a senhora Carew se virou para a criança ao seu lado.

– Que pena! Ela não deve ter ouvido, não é? – comentou Pollyanna, seus olhos melancolicamente também seguindo a enfermeira. – Eu *não* queria nem um pouquinho que ela fosse agora. Mas, então, eu estou com a senhora aqui, não é? Posso ficar contente com isso.

– Oh, sim, você está comigo; e eu, com você – respondeu a mulher, de forma pouco agradável. – Venha, vamos nesta direção. – Virando-se, orientou-a para a direita.

Obedientemente, Pollyanna girou e acompanhou o passo de Ruth Carew pela estação enorme, olhando uma ou duas vezes, apreensivamente, o rosto carrancudo da senhora. Finalmente, hesitante, ela falou:

– Acho que... talvez a senhora esperasse que eu fosse bonitinha – arriscou a menina, em tom preocupado.

– Bo... bonitinha? – repetiu a mulher.

– Sim, com cachinhos, sabe, e tudo o mais. E, é claro, imaginou qual *seria* a minha aparência, como eu imaginei a sua. Só que eu *sabia* que a senhora seria atraente e gentil, por causa de sua irmã. Eu tinha a senhorita Wetherby como modelo, mas a senhora não tinha ninguém. E, é claro, não sou bonitinha, por causa de minhas sardas, e *não* é agradável quando se espera uma menininha *bonitinha* e aí aparece alguém como eu, e...

– Que bobagem, menina! – interrompeu a senhora Carew, um tanto quanto rispidamente. – Venha, vamos tomar providências em relação à sua bagagem agora, depois iremos para casa. Eu esperava que a minha irmã fosse conosco; mas parece que ela não achou conveniente, nem mesmo por uma única noite.

Pollyanna sorriu e concordou.

– Entendo, mas provavelmente ela não podia. Acho que alguém precisava dela. Sempre alguém precisa dela no sanatório. É um incômodo, claro, quando as pessoas precisam de você o tempo todo, não é? Porque muitas vezes não dá para ficar sozinha quando a gente quer. Ainda assim, devemos ficar contentes por isso, pois é *bom* que precisem de nós, não é mesmo?

Não houve resposta – talvez porque, pela primeira vez em sua vida, a senhora Carew se perguntou se, em algum lugar no mundo, haveria alguém que realmente precisasse dela. Não que Ruth Carew *desejasse* que precisassem dela, é claro, pensou ela um tanto brava, endireitando-se bruscamente e franzindo a testa para a menina ao seu lado.

Pollyanna não reparou na carranca: seus olhos seguiam a multidão que se apressava ao redor delas.

– Puxa, quanta gente! – dizia ela alegremente. – Há mais delas até do que havia da última vez em que estive aqui; mas não vi ninguém ainda das pessoas que encontrei daquela vez, embora tenha observado em toda parte. É claro que a senhora com o bebê vivia em Honolulu, então é provável *que não estejam* aqui; mas havia uma garotinha, Susie Smith, ela morava bem aqui em Boston. Talvez a conheça... A senhora conhece Susie Smith?

CAPÍTULO 3

– Não, eu não conheço a Susie Smith. – Foi a resposta seca da senhora Carew.

– Não? Ela é muito agradável e *é* bonitinha: cachinhos pretos, sabe, do tipo que terei quando chegar ao Paraíso. Mas não se preocupe, talvez eu possa encontrá-la para que a senhora a conheça. Puxa! Que automóvel absolutamente maravilhoso! E nós vamos andar nele? – interrompeu Pollyanna, quando pararam diante de uma bela limusine, cuja porta era mantida aberta por um motorista uniformizado.

O motorista tentou esconder um sorriso, mas não conseguiu. A senhora Carew, entretanto, respondeu com um jeito entediado, demonstrando que, para ela, o automóvel não era nada além de um meio de locomoção de um lugar maçante para outro, provavelmente tão maçante quanto.

– Sim, vamos andar nele. – E então: – Para casa, Perkins – acrescentou ela para o motorista atencioso.

– Nossa, ele é seu? – perguntou Pollyanna, percebendo o evidente tom de propriedade nos modos da anfitriã. – Que absolutamente maravilhoso! Então a senhora deve ser rica (imensamente!), quero dizer, *muitíssimo* rica, mais do que o tipo que apenas tem carpetes em todos os quartos e toma sorvete aos domingos, como os White, de uma das senhoras da minha Liga, sabe? (Isto é, *ela* era uma das senhoras da Liga.) Eu costumava pensar que *eles* eram ricos, mas agora eu sei que ser rico de verdade significa ter anéis de diamante, empregadas, casacos de pele, vestidos de seda e veludo para todo dia e um automóvel. A senhora tem tudo isso?

– Bem, s-sim, suponho que tenha – admitiu a senhora Carew, com um leve sorriso.

– Então é claro que a senhora é rica – assentiu Pollyanna, sabiamente. – Minha tia Polly também tem um veículo, só que puxado a cavalo. Nossa, mas eu adoro andar nestas coisas – exultou, saltitante. – Na verdade, nunca andei antes, sabe, a não ser naquele que me atropelou. Eles me colocaram *dentro* do automóvel depois de me tirarem de baixo dele; mas é claro que eu estava inconsciente, então não pude apreciar o passeio. Desde então, não andei em mais nenhum. A tia Polly não gosta. O tio Tom, por outro lado, gosta e quer ter um. Ele diz que precisa ter um em sua profissão. Ele é médico, sabe, e todos os outros médicos na cidade têm carro agora. Não sei no que vai dar. A tia Polly fica muito agitada em relação a isso. Ela quer que o tio Tom tenha o que ele quer, só que ela quer que ele queira aquilo que *ela* quer, entende?

A senhora Carew riu de repente.

– Sim, minha querida, eu acho que entendo – respondeu ela, discretamente, embora seus olhos ainda apresentassem um brilho pouco usual.

– Tudo bem – suspirou Pollyanna, contente. – Eu esperava que entendesse, embora tenha parecido um tanto confuso quando expliquei. Ora, a tia Polly diz que não se importaria tanto em ter um automóvel, se o dela fosse o único que existisse no mundo, para que não houvesse nenhum outro que pudesse se chocar com o dela; mas... Uau! Quantas casas! – interrompeu Pollyanna, olhando ao redor, maravilhada. – Elas não acabam nunca? Mas deve ter muita gente para morar nelas, é claro, como as que vi na estação, além dessas nas ruas. E, é claro que há mais gente, muito mais para conhecer. Adoro pessoas. A senhora também?

– *Adorar pessoas!*

– Sim, gente, quero dizer. Qualquer pessoa... todo mundo.

– Bem, não, Pollyanna, não posso dizer que eu adore – respondeu a senhora Carew de forma fria, com as sobrancelhas contraídas.

Os olhos da senhora Carew perderam o brilho. Voltados para Pollyanna, observavam-na de modo bastante desconfiado. A senhora Carew pensava consigo mesma: "Aí está o primeiro sermão, suponho, para eu me misturar mais com as pessoas, ao estilo da Della!".

– Não? Mas eu posso – suspirou Pollyanna. – Todas as pessoas são tão gentis e tão diferentes, sabe? E bem aqui devem existir muitas que sejam gentis e diferentes. Puxa, não imagina como já estou contente por ter vindo! Eu sabia que ficaria contente de qualquer jeito, assim que descobri que a senhora era quem era (quero dizer, a irmã da senhorita Wetherby). Eu adoro a senhorita Wetherby, então sabia que a adoraria também; pois é claro que seriam parecidas, por serem irmãs, mesmo que não fossem gêmeas como a senhora Jones e a senhora Peck, e elas não eram exatamente iguais, de qualquer forma, por causa da verruga. Mas acho que a senhora não sabe do que eu estou falando, então vou lhe contar.

E foi assim que a senhora Carew, que esperava receber um sermão sobre socialização, viu-se surpresa consigo mesma, e um tanto frustrada, ouvindo a história da verruga no nariz de uma das senhoras da Liga, a senhora Peck.

No instante em que a história acabou, a limusine fez a curva para a avenida Commonwealth, e Pollyanna imediatamente começou a exclamar sobre a beleza da rua que tinha "um lindo canteiro, no meio, por toda a extensão dela" e que parecia ainda mais bonita "depois de passar por todas aquelas ruas estreitas".

– Só que eu acho que todo mundo ia querer morar nela – comentou a menina, com entusiasmo.

– Com certeza, mas isso dificilmente seria possível – retorquiu a senhora Carew, erguendo as sobrancelhas.

Pollyanna, ao entender errado a expressão em seu rosto como sendo pelo fato de a própria casa dela não se localizar na bela avenida, apressou-se para amenizar o que dissera:

– Mas é claro que não – concordou. – E eu não quis dizer que as ruas mais estreitas também não sejam agradáveis – apressou-se em dizer –, ou até melhores talvez, pois poderíamos nos alegrar com o fato de não precisarmos ir tão longe quando quisermos atravessar a rua para pedir ovos ou fermento emprestados e... Ora, mas a senhora *mora* aqui, não é? – interrompeu a menina quando o carro estacionou perante a imponente entrada da casa. – A senhora mora aqui?

– Ora, sim, é claro que moro aqui – respondeu mulher, com um toque de irritação.

– Puxa, como a senhora deve ficar contente, *contente* por viver em um lugar tão maravilhosamente agradável! – exultou a menininha, saltando para a calçada e olhando avidamente ao redor. – A senhora não fica contente?

A senhora Carew não respondeu. Sem um sorriso nos lábios e com o cenho contraído, ela descia da limusine.

Pela segunda vez em cinco minutos, Pollyanna se apressou em se corrigir.

– É claro que eu não me refiro ao contentamento que vira orgulho pecaminoso – explicou ela, observando o rosto da senhora Carew com olhos ansiosos. – Talvez a senhora tenha pensado que era isso, como a tia Polly costumava pensar às vezes. Eu não falava do tipo de contentamento por ter algo que outra pessoa não consegue ter, mas apenas... apenas do tipo que faz a gente querer gritar, berrar e bater as portas, entende, mesmo que não seja correto – completou ela, saltitando na ponta dos pés.

O motorista deu as costas depressa e se ocupou com algo no carro. A senhora Carew, ainda sem um sorriso nos lábios e com a testa franzida, mostrou o caminho, subindo os amplos degraus de pedra.

– Venha, Pollyanna! – Foi tudo o que ela disse, de forma seca.

Cinco dias mais tarde, Della Wetherby recebeu a carta de sua irmã e, muito ansiosa, abriu-a. Foi a primeira desde a chegada de Pollyanna a Boston. Escrevera a senhora Carew:

Prezada irmã,

Pelo amor de Deus, Della, por que não me deu nenhuma ideia do que esperar desta criança que você insistiu que eu recebesse? Estou quase maluca – e simplesmente não consigo mandá-la embora. Tentei três vezes, mas sempre, antes que as palavras possam sair da minha boca, ela me interrompe dizendo que tempo maravilhoso ela está passando aqui, e como está contente em estar aqui e como eu sou boa em deixar que more comigo enquanto a sua tia Polly viaja para a Alemanha. Agora me diga como eu posso me virar e dizer: "Bem, será que poderia fazer o favor de ir para a sua casa? Eu não a quero aqui". E a parte absurda de tudo isso é que acho que ela nem tenha percebido que eu não a quero aqui; e parece que não estou conseguindo fazê-la perceber, tampouco.

CAPÍTULO 3

É claro que, se ela começar a passar sermão, me dizendo que devo contar as minhas bênçãos, eu a mandarei embora. Você sabe, eu lhe disse, logo de início, que não ia permitir isso. E não vou. Duas ou três vezes, pensei que ela ia começar (a passar um sermão, quero dizer), mas até agora ela sempre termina com alguma história ridícula sobre a Liga das Senhoras dela; então o sermão sai pela culatra – sorte dela, caso queira ficar aqui.

Mas, realmente, Della, ela é impossível. Veja só. Em primeiro lugar, ela está apaixonada pela casa. No primeiro dia em que chegou aqui, ela implorou para que eu abrisse cada cômodo; e não sossegou até que cada persiana da casa estivesse levantada, para que ela pudesse "ver todas as coisas maravilhosas", as quais, segundo ela declarou, eram até mais lindas que as do senhor John Pendleton – quem quer que ele seja, alguém em Beldingsville, suponho. De qualquer forma, ele não é uma senhora da Liga. Isso eu descobri.

Então, como se não bastasse me fazer correr de quarto em quarto (como se eu fosse uma guia turística), o que ela fez foi encontrar um vestido fino de cetim branco que eu não usava há anos, e implorou que eu o vestisse. E eu fiz isso – não consigo imaginar por quê, mas fiquei totalmente desamparada em suas mãos.

Mas aquilo foi só o começo. Ele me implorou para ver tudo o que eu tinha e me contou histórias tão engraçadas a respeito das doações do missionário, das quais ela costumava ganhar as "roupas para passear", que eu tive que rir – embora eu quase tenha chorado também, ao pensar no tipo de coisas horríveis que aquela pobre criança teve que vestir. É claro que as roupas levaram às joias, e ela ficou tão maravilhada com os meus dois ou três anéis que eu, tão tola, abri o cofre, só para ver os olhos dela se arregalarem. E, Della, pensei que aquela criança fosse enlouquecer. Ela colocou em mim cada anel, broche, bracelete e *colar que eu tinha e insistiu que eu prendesse as duas tiaras de diamantes em meu cabelo (quando ela descobriu o que elas eram), até que eu me sentei, com pérolas e diamantes e esmeraldas e me sentindo como uma deusa pagã em um templo hindu, especialmente quando aquela criança disparatada começou a dançar ao meu redor, batendo palmas e cantarolando: "Ó, que maravilhosa, maravilhosa! Como eu adoraria pendurá-la na janela – ficaria um prisma tão lindo!".*

Eu estava prestes a perguntar o que cargas-d'água Pollyanna queria dizer com aquilo, quando ela caiu no meio da sala e começou a chorar. E por que razão você acha que ela estava chorando? Por estar tão feliz de ter olhos para enxergar! Agora, o que você acha disso?

É claro que isso não é tudo! É só o começo, Pollyanna está aqui a quatro dias, e ela preencheu cada um deles totalmente. Ela já fez amizade com o limpador de chaminés, o policial da ronda e o menino do jornal, além de cada empregado meu. Eles parecem, na realidade, enfeitiçados por ela, todos eles. Mas, por favor, não pense que também estou, porque não estou, não. Eu mandaria imediatamente a criança de volta para você, se não me sentisse obrigada a cumprir a promessa de alojá-la neste inverno. E quanto a ela me fazer esquecer o Jamie e meu grande pesar – isso é impossível. Ela apenas faz que eu sinta a minha perda de forma mais forte – por ter ela em vez dele. Mas, como eu disse, eu ficarei com ela até que comece a pregar sermões. Aí a menina volta para você. Mas ela não começou a me converter ainda.

Com muito amor, mas muito confusa,

Ruth

– Ela ainda não começou a pregar sermões, com certeza! – riu Della Wetherby consigo mesma, dobrando as páginas bem compactas da carta da irmã. – Ora, Ruth, Ruth! Mas você admite ter aberto cada cômodo e persiana, ter se vestido de cetim e colocado joias, sendo que Pollyanna não passou nem uma semana aí ainda. Mas ela não andou te convertendo, ah, não, ela não fez isso!

CAPÍTULO 4

O JOGO E A SENHORA CAREW

PARA POLLYANNA, Boston era uma experiência nova, e certamente Pollyanna, para Boston (aquela parte da cidade que tinha o privilégio de conhecê-la), também era uma experiência bastante nova.

Pollyanna disse que gostava de Boston, mas que desejava que a cidade não fosse tão grande.

– Veja – explicou ela com seriedade para a senhora Carew, no dia seguinte ao de sua chegada –, quero ver e conhecer tudo aqui e não consigo. É exatamente como os jantares sociais da tia Polly: há tanta coisa para comer, quero dizer, para ver, que a gente acaba não comendo, isto é, não vendo nada, pois estamos sempre tentando decidir o que comer, ou melhor, ver. É claro que fico contente com tanta coisa para ver – continuou Pollyanna, depois de tomar fôlego –, pois muito de qualquer coisa é bom (isto é, se forem coisas *boas*, não coisas como remédios e funerais, é claro!), mas, ao mesmo tempo, eu não conseguia deixar de desejar que os jantares sociais da tia Polly variassem mais com os dias em que não havia bolo nem torta; e eu sinto o mesmo a respeito de Boston. Gostaria de poder levar parte daqui para casa comigo, para Beldingsville, então eu teria alguma coisa nova no verão seguinte. Mas é claro que não posso. Cidades não são como bolos confeitados... E mesmo os bolos acabam estragando. Eu tentei guardar um, e ele ficou seco, especialmente a cobertura. Acho que cobertura de bolo e bons momentos devem ser aproveitados na hora; por isso, quero ver tudo o que consigo enquanto estou aqui.

Pollyanna, diferente de outras pessoas que acreditam que para ver o mundo deve-se começar pelo ponto mais distante, começou a "desvendar" Boston por uma exploração profunda dos arredores – a bela residência na avenida Commonwealth, que agora era o seu lar. Isto, somando aos seus deveres escolares, ocupou totalmente seu tempo e atenção por alguns dias.

Havia tanto para ver e tanto para aprender; e tudo era tão maravilhoso e tão bonito, dos minúsculos botões na parede que inundavam os aposentos com luz até o imenso salão de baile silencioso, forrado de espelhos e quadros. Havia tantas pessoas encantadoras para se conhecer também – pois além da senhora Carew, havia Mary, que espanava as salas, atendia à porta, acompanhava Pollyanna até a escola e a buscava lá todo dia; Bridget, que morava na cozinha e preparava a comida; Jennie, que servia à mesa, e Perkins, que dirigia o automóvel. E todos eles eram tão encantadores – e tão diferentes!

Pollyanna chegara em uma segunda-feira, então foi quase uma semana antes do primeiro domingo. Ela desceu as escadas com o rosto radiante.

– Adoro os domingos – suspirou alegremente.

– É mesmo? – A voz da senhora Carew mostrava o desânimo de quem não adora dia nenhum.

– Sim, por causa da igreja, sabe, e da escola dominical. Do que a senhora gosta mais: da igreja ou da escola dominical?

– Bem, na verdade eu... – começou a senhora Carew, que raramente ia à igreja e jamais frequentou a escola dominical.

– É difícil de escolher, não é mesmo? – interrompeu Pollyanna, com os olhos brilhantes, mas sérios. – Mas, veja, *eu* prefiro a igreja, por causa do meu pai. Ele era um pastor, sabe, e é claro que ele está lá em cima no Céu com a mamãe e os anjos, mas eu tento imaginar ele aqui embaixo, conosco, muitas vezes; e isso fica mais fácil na igreja, quando o pastor fala. Fecho os olhos e imagino que o papai está lá, e isso ajuda muito. Fico tão contente que podemos imaginar coisas, a senhora não fica?

– Não tenho certeza disso, Pollyanna.

– Ora, mas pense apenas o quanto as coisas *imaginadas* são mais legais que as reais, isto é, em seu caso não é, claro, pois as reais são tão boas – a senhora Carew estava prestes a começar a falar com raiva, mas Pollyanna continuou apressada – e, claro, que as *minhas* reais são agora bem melhores do que costumavam ser. Mas aquele tempo inteiro, em que eu estive ferida, minhas pernas não funcionavam, eu tinha que ficar imaginando, sempre, com toda força que podia. E é claro que agora há muitas ocasiões em que eu faço isso, como no caso do meu pai, por exemplo. E assim, hoje, vou só imaginar que é o meu pai lá no púlpito. A que horas vamos?

– *Vamos?*

– Para a igreja, eu quero dizer.

– Mas Pollyanna, eu não... Isto é, eu preferiria não... – A senhora Carew limpou a garganta e tentou novamente dizer que não costumava frequentar a igreja, que quase nunca ia. Mas com o rosto confiante de Pollyanna e seus olhos alegres diante dela, não conseguiu fazer isso. – Bem, suponho que... por volta das dez e quinze... se formos a pé – respondeu ela, enfim, um tanto zangada. – É um caminho bem curto.

E foi assim que a senhora Carew, naquela luminosa manhã de setembro, ocupou pela primeira vez, em meses, o banco da família Carew na moderna e elegante igreja que frequentara quando garota e para a qual ela ainda contribuía com quantias generosas de dinheiro.

Para Pollyanna, o culto daquela manhã de domingo lhe trouxe muita alegria e admiração. A música maravilhosa do coro uniformizado, os raios iridescentes dos vitrais das janelas, a voz exaltada do pastor e o murmúrio respeitoso da assembleia a preencheram com um êxtase que a deixou quase sem palavras por certo tempo. Só quando estavam quase em casa que ela expôs fervorosamente:

CAPÍTULO 4

– Oh, senhora Carew, estive pensando em como fico contente por não precisarmos viver mais que um dia por vez!

A senhora Carew franziu a testa e olhou rapidamente para baixo. Ela não estava com paciência para pregações. Acabou de ser obrigada a aturar toda essa história do púlpito, pensou brava consigo mesma, e *não* teria que escutar lições desta pivetinha. Além disso, essa teoria de "viver um dia por vez" era uma das doutrinas preferidas de Della. Ela dizia sempre: "Mas você tem que viver um minuto por vez, Ruth, e todo mundo consegue aguentar um minuto por vez!".

– Você fica? – indagou a senhora Carew, agora muito séria.

– Sim. Imagino apenas o que eu faria se tivesse que viver ontem e hoje e amanhã, tudo de uma só vez – suspirou Pollyanna. – Tantas coisas maravilhosas juntas, entende? Mas eu tive o ontem, agora estou vivendo o hoje e ainda tenho o amanhã que está por vir, e o próximo domingo também. De verdade, senhora Carew, se agora não fosse domingo, eu dançaria, berraria e gritaria nesta rua bela e tranquila. Não conseguiria me conter. Mas é domingo, então terei que esperar até chegarmos em casa e depois escolher um hino, o mais alegre que eu possa pensar. Qual é o hino mais *superalegre*? A senhora sabe, senhora Carew?

– Não, não posso dizer que eu saiba – respondeu baixinho Ruth Carew, com jeito de quem procura por algo perdido. Para uma mulher que espera, pelo fato de as coisas estarem tão ruins, que lhe digam que ela precisa aguentar apenas um dia por vez, ela se sentiu desarmada (para dizer o mínimo) ao ouvir que, pelo fato das coisas serem tão boas, era sorte não ter de desfrutar mais que um dia por vez!

Na manhã seguinte, segunda-feira, Pollyanna foi pela primeira vez sozinha à escola. Agora já conhecia perfeitamente bem o caminho, e o trajeto era curto. Pollyanna gostava muito da sua escola. Era uma instituição particular pequena e só para meninas, uma experiência nova, de certa forma; mas Pollyanna apreciava novas experiências.

Por outro lado, a senhora Carew não gostava de experiências novas, e enfrentara muitas nos últimos dias. Para alguém que está cansado de tudo, estar tão próxima de uma pessoa que se alegra sempre com as coisas novas e acha tudo fascinante devia ser, no mínimo, um aborrecimento. E a senhora Carew estava mais que aborrecida: ela estava furiosa. Entretanto, para si mesma, era forçada a admitir que, se alguém lhe perguntasse por que estava irritada, a única razão que poderia dar seria "porque Pollyanna está sempre tão contente" – e mesmo a senhora Carew dificilmente gostaria de dar uma resposta dessas.

Para Della, porém, ela escreveu que a palavra "contente" lhe dava nos nervos e que às vezes ela gostaria de poder jamais tornar a ouvi-la. Ela ainda admitiu que Pollyanna ainda não havia passado sermões – que nem uma vez tentou fazê-la jogar o jogo. O que a criança fazia era, entretanto, invariavelmente, constatar o "contentamento" da senhora Carew, algo que, para alguém que *não* estava contente, era muito provocativo.

Foi durante a segunda semana da estadia de Pollyanna que a irritação da senhora Carew passou dos limites, tornando-se um protesto aborrecido. A causa imediata foi a conclusão alegre de Pollyanna para uma história de suas senhoras da Liga:

– Ela estava jogando o jogo, senhora Carew. Mas talvez não saiba do que se trata o jogo. Vou lhe contar. É um jogo adorável.

Mas a senhora Carew ergueu a mão.

– Não se incomode, Pollyanna – protestou ela. – Sei tudo a respeito do jogo. Minha irmã me contou e... e eu devo dizer que eu... que eu não me interesso por ele.

– Mas é claro que não, senhora Carew! – exclamou Pollyanna, com rápidas desculpas. – Não imaginava o jogo para a senhora. É claro que não poderia jogá-lo.

– Eu não poderia jogá-lo! – exclamou a senhora Carew que, embora não *pretendesse* jogar algo bobo, não estava com estado de espírito preparado para ouvir que não poderia.

– Não, oras, não percebe? – Pollyanna riu alegremente. – O jogo consiste em encontrar algo bom para ficar contente com tudo, e a senhora não poderia nem começar a procurar, pois não há nada ao seu redor que não a faria ficar contente. Não haveria jogo nenhum, entende?

A senhora Carew ficou vermelha de raiva. Em sua irritação, disse mais do que talvez quisesse.

CAPÍTULO 4

– Bem, não, Pollyanna, eu não posso dizer que entenda – discordou friamente. – O que acontece, como você pode ver, é que eu não consigo achar nada que me faça ficar contente, percebe?

Por um momento, Pollyanna ficou olhando sem expressão. Então voltou a si, surpresa.

– Por quê, senhora Carew? – exclamou.

– Bem, o que existe de bom para mim? – desafiou a senhora, esquecendo-se, por um momento, de toda aquela história de não estar disposta a deixar Pollyanna passar-lhe um sermão.

– Ora, há... há... tudo! – murmurou a menina, ainda sentindo uma surpreendente descrença. – Há... esta linda casa.

– É apenas um lugar onde comer e dormir... E eu não quero comer e dormir.

– Mas há todas estas coisas maravilhosas – insistiu Pollyanna.

– Estou cansada delas.

– E o seu automóvel, que pode levá-la a qualquer lugar.

– Não quero ir a lugar nenhum.

Pollyanna suspirou bem alto.

– Mas pense nas pessoas e coisas que poderia ver, senhora Carew.

– Elas não me interessariam, Pollyanna.

Surpresa, a menina tornou a ficar com o olhar fixo. O desagrado em seu rosto era ainda maior.

– Mas, senhora Carew, não entendo – instigou ela. – Antes, sempre havia coisas *ruins* para as pessoas jogarem o jogo e, quanto piores elas fossem, mais divertido era ajudar as pessoas a encontrar algo com que ficassem contentes. Mas quando *não há* coisas ruins, nem eu sei como jogar o jogo.

Não houve resposta desta vez. A senhora Carew estava sentada, com o olhar perdido lá fora. Aos poucos, a revolta em seu rosto foi substituída por tristeza sem esperança. Ela se virou lentamente e disse:

– Pollyanna, pensei que não lhe contaria isso, mas decidi que sim. Vou lhe explicar por que nada que tenho pode me deixar... contente. – E ela começou a contar a história de Jamie, o garotinho de quatro anos de idade que, há oito longos anos, parece ter passado para outro mundo, deixando a porta de acesso totalmente fechada.

– E a senhora nunca mais tornou a vê-lo, em nenhum lugar? – hesitou Pollyanna, com os olhos cheios de lágrimas, ao final da história.

– Nunca.

– Mas nós o encontraremos, senhora Carew... Tenho certeza de que o encontraremos.

A senhora Carew balançou a cabeça com tristeza.

– Mas não consigo encontrá-lo. Já procurei em todos os lugares, até no exterior.

– Mas ele deve estar em algum lugar.

– Ele pode estar... morto, Pollyanna.

A menina soltou um gritinho.

– Oh, não senhora Carew. Por favor, não diga isso! Vamos imaginar que ele está vivo. Nós *podemos* pensar assim, e isso vai ajudar; e quando conseguirmos imaginá-lo vivo, vamos poder da mesma forma imaginar que o encontraremos. E isso ajudará muito mais.

– Mas eu temo que ele... esteja morto, Pollyanna. – A senhora Carew soluçou.

– A senhora não tem certeza disso, tem? – rebateu a garota ansiosamente.

– N-não.

– Bem, então a senhora está simplesmente imaginando isso – sustentou a menina, com determinação. – E se consegue imaginá-lo morto, consegue também imaginá-lo vivo, e será muito melhor enquanto estiver fazendo isso. Não percebe? E algum dia, tenho absoluta certeza, vai encontrá-lo. Ora, senhora Carew, a senhora *pode* jogar o jogo agora! Pode jogá-lo com o Jamie. Pode ficar contente todos os dias, pois a cada dia vai estar mais perto do momento em que o encontrará. Viu?

Mas a senhora Carew não "viu" nada. Triste, ficou em pé e disse:

– Não, não, menina! Você não entende... você não entende! Agora, por favor, vá embora rápido daqui... Leia ou faça o que quiser. Minha cabeça dói. Vou me deitar.

E Pollyanna saiu da sala devagarinho, com o rosto sério e preocupado.

CAPÍTULO 5
POLLYANNA DÁ UM PASSEIO

FOI NO SEGUNDO sábado, à tarde, que Pollyanna deu seu passeio memorável. Até então, Pollyanna não andara por aí sozinha, com exceção das idas e vindas da escola. Jamais ocorreu à senhora Carew que ela tentaria explorar Boston por conta própria, assim naturalmente ela nunca proibira isso. Em Beldingsville, Pollyanna descobrira sua diversão favorita: passear pelo antigo e sinuoso vilarejo, à procura de novos amigos e aventuras.

Nesta tarde de sábado em particular, a senhora Carew havia dito, o mesmo que sempre dizia:

– Vá, vá, criança, corra daqui, por favor. Vá onde quiser e faça o que quiser... Apenas, por favor, não me faça mais perguntas hoje!

Até então, quando ficava sozinha, Pollyanna sempre encontrara muitas coisas para interessá-la entre as quatro paredes da casa; para tal, se os objetos inanimados não ajudassem, ainda restavam Mary, Jennie, Bridget e Perkins. Mas, hoje, Mary estava com dor de cabeça, Jennie aparava um chapéu novo, Bridget estava preparando tortas de maçã e Perkins não foi encontrado. Além disso, era um dia particularmente bonito de setembro, e nada dentro da casa era tão atraente quanto o brilho do sol e o ar perfumado lá fora. Assim, Pollyanna saiu e deixou-se descer os degraus.

Por algum tempo, ela observou em silêncio os homens, as mulheres e as crianças bem-vestidos que passavam rapidamente pela casa, ou ainda que passeavam vagarosamente ao lado do jardim que se estendia no meio da avenida. Então, ela se pôs em pé, saltou alguns degraus abaixo e parou, olhando primeiro para a direta, depois para a esquerda.

Pollyanna decidira que também daria um passeio. Era um belo dia para uma caminhada e ela não havia feito isso nenhuma vez ainda – não um passeio *de verdade*. Apenas ir e voltar da escola não contava. Então resolveu que hoje seria o dia. A senhora Carew não se importaria. Ela não tinha dito para ela fazer o que quisesse desde que não lhe fizesse mais perguntas? E havia uma tarde inteira à frente. Imagine só quanta coisa pode-se ver em uma tarde inteirinha! E realmente era um dia tão lindo! Ela iria... para este lado! E com uma girada e um salto de puro prazer, virou-se e seguiu alegremente pela avenida.

Pollyanna sorria com alegria para todos que encontrava. Ficou desapontada – mas não surpresa – por não receber sorrisos de volta. Agora já se acostumara com isso em Boston. Entretanto, ela ainda sorria, esperançosa: poderia haver alguém, em algum momento, que lhe sorriria de volta.

A casa da senhora Carew ficava bem perto no início da avenida Commonwealth, então não demorou muito até chegar à ponta da rua que cruzava a sua frente, em ângulos retos. Do outro lado, em toda sua glória outonal, ficava o "quintal" mais bonito que Pollyanna já vira – o Jardim Público de Boston.

Por um momento, a menina hesitou, com os olhos ansiosos fixos na abundância de beleza diante dela. Não duvidou nem por um instante que se tratasse de uma propriedade particular de algum senhor ou senhora rica. Certa vez, com o doutor Ames do sanatório, ela fora levada para visitar uma senhora que morava em uma bela casa rodeada por caminhos, árvores e canteiros, exatamente como estes.

CAPÍTULO 5

Agora Pollyanna queria muito atravessar a rua e caminhar por esse jardim, mas não sabia bem se era permitido fazer isso. Na verdade, ela podia ver outras pessoas lá, caminhando, mas eles podiam ser convidados, é claro. Entretanto, após ter visto duas mulheres, um homem e uma menininha entrarem sem vacilar pelo portão adentro e andarem rapidamente pela vereda, Pollyanna concluiu que ela também poderia ir. De olho em sua chance, ela saltou com agilidade, atravessou a rua e entrou no jardim.

Ele era ainda mais bonito de perto que à distância. Pássaros chilreavam acima da sua cabeça e um esquilo saltitou, atravessando o caminho à sua frente. Aqui e ali, havia homens, mulheres e crianças sentados em bancos. Através das árvores, o sol brilhava sobre a água e, de algum lugar, ouviam-se os gritos de crianças e o som de música.

Uma vez mais Pollyanna hesitou; então, timidamente, ela interpelou uma jovem bem-vestida que vinha em sua direção:

– Por gentileza, isto é... uma festa?

A jovem a olhou, espantada.

– Uma festa? – repetiu, confusa.

– Sim, senhora. Quero dizer, não tem nenhum problema se eu... ficar aqui?

– Você ficar aqui? Claro que pode. Isso é para... para todos! – exclamou a jovem.

– Ah, então está bem. Estou contente por ter vindo – Pollyanna sorriu.

A jovem não respondeu nada, mas se virou e observou a menina com um olhar ainda surpreso, afastando-se rapidamente.

Pollyanna, nem um pouco surpresa com a ideia de que o proprietário daquele belo lugar fosse tão generoso a ponto de oferecer uma festa para todos, continuou a caminhar. Na curva da vereda, ela deparou com uma garotinha e um carrinho de boneca. Ela parou com um gritinho de contentamento, mas não tinha dito uma dúzia de palavras até uma jovem apressada surgir do nada, com uma voz reprovadora; ela estendeu a mão para a garotinha e disse rispidamente:

– Venha, Gladys, Gladys, vamos embora comigo. Mamãe já não te disse para não falar com crianças desconhecidas?

– Mas eu não sou uma criança desconhecida – explicou Pollyanna, em impulsiva defesa. – Eu moro bem aqui em Boston agora e... – Mas a jovem e a menininha, arrastando o carrinho de boneca, já iam longe pela vereda; com um suspiro reprimido, Pollyanna ficou para trás. Por um momento, ela permaneceu em silêncio, claramente desapontada; então, resolutamente, ergueu o queixo e seguiu adiante.

– Bem, de alguma forma, devo ficar contente com o que houve – assentiu consigo mesma –, pois agora talvez eu encontre alguém ainda mais interessante: Susie Smith, talvez, ou mesmo o Jamie da senhora Carew. De qualquer maneira, eu posso *imaginar* que vou encontrá-los; e se não os encontrar, posso achar outra pessoa! – concluiu, olhando ansiosamente as pessoas absortas ao seu redor.

Inegavelmente, Pollyanna era solitária. Criada pelo pai e pela Sociedade da Liga das Senhoras em uma pequena cidade do Oeste, ela enumerava cada casa no vilarejo como seu lar, além de todo homem, mulher e criança como amigos. Na vinda para a casa de sua tia em Vermont, aos onze anos de idade, prontamente presumiu que as condições seriam diferentes apenas pelo fato de que as casas e os amigos seriam novos e, portanto, ainda mais agradáveis, possivelmente por serem diferentes – e Pollyanna adorava tanto coisas e pessoas "diferentes"! Seus primeiros e maiores prazeres em Beldingsville foram, portanto, seus longos passeios pela cidadela e as encantadoras visitas aos novos amigos. Naturalmente, em consequência, Boston, conforme logo viu, parecia-lhe ainda mais encantadoramente promissora com suas possibilidades.

Até agora, entretanto, Pollyanna tinha que admitir que, sob um ponto de vista, ao menos, fora desapontador: já estava ali há quase duas semanas e ainda não conhecera as pessoas que viviam do outro lado da rua, ou na casa ao lado. O mais inexplicável de tudo era que a própria senhora Carew não conhecia muitos deles, nem os conhecia bem. Ela parecia, de fato, totalmente indiferente aos vizinhos, algo surpreendente do ponto de vista de Pollyanna; mas nada que dissesse parecia mudar a atitude da senhora Carew nesse sentido.

CAPÍTULO 5

– Eles não me interessam, Pollyanna! – Era tudo o que dizia; e, com isso, a menina (a quem eles interessavam muito), via-se forçada a se contentar.

Neste dia, em seu passeio, entretanto, Pollyanna começou com uma grande expectativa, mas até então parecia destinada a ficar desapontada. Ao seu redor, havia pessoas que aparentavam ser tão adoráveis – se ela os conhecesse. Porém, não os conhecia. Pior ainda, não havia muita possibilidade de que isso acontecesse, pois, aparentemente, eles não desejavam conhecê-la: a menina ainda tentava entender o significado do aviso rude que ouviu a respeito dela sobre "crianças desconhecidas".

– Bem, acho que preciso apenas demonstrar a eles que não sou uma "criança desconhecida" – disse a menina a si mesma, seguindo confiantemente em frente.

Seguindo essa ideia, Pollyanna sorriu docemente para a pessoa que encontrou em seguida e disse com animação:

– Que belo dia, não é?

– Ah... o quê? Ah, s-sim, é sim – murmurou a senhora interpelada, à medida que se apressava ainda mais.

Duas vezes mais Pollyanna tentou a mesma experiência, mas com resultados igualmente desapontadores. Logo ela deparou com o pequeno lago que vira tremeluzindo à luz do sol entre as árvores. Era um belo lago, com vários barquinhos repletos de crianças risonhas. Enquanto os observava, a menina se sentiu cada vez mais insatisfeita por estar só. Foi então que, espiando um homem sentado sozinho não longe dali, ela avançou vagarosamente ao seu encontro e sentou-se na outra extremidade do banco. Em outra ocasião, Pollyanna teria saltitado sem hesitação para o lado do homem e oferecido amizade com uma confiança animada de quem se sente bem-vinda; mas as recentes recusas lhe propiciaram um sentimento inusitado de acanhamento. Agora, ela observava o homem disfarçadamente.

Ele não tinha um aspecto agradável. Suas roupas, embora novas, estavam empoeiradas e visivelmente malcuidadas. Elas tinham o corte e estilo (embora Pollyanna, é claro, não soubesse disso) daquelas que o Estado dá aos prisioneiros ao serem soltos. Seu rosto era pálido, e a barba parecia não ser feita há uma semana. O chapéu estava afundado por sobre os olhos. Com as mãos nos bolsos, ele estava sentado à toa, encarando o chão.

Por um longo minuto, Pollyanna nada disse; então, esperançosa, começou:

– *É* um belo dia, não é?

O homem virou o rosto, surpreso.

– Hã? Ah... o que disse? – indagou, com um olhar curiosamente amedrontado ao redor, para ter certeza de que a observação fora feita a ele.

– Eu disse "belo dia" – explicou Pollyanna, com rapidez e seriedade –, mas não me preocupo demais com isso. Ou melhor, é claro que estou contente por ser um belo dia, mas só disse isso para começar uma conversa, e logo falaria a respeito de outra coisa, qualquer outra coisa. É só porque eu queria fazer o senhor falar sobre qualquer coisa, entende?

O homem riu. Mesmo para Pollyanna, o riso soou um tanto estranho, embora ela não soubesse (como o homem sabia) que ele não ria há muitos meses.

– Então você quer que eu fale, não é? – disse ele, um tanto tristonho. – Bem, eu não vejo o que devo fazer a não ser falar, então. Mesmo assim, acho que uma bela senhorita como você poderia encontrar muitas pessoas muito mais agradáveis com quem conversar do que um velho trapaceiro como eu.

– Ora, mas eu gosto de velhos trapaceiros – exclamou Pollyanna rapidamente. – Isto é, eu gosto da parte dos *velhos*, e não sei o que seria um trapaceiro, então não posso desgostar disso. Além disso, se o senhor é um trapaceiro, acho que gosto de trapaceiros. De qualquer forma, gosto do senhor – concluiu, aprumando-se com alegre convicção.

– Hum! Com certeza, estou lisonjeado! – o homem sorriu ironicamente. Embora seu rosto e suas palavras expressassem uma dúvida educada, era possível notar que ele se sentou um pouco mais ereto no banco. – E, me diga, a respeito do que conversaremos?

CAPÍTULO 5

– É... é ínfimo para mim. Isso quer dizer que não me importo, não é? – perguntou Pollyanna com um sorriso radiante. – Tia Polly diz que não importa sobre o que eu fale, eu sempre cito as senhoras da Liga. Mas acho que é porque elas me criaram primeiro, não acha? Podemos falar a respeito da festa. Acredito que seja uma festa maravilhosa, agora que conheço alguém.

– F-festa?

– Sim, isto, sabe: todas essas pessoas aqui hoje. É uma festa, não é? Uma senhora disse que era para todo mundo, então fiquei; embora eu não tenha chegado até a casa, ainda assim estão dando uma festa.

Os lábios do homem tremeram.

– Bem, senhorita, talvez seja um tipo de festa – sorriu ele. – Mas a "casa" que está dando esta festa é a cidade de Boston. Este é um jardim público, um parque público para todas as pessoas, entende?

– É mesmo? Sempre? E eu posso vir aqui a qualquer hora que eu queira? Ora, que maravilhoso! É ainda melhor do que eu pensei que seria. Estava preocupada que eu não pudesse voltar aqui depois de hoje, entende? Mas agora estou contente por não saber disso de início, pois ficou ainda melhor. As coisas boas ficam melhores quando nos preocupamos por medo de que não sejam boas, não é?

– Talvez fiquem caso acabem se tornando boas de qualquer modo – concordou o homem, um tanto melancólico.

– Eu penso assim – assentiu Pollyanna, não notando a tristeza. – Mas não é bonito aqui? – exaltou ela. – Eu me pergunto se a senhora Carew sabe a respeito disso, que é para qualquer um. Ora, acho que todos gostariam de vir aqui a qualquer hora, sentar e observar ao redor.

O rosto do homem endureceu.

– Bem, há poucas pessoas no mundo que têm empregos, que têm algo a fazer além de vir aqui e ficar olhando ao redor; mas ocorre que não sou uma delas.

– Não? Então pode ficar contente com isso, não pode? – suspirou Pollyanna, cujos olhos radiantes seguiam um barco.

Os lábios do homem se separaram, com indignação, mas nenhuma palavra seguiu. Pollyanna ainda falava.

– Eu queria *não* ter nada para fazer além disso. Tenho que ir à escola. Bom, eu gosto da escola, mas há tantas outras coisas que prefiro. Ainda assim, fico contente que eu *consiga* ir à escola. Fico especialmente contente quando lembro que no último inverno acreditei que jamais voltaria a ir. Eu fiquei sem as pernas por um tempo, entende? Quero dizer, elas não funcionavam; e a gente não percebe o quanto usa as coisas até que não as tenha. E os olhos também. Já pensou quantas coisas fazemos com os olhos? Eu não, até que fui parar no sanatório. Havia uma senhora que havia ficado cega no ano anterior. Eu tentei fazê-la praticar o jogo (encontrar algo com o que ficar contente), mas ela disse que não conseguia; e se eu quisesse saber por quê, eu poderia tampar os meus olhos com um lenço por apenas uma hora. E foi o que eu fiz. Foi horrível. O senhor já tentou?

– O quê? N-não, não tentei. – Uma expressão um tanto contrariada, um tanto desconcertada, tomava o rosto do homem.

– Bem, então não tente. É horrível. Não conseguimos fazer nada, nada daquilo que queremos. Mas eu fiquei assim uma hora inteira. Desde então fico tão contente, às vezes, quando vejo algo tão maravilhoso quanto isso, sabe... Fico tão contente que quase quero chorar; porque eu *consigo* enxergar, sabe? Agora, ela joga o jogo (aquela senhora cega). A senhorita Wetherby me contou.

– O... *jogo?*

– Sim, o jogo do contente. Não lhe falei? Encontrar em tudo algo que nos deixe contentes. Bem, agora ela encontrou algo, a respeito dos olhos dela, sabe? O marido é o tipo de homem que ajuda a fazer leis, e ela lhe pediu que ajudasse os cegos, especialmente os bebês. Ela mesma foi e conversou com aqueles homens sobre como é ser cega. E eles fizeram... aquela lei. E disseram que ela fez mais que qualquer outra pessoa, mesmo o marido dela, ao ajudar a fazer a lei, e que eles acreditavam que não haveria lei nenhuma se não fosse por causa dela. Então agora essa mulher diz que está contente por ter perdido a visão, pois evitou que tantos bebês crescessem cegos como ela. Então, percebe que ela está jogando... o jogo? Mas acho que o senhor ainda não sabe do jogo; então eu lhe contarei. Ele começou assim... – E Pollyanna, com os olhos fixos na beleza cintilante ao seu redor, contou-lhe sobre o pequeno par de muletas de tempos atrás, que deveria ter sido uma boneca.

Quando terminou a história, houve um longo silêncio; então, de repente, o homem ficou em pé.

– Oh, o senhor vai embora *agora*? – perguntou ela, com óbvio desapontamento.

– Sim, vou embora agora – ele sorriu para ela de modo estranho.

– Mas o senhor voltará alguma hora?

Ele balançou a cabeça, mas voltou a sorrir.

– Espero que não... E eu acredito que não, menininha. Veja, fiz uma grande descoberta hoje. Pensava que não havia mais lugar para mim. Mas acabei de descobrir que tenho dois olhos, dois braços e duas pernas. Agora, vou usá-los e *farei* alguém entender que eu sei como usá-los.

No momento seguinte, ele já tinha ido embora.

– Ora, que homem engraçado! – meditou Pollyanna. – Mas ele era agradável... e diferente também – concluiu, ficando em pé e voltando a passear.

Pollyanna tinha voltado ao seu estado habitual de animação e caminhava com a confiança de alguém que não tem dúvidas. O homem não havia dito que aquele era um parque público e que ela tinha tanto direito quanto qualquer outra pessoa de estar lá? Caminhou mais perto da lagoa e atravessou a ponte até o ponto de partida dos botes. Por algum tempo ela observou as crianças alegremente, prestando especial atenção para encontrar os cachos negros de Susie Smith. Ela teria gostado de andar de bote, mas o aviso dizia "cinco centavos" o passeio, e ela não tinha dinheiro consigo. Sorriu esperançosa para várias mulheres e duas vezes puxou conversa. Mas ninguém conversou com ela, e aquelas pessoas com quem ela falou a olharam de forma fria e cortaram a conversa.

Após algum tempo, ela tentou outro caminho. Lá encontrou um garoto pálido em uma cadeira de rodas. Ela teria puxado conversa, mas ele estava tão concentrado em seu livro, que ela se voltou para o outro lado após um momento de observação esperançosa. Logo a menina encontrou uma jovem de bela aparência, mas com olhar triste, sentada sozinha, olhando o nada, o jeito muito parecido com o do homem. Com um gritinho alegre, Pollyanna se apressou na direção dela.

– Como vai? – sorriu ela. – Estou tão feliz por tê-la encontrado! Estive procurando por você por tanto tempo – afirmou ela, deixando-se cair sentada na extremidade desocupada do banco.

A bela jovem se virou sobressaltada, com um olhar de ansiosa expectativa.

– Oh! – exclamou, jogando-se para trás em óbvio desapontamento. – Pensei... O quê... O que quer dizer? – exigiu saber, ofendida. – Jamais a vi antes, em toda a minha vida.

– Nem eu a você – Pollyanna sorriu. – Mas estive à sua procura da mesma forma. Isto é, é claro que eu não sabia que seria *você*, exatamente. Só que eu queria encontrar alguém que parecesse solitário e que não tivesse ninguém. Como eu, entende? Tanta gente aqui tem companhia. Entendeu?

– Sim, entendi – assentiu a garota, voltando ao estado indiferente. – Mas, pobre menininha, é tão ruim que *você* tenha descoberto isso tão... cedo.

– Descoberto o quê?

– Que o lugar mais solitário no mundo é no meio de uma multidão, em uma cidade grande.

Pollyanna franziu a testa e ficou pensativa.

– Será? Não entendo como pode ser assim. Não entendo como se pode ficar solitário quando há gente ao seu redor. Mas – hesitou ela, franzindo ainda mais o cenho – eu *estava* solitária esta tarde, e *havia* gente ao meu redor; só que parecia que ninguém via ou percebia.

A moça bonita sorriu com amargura.

– É exatamente assim. Ninguém nunca vê (ou percebe), as multidões não percebem.

– Mas algumas pessoas percebem. Podemos ficar contentes por algumas pessoas perceberem – insistiu Pollyanna. – Agora, quando eu...

– Ah, sim, algumas pessoas percebem – interrompeu a outra. À medida que falava, teve um arrepio e olhou, temerosa, o caminho além de Pollyanna. – Algumas notam até demais.

CAPÍTULO 5

Pollyanna se encolheu, desanimada. Repetidas rejeições naquela tarde a levaram a uma nova sensibilidade.

– Você está falando de... mim? – gaguejou. – Que preferia que eu... não a tivesse notado?

– Não, não menina! Eu me referia a alguém bem diferente de você. Alguém que não deveria ter notado. Eu fiquei contente por você falar comigo, só que... Primeiro imaginei que fosse alguém de onde vim.

– Ah, então você também não mora aqui como eu... que estou passando um tempo aqui.

– Ah, sim, vivo aqui agora – suspirou a garota –, isto é, se é que podemos chamar isso de viver... O que eu faço.

– E o que você faz? – perguntou Pollyanna, interessada.

– O que faço? Vou lhe contar o que eu faço – exclamou a outra, com repentina amargura. – Desde cedo até a noite vendo laços fofos e arcos de cabelo alegres para garotas que riem e conversam e que se *conhecem*. Então vou para casa, para um pequeno quarto de fundos, três lances de escada acima, grande o bastante apenas para caber uma cama de armar toda torta, um lavatório com um jarro rachado, uma cadeira cambaleante e eu. Parece um forno no verão e uma geladeira no inverno, mas é tudo o que possuo; e tenho que ficar ali, quando não estou trabalhando. Mas vim aqui hoje. E não vou ficar naquele quarto, e também não vou pra qualquer biblioteca velha pra ler. É nosso último meio dia de folga este ano: e é extra; desta vez vou me alegrar. Sou jovem também e gosto de rir e brincar, tanto quanto as outras garotas para quem vendo fitas o dia todo. Bem, hoje vou rir e brincar.

Pollyanna sorriu e assentiu, aprovando.

– Estou feliz por se sentir deste jeito. Eu também sinto o mesmo. É muito mais divertido... ser feliz, não é? Além disso, a Bíblia nos ensina a ser assim; quero dizer: regozijem-se e alegrem-se. Isto aparece lá oitocentas vezes. Mas é provável que você já saiba desses textos sobre contentamento.

A jovem chacoalhou a cabeça. Seu olhar ficou estranho.

– Bem, não – respondeu, de forma seca. – Não posso dizer que eu *estivesse* pensando... sobre a Bíblia.

– Não estava? Bem, talvez não, mas sabe, o *meu* pai era pastor, e ele...

– Um *pastor*?

– Sim. Por quê, o seu também era? – perguntou Pollyanna, em resposta a algo que ela viu no rosto da outra.

– S-sim – A testa da moça corou.

– Oh, e ele foi, como o meu, para junto de Deus e dos anjos?

A garota virou o rosto.

– Não, ele ainda vive... lá de onde eu vim – respondeu, falando por entre os dentes.

– Oh, como você deve ficar contente – suspirou Pollyanna, com inveja. – Às vezes me ponho a pensar, se eu *pudesse* vê-lo só uma vez... Mas você vê o seu pai, não vê?

– Raramente. Afinal, eu estou aqui.

– Mas você *pode* vê-lo... E eu não posso ver o meu. Ele se foi para ficar com mamãe e os anjos, lá no Céu e... Você tem a sua mãe também, uma mãe na terra?

– S-sim. – A garota se agitava sem parar e deu meia-volta, como se fosse partir.

– Ora, então você pode ver os dois – inspirou Pollyanna, com o rosto demonstrando imenso anseio. – Puxa, como você deve ficar contente! Pois simplesmente não há ninguém que *se importe* e que nos observe tanto quanto os pais e as mães, não é mesmo? Veja, eu sei, porque eu tive um pai até os meus onze anos; mas, como mãe, eu tive as senhoras da Liga por tanto, tanto tempo, até a tia Polly me acolher. As senhoras da Liga são amáveis, mas é claro que elas não são como as mães, ou mesmo as tias Polly, e...

E Pollyanna falava e falava. Estava sendo ela mesma agora. E adorava falar. Não ocorreu nenhuma vez à menina que houvesse algo estranho, imprudente ou mesmo não convencional em contar coisas de seus pensamentos mais íntimos e sua história para uma total estranha sentada num banco em um parque de Boston. Para ela, todos os homens, mulheres e crianças eram amigos, fossem conhecidos ou desconhecidos; e até então ela pensava que os desconhecidos eram tão encantadores quanto os conhecidos, pois com eles havia sempre

CAPÍTULO 5

a empolgação do mistério e da aventura, enquanto passavam de desconhecidos a conhecidos.

Portanto, para esta garota ao seu lado, Pollyanna falou sem reservas sobre seu pai, sua tia Polly, sua casa no Oeste e sua viagem para o Leste, até Vermont. Contou-lhe a respeito de amigos, novos e antigos, e é claro, sobre o jogo. Pollyanna quase sempre contava a todos sobre o jogo, mais cedo ou mais tarde. Era, de fato, uma parte tão integrante de si mesma que ela quase não conseguia se conter e não contar.

A garota, por sua vez, pouco falou. Ela não agia mais com uma atitude indiferente entretanto, e sua postura demonstrava uma mudança marcante. As bochechas coradas, a testa franzida, os olhos preocupados, os dedos que não paravam de mexer nervosamente eram sinais claros de uma luta interior. De tempos em tempos, ela lançava olhares apreensivos para o caminho atrás de Pollyanna, e foi após um desses olhares que ela agarrou o braço da menina.

– Fique aqui, meninota, por um minuto só e não me deixe sozinha. Você me ouviu? Fique bem aqui onde está. Há um homem que conheço chegando; mas, não importa o que ele diga, não dê atenção e *não vá embora.* Vou ficar com *você*, entendeu?

Antes que Pollyanna pudesse fazer algo além de arfar de surpresa e espanto, viu-se erguendo o olhar para o rosto de um jovem cavalheiro muito bonito, que parou diante delas.

– Ah, aqui está você – sorriu ele com simpatia, erguendo o chapéu para a companheira de Pollyanna. – Sinto que terei que começar desculpando-me: – estou um pouco atrasado.

– Não importa, senhor – respondeu a jovem, falando depressa. – Eu... eu decidi que não vou.

O jovem deu uma breve risada.

– Ora, vamos lá, querida, não fique brava com alguém só por causa de um pequeno atraso!

– Não é nada disso – defendeu-se a moça, com seu rosto vermelho em brasa. – Quero dizer que eu não vou.

– Bobagem! – O jovem homem deixou de sorrir e falou rispidamente. – Ontem você disse que iria.

– Eu sei, mas mudei de ideia. Eu disse a esta amiguinha aqui que ficaria com ela.

– Ora, mas se você prefere ir com o jovem cavalheiro... – começou Pollyanna com ansiedade, mas calou-se após o olhar que a jovem lhe lançou.

– Estou dizendo que prefiro *não* ir. Eu não vou.

– E me diga, qual a razão desta santidade toda? – exigiu saber o homem, com uma expressão que fez que deixasse de parecer tão bonito para Pollyanna. – Ontem você disse...

– Eu sei o que eu disse... – interrompeu a jovem nervosamente. – Mas eu já achava que não deveria. Vamos dizer... que agora tenho certeza. E acabou! – E virou as costas, resoluta.

Não tinha acabado. O homem tentou mais duas vezes. Ele insistiu, então zombou com um olhar cheio de ódio. Finalmente, disse algo com muita raiva, bem baixinho, algo que Pollyanna não entendeu. No momento seguinte, virou-se e se distanciou caminhando.

A moça o observou, tensa, até que ele ficasse quase fora de vista; então, relaxando, colocou uma mão trêmula sobre o braço de Pollyanna.

– Obrigada, menininha. Acho que te devo... mais do que você poderia saber. Adeus.

– Mas não vá embora *agora*! – lamentou Pollyanna.

A garota suspirou profundamente.

– Preciso ir. Ele poderia voltar e, da próxima vez, talvez eu não consiga... – ela interrompeu e se ergueu. Por um momento hesitou, mas depois falou com amargura: – Veja, ele é do tipo que repara demais e que não devia ter reparado (*em mim*) de jeito nenhum! – E, com isso, a jovem partiu.

– Nossa, que moça estranha – murmurou Pollyanna, olhando melancolicamente a figura que se afastava. – Ela era simpática, mas também um tanto diferente – comentou, levantando-se e caminhando a esmo.

CAPÍTULO 6
A AJUDA DE JERRY

NÃO PASSOU MUITO tempo até que Pollyanna alcançasse o extremo do jardim público, numa esquina em que duas ruas se cruzavam. Era um cruzamento maravilhosamente interessante, com seus automóveis, carruagens e pedestres apressados. Uma enorme garrafa vermelha em uma vitrine de farmácia lhe chamou a atenção e, da rua abaixo, vinha o som de um realejo. Primeiro Pollyanna hesitou, mas depois correu ao longo da esquina e saltitou graciosamente na rua em direção à música arrebatadora.

Tinha encontrado muitas coisas que a interessavam. Nas vitrines havia objetos maravilhosos, e, ao alcançar o realejo, ela deparou com umas doze crianças dançando atrás dele, algo fascinante de se observar. Esse passatempo provou ser tão encantador que ela o acompanhou a alguma distância, apenas para ver as crianças dançando. Agora, Pollyanna se encontrava em uma esquina tão congestionada que um homem muito corpulento com uma capa azul ajudava as pessoas a atravessarem a rua. Durante um minuto ficou absorta, observando em silêncio; então, um tanto timidamente, ela começou a atravessar.

Foi uma experiência maravilhosa. O homem alto, de capa azul, logo a viu e imediatamente acenou para ela. Até caminhou em sua direção. Assim, através de uma alameda larga, com motores bufando e cavalos impacientes dos dois lados, ela caminhou incólume até alcançar a guia do outro lado. Isso lhe deu uma sensação deliciosa, tão deliciosa que, decorrido um minuto, ela atravessou de volta. E, com curtos intervalos de tempo, mais duas vezes trilhou o caminho fascinante magicamente aberto quando o homem corpulento erguia a mão. Na última vez, porém, ao deixá-la na calçada, seu condutor franziu a testa, confuso:

– Olhe aqui, menininha, você não é a mesma que atravessou há um minuto? – indagou ele com autoridade. – E também antes disso?

– Sim, senhor – sorriu Pollyanna. – Atravessei quatro vezes!

– Bem! – começou a vociferar o oficial; mas Pollyanna ainda falava.

– E a cada vez tem sido mais agradável!

– Oh, foi... foi mesmo? – resmungou o homenzarrão, gaguejando. Então, com um pouco mais de ímpeto, disparou: – Para que você acha que eu estou aqui? Apenas para te acompanhar para cima e para baixo?

– Ora, não, senhor – agitou-se Pollyanna. – É claro que não está aí apenas por minha causa! Há todos os outros. Sei o que o senhor é. É um policial. Nós temos um de vocês lá onde eu moro com a senhora Carew, mas ele é do tipo que apenas percorre as calçadas, sabe? Eu achava que vocês eram soldados, por causa dos botões dourados e chapéus azuis, mas entendi melhor agora. Acredito apenas que o senhor *seja* um tipo de soldado, porque o senhor é tão corajoso, ficando em pé aqui desse jeito, bem no meio dessas parelhas e desses automóveis todos, ajudando as pessoas a atravessar.

– Há, há! Priii! – irrompeu o homenzarrão, corando feito um menino de escola e jogando a cabeça para trás ao gargalhar. – Há, há! É como se... – interrompeu-se, erguendo rapidamente a mão. No momento seguinte, acompanhou uma senhorinha idosa visivelmente amedrontada de uma calçada para outra. Se o seu andar ficou um tanto mais pomposo e seu peito um pouco mais inchado, isso deve ter sido apenas uma exibição inconsciente para os olhos observadores da menininha no ponto de partida. Um momento mais tarde, com um aceno de mão arrogantemente permissivo na direção dos motoristas e condutores irritados, ele caminhou de volta em direção a Pollyanna.

– Oh, isso foi esplêndido – cumprimentou ela, com os olhos brilhantes. – Adoro ver o senhor fazer isso, e é exatamente como as crianças de Israel atravessando o mar Vermelho, não é? Com o senhor retendo as ondas para as pessoas atravessarem. E como o senhor deve ficar contente o tempo inteiro, por conseguir fazer isso! Eu costumava pensar que ser médico era a profissão mais feliz que existe, mas acho que, depois de tudo, ser policial deixa a gente mais contente: ajudar pessoas amedrontadas, como esta, entende? E... – Mas com outro "Priii!" e uma risada sem graça, o homenzarrão de capa azul voltou ao meio da rua, e Pollyanna ficou sozinha na calçada.

Por mais só um minuto, ela observou o fascinante "mar Vermelho", e então, com um olhar arrependido para trás, ela se virou.

– Acho que é melhor eu voltar para casa agora – meditou. – Deve estar quase na hora do jantar. – E rapidamente começou a andar de volta pelo caminho que viera.

Só depois de hesitar em diversas esquinas e sem querer fazer duas viradas erradas que a menina se deu conta de que "voltar para casa" não seria tão fácil quanto pensou que seria. E só quando chegou a um prédio que sabia que não tinha visto antes que ela entendeu de fato que estava perdida.

Encontrava-se em uma rua estreita, suja e mal pavimentada. Havia cortiços sombrios e algumas poucas lojas sem atrativos dos dois lados da rua. Ao redor, havia homens tagarelando e mulheres murmurando, ainda que Pollyanna não conseguisse entender uma palavra sequer. Além disso, ela não deixou de notar que as pessoas a observavam com grande curiosidade, como se soubessem que ela não era dali.

A menina perguntara o caminho várias vezes, mas em vão. Parecia que ninguém conhecia a senhora Carew e, nas últimas duas vezes, as pessoas às quais se dirigira responderam com um gesto e um amontoado de palavras que, depois de pensar um pouco, ela concluiu que deveria ser holandês, o idioma que os Haggerman, a única família estrangeira em Beldingsville, falava.

Pollyanna marchou e marchou, subindo uma rua e descendo outra. Agora, ela estava bastante assustada. Também estava com fome e muito cansada. Os pés doíam e os olhos estavam cheios de lágrimas que ela tentava conter com toda força. Pior ainda, era óbvio que começava a escurecer.

– Bem, de qualquer jeito – resmungou para si mesma – vou ficar contente por ter me perdido, pois será muito agradável quando for encontrada. Eu *consigo* ficar contente por isso!

Foi em uma esquina movimentada, onde duas ruas maiores se cruzavam, que Pollyanna finalmente estacou, desanimada. Desta vez, as lágrimas vazaram, então, por falta de um lencinho, teve que usar as costas das duas mãos para enxugá-las.

– Ei, menina, qual a razão dos soluços? – indagou uma voz alegre. – O que foi?

Com um suspiro aliviado, Pollyanna se voltou para encarar um menininho carregando um fardo de jornais debaixo do braço.

– Oh, estou tão contente por te ver! – exclamou. – Queria tanto ver alguém que não falasse holandês!

O menininho sorriu.

– Que holandês, que nada! – zombou. – Aposto que você quer dizer gringo!

Pollyanna franziu um pouquinho a testa.

– Bom, de qualquer jeito, não era minha língua – afirmou, em dúvida –, e eles não conseguiam responder às minhas perguntas. Mas talvez você possa. Sabe onde mora a senhora Carew?

– Nada! Agora você me pegou!

– O... quê? – indagou Pollyanna, ainda mais confusa.

O menino tornou a sorrir.

– Eu disse que não sabia. Acho que não conheço essa senhora.

– Mas não existe ninguém, em nenhum lugar, que a conheça? – implorou a menina. – Veja, eu saí apenas para dar uma volta e me perdi. Estou cada vez mais longe, mas não consigo encontrar a casa de jeito nenhum; e já está na hora do jantar, e está escurecendo. Eu quero voltar. Eu *tenho que* voltar.

– Xi... Puxa, é pra se preocupar! – solidarizou-se o menino.

– Sim, e temo que a senhora Carew também esteja preocupada – suspirou Pollyanna.

– Credo, se não bastasse! – O jovem soltou um risinho abafado, inesperadamente. – Mas, olha, você não sabe o nome da rua aonde precisa ir?

– Não, só sei que é um tipo de avenida. – Foi a resposta desesperada.

– Uma avenida, não é? Ah, agora tem classe nisso! Estamos indo bem! Qual é o número da casa? Você pode me dizer? Só coça sua cabeça!

– Coçar... a minha cabeça? – Pollyanna franziu a testa, confusa, e foi erguendo a mão em direção ao cabelo.

O menino a observou fazendo pouco caso.

– Ora, acorda! Você não pode ser tão tonta! Tô dizendo, não sabe o número da casa aonde precisa ir?

– N-não, mas sei que tem um sete – retorquiu Pollyanna, com um jeito levemente esperançoso.

– Dá pra acreditar numa coisa dessa? – zombou o menino, desdenhoso. – "Tem um sete"... E ela espera que eu saiba onde fica!

– Ora, eu reconheceria a casa, se eu a visse – declarou Pollyanna ansiosamente – e eu acho que reconheceria a rua também, por causa do lindo e longo jardim que vai de cima a baixo, bem no meio da rua.

Agora foi a vez de o garoto franzir a testa, surpreso.

– Jardim? – indagou. – No meio de uma rua?

– Sim: árvores e grama, entende, com uma calçada no meio, e bancos e... – Mas o garoto a interrompeu com um grito de prazer.

– Ora, ora! É a avenida Commonwealth, certeza absoluta! Vai *ficá* com a macaca agora?

– Ah, você conhece... mesmo? – suplicou Pollyanna. – Acho que é ela mesma... Só que não entendi de que macaca você falou. Não há macaca nenhuma lá, não acho que deixariam...

– Deixa a macaca pra lá! – brincou o garoto. – *Pódi apostá* sua doce vidinha que conheço! Eu não conduzo sir James até o jardim quase todos os dias? Então vou te levar também! Só espera um pouco eu voltar ao meu trabalho e vender tudo. Aí a gente vai andar até a avenida antes que consiga dizer "abracadabra"!

– Quer dizer que... você pode me levar para casa? – apelou Pollyanna, ainda não entendendo muito bem.

– Certo! É moleza, se conhece a casa!

– Ah, sim, eu conheço a casa – respondeu Pollyanna, com ansiedade –, mas eu não sei se é uma moleza ou não. Se não for, será que pode...

Mas o rapazinho apenas voltou a olhá-la com desdém e saiu rápido, para o meio da multidão. Um momento depois, Pollyanna ouviu a voz estridente dele gritando: "Jornal, jornal *Herald Globe*... Um jornal, senhor?".

Com um suspiro de alívio, Pollyanna deu um passo para trás, para a soleira de uma porta e aguardou. Estava cansada, mas feliz. Apesar das diversas facetas da situação, ela ainda acreditava no menino e tinha plena confiança de que ele a levaria para casa.

– Ele é bom, e eu gosto dele – disse a si mesma, acompanhando com o olhar a figura alerta e rápida do menino. – Mas ele fala engraçado. Suas palavras *soam* como as da minha língua, mas algumas delas não parecem fazer sentido nenhum com o resto do que ele diz. Estou contente, mesmo assim, por ele ter me encontrado – concluiu ela, com um suspiro satisfeito.

Não demorou muito até que o menino retornasse, com as mãos vazias.

– Vamos lá, criança. Todos a bordo – chamou ele, alegremente. – Vamos queimar o chão até a avenida. Se eu fosse alguém importante, transportaria você com todo o estilo, em um carro; mas, como pode ver, não tenho como fazer isso, então vamos ter que ir a pé mesmo.

Foi uma caminhada silenciosa em sua maior parte. Pollyanna, pela primeira vez na vida, estava cansada demais para conversar, até mesmo sobre as senhoras da Liga; e o menino estava concentrado em escolher o caminho mais curto até seu objetivo. Quando alcançaram o jardim público, Pollyanna exclamou, com alegria:

– Ora, agora estou quase lá! Eu me lembro deste lugar. Passei uma tarde maravilhosa aqui hoje. Agora estamos bem pertinho de casa.

– É isso mesmo! Agora estamos quase chegando – grasnou o menino. – O que foi que eu te falei? Vamos cortar por aqui até a avenida e aí será a hora de você encontrar sua casa!

– Ah, eu consigo encontrar a casa – exultou Pollyanna, com toda a segurança de alguém que alcançou um lugar conhecido.

Já estava bem escuro quando Pollyanna se guiou pelos degraus da residência dos Carew. O toque que o garoto deu na campainha foi rapidamente atendido, e Pollyanna se viu confrontando não apenas Mary, mas a senhora Carew, Bridget e Jenny também. Todas as quatro mulheres estavam pálidas e com os olhos ansiosos.

– Menina, menina, por *onde* você andou? – A senhora Carew exigiu saber, precipitando-se para a frente.

– Ora, eu... eu só saí para dar um passeio – começou Pollyanna – e me perdi, e este menino...

– Onde a encontrou? – interrompeu senhora Carew, virando-se autoritariamente para o acompanhante de Pollyanna, que estava, naquele momento, observando com óbvia admiração as maravilhas ao seu redor no saguão brilhantemente iluminado. – Onde você a encontrou, menino? – repetiu ela bruscamente.

Por um breve momento, o menino sustentou o olhar sem pestanejar; então um certo brilho surgiu em seus olhos, embora sua voz, quando falou, estivesse muito séria.

– Bem, encontrei ela perto da praça Bowdoin, mas acho que estava vindo da zona norte, só que ela não conseguiu entender os gringos, então acho que ela não tratou eles muito bem, dona.

– Na zona norte... A menina... sozinha! Pollyanna! – A senhora Carew teve um arrepio.

– Ora, mas eu não estava sozinha, senhora Carew – defendeu-se Pollyanna. – Havia sempre tanta, mas tanta gente lá, não é mesmo, menino?

Mas o garoto, com um sorriso travesso, já estava desaparecendo porta afora.

Pollyanna descobriu muitas coisas na meia hora seguinte. Aprendeu que boas meninas não fazem longos passeios sozinhas em cidades que não lhes são familiares, tampouco ficam sentadas em bancos de praça, conversando com estranhos. Aprendeu ainda que foi somente devido a "um milagre maravilhoso" que ela conseguiu chegar em casa naquela noite e que ela escapara de muitas, muitas consequências desagradáveis por sua tolice. Aprendeu que Boston não era Beldingsville e que ela não deveria pensar que fosse.

– Mas, senhora Carew... – finalmente ela argumentou em desespero. – Eu estou aqui, não me perdi pra valer. Parece que eu deveria ficar contente por isso, em vez de pensar o tempo inteiro nas coisas horríveis que poderiam ter acontecido.

– Sim, sim, criança. Suponho que sim, suponho que sim – suspirou a senhora Carew –, mas você me deu um susto tão grande, que eu quero ter certeza, CERTEZA ABSOLUTA de que você jamais fará isso de novo. Agora, querida, venha... Você deve estar com fome.

Foi apenas quando ela estava quase dormindo naquela noite que Pollyanna murmurou, sonolenta, para si mesma:

– A coisa que mais sinto nisso tudo é que eu não perguntei àquele menino qual era seu nome ou onde ele morava. Agora, nem posso agradecer a ele!

CAPÍTULO 7
UM NOVO CONHECIDO

OS MOVIMENTOS de Pollyanna foram observados com mais cuidado após seu passeio aventureiro e, exceto para ir à escola, não lhe era permitido sair de casa, a menos que Mary ou a própria senhora Carew a acompanhasse. Entretanto, isso não era motivo de aborrecimento para Pollyanna, pois adorava as duas e ficava extasiada ao sair com elas. Por algum tempo, ambas também despenderam bastante tempo com a menina. Mesmo a senhora Carew, aterrorizada por aquilo que poderia ter ocorrido e aliviada com o fato de que nada acontecera, esforçou-se em entretê-la.

Assim sendo, Pollyanna frequentou concertos e matinês com a senhora Carew, além de visitar a Biblioteca Pública e o Museu de Arte; já com Mary, ela fez maravilhosos passeios turísticos por Boston, indo até o Edifício Estadual e a Antiga Igreja do Sul.

Embora gostasse muito de automóveis, a menina apreciava mais os bondes, conforme a senhora Carew, surpresa, descobriu certo dia.

– Vamos pegar o bonde? – perguntou Pollyanna ansiosamente.

– Não, Perkins nos levará – respondeu a senhora Carew. Então, perante o óbvio desapontamento de Pollyanna, acrescentou, surpresa: – Ora, menina, pensei que gostasse do carro!

– Ah, mas eu gosto! – concordou Pollyanna, apressada. – E eu não diria nada, de qualquer forma, pois é claro que sei que é mais barato que o bonde e...

– "Mais barato que o bonde!" – interrompeu a senhora Carew por ficar tão surpresa.

– Ora, sim! – explicou a menina, arregalando os olhos. – O bonde custa cinco centavos por pessoa, sabe? E o carro não custa nada, pois é seu. E, é claro que eu *adoro* o carro, de qualquer jeito – apressou-se em explicar, antes que a senhora Carew pudesse falar. – É que há tantas pessoas no bonde e é tão divertido observá-las. A senhora não acha?

– Bem, não, Pollyanna, não posso dizer que acho – respondeu a senhora Carew asperamente, dando-lhe as costas.

Por coincidência, dois dias mais tarde, Ruth Carew tornou a ouvir algo sobre Pollyanna e bondes, desta vez vindo de Mary.

– Quero dizer, é esquisito, dona – afirmou Mary, séria, em resposta à patroa –, a forma com que a senhorita Pollyanna simplesmente dá um jeito em *todos* sem muito esforço. Não é que ela *faça* algo. Ela não faz nada. Ela apenas... só parece contente, é isso. Mas eu a vi entrar em um bonde que estava cheio de homens e mulheres com jeito zangado, fora as crianças choramingando, e em cinco minutos a senhora não reconheceria o lugar. Os rostos dos homens e das mulheres não estavam mais carrancudos, e as crianças esqueceram a razão de estarem chorando. Às vezes, é só algo que a menina disse pra mim, e eles ouviram. Outras, é apenas um "obrigada" que ela diz quando alguém insiste em nos oferecer seu lugar (e eles sempre fazem isso, quero dizer, nos oferecem o lugar). E outras vezes, é o jeito que ela sorri para um bebê ou um cachorro. Em todos os lugares, todos os cachorros abanam o rabo para ela, de qualquer jeito, e todos os bebês, grandes e pequenos, sorriem e se esticam para ela. Se nos atrasamos, vira piada; e se pegamos o bonde errado, é a coisa mais engraçada do mundo. E é assim com tudo. Não dá para ficar ranzinza

CAPÍTULO 7

com a senhorita Pollyanna, mesmo que você seja a única num bonde cheio de gente que não a conhece.

– Hum, deve ser assim mesmo – murmurou a senhora Carew, dando as costas.

Outubro daquele ano acabou sendo um mês especialmente quente e gostoso; conforme os dias ensolarados vinham e passavam, logo ficou evidente que conseguir acompanhar os pequenos pés de Pollyanna era uma tarefa que consumiria tempo e paciência demais de uma pessoa; embora Ruth Carew tivesse tempo, faltava-lhe paciência, além de que não estava disposta a permitir que Mary passasse muito do tempo dela (não importando se tivesse ou não paciência) saltitando ao ritmo dos caprichos e fantasias da menina.

É claro que manter a menina em casa durante todas as gloriosas tardes de outubro estava fora de questão. E, assim, não demorou muito para que Pollyanna tornasse a se ver, sozinha, no "belo e grande quintal" – o Jardim Público de Boston. Aparentemente, ela era tão livre quanto antes, mas, na realidade, estava cercada por uma muralha imensa de regras.

Não podia falar com homens ou mulheres estranhas; não podia brincar com crianças estranhas; e em circunstância alguma podia pôr os pés fora do jardim, exceto para ir para casa. Além disso, Mary, que a acompanhara até o jardim e a deixara lá, verificou se a menina conhecia mesmo o caminho para casa – e se sabia onde a avenida Commonwealth se encontrava com a rua Arlington, bem em frente ao jardim. E ela teria que ir embora sempre que o relógio na torre da igreja anunciasse quatro e meia.

Depois disso, Pollyanna visitava o jardim com frequência. De vez em quando, ia com alguma das meninas da escola; na maioria da vezes, ia sozinha. Apesar das restrições um tanto quanto chatas, ela se divertia muito. Podia *observar* as pessoas, mesmo não podendo falar com elas; e podia falar com os esquilos, pombas e pardais que vinham com tanta ansiedade buscar as castanhas e grãos que ela logo aprendeu a trazer-lhes a cada visita.

Pollyanna procurou muitas vezes pelos antigos amigos daquele primeiro dia – o homem que ficou tão contente por ter olhos, pernas e braços, além da jovem bonita que resolveu não seguir o belo rapaz; mas ela nunca mais os viu. Ela via com frequência o menino na cadeira de rodas e desejava poder conversar com ele, que também alimentava os pássaros e esquilos. Os animais eram tão domesticados que as pombas pousavam na cabeça e nos ombros dele, e os esquilos investigavam seus bolsos à procura de castanhas. Mas, olhando de longe, Pollyanna sempre notou algo estranho: apesar do óbvio prazer do menino em servir seu banquete, seu estoque de comida sempre acabava quase que de imediato e, embora ele sempre parecesse quase tão desapontado quanto o esquilo depois da busca infrutífera por castanhas, nunca remediou o problema trazendo uma quantidade maior de comida no dia seguinte, algo que parecia pouco sábio para a menina.

Quando o garoto não estava brincando com os pássaros e esquilos, ele ficava lendo – sempre lendo. Em sua cadeira, ele geralmente carregava dois ou três livros velhos, e às vezes ainda uma ou duas revistas. Ele podia ser encontrado quase sempre num lugar especial, e Pollyanna costumava se perguntar como ele chegara lá. Então, em um dia inesquecível, ela descobriu. Era um feriado escolar e, logo depois de ela chegar ao jardim público, viu o menino ser empurrado por uma das veredas por outro menino de nariz arrebitado e cabelo loiro. Ela deu uma boa olhada no rosto do loirinho e então, com um gritinho de empolgação, correu em sua direção.

– Oh, é você, você! Eu te conheço, mesmo que não saiba seu nome! Você me encontrou! Não se lembra? Ah, estou tão contente por te ver! Eu queria tanto te agradecer!

– Nossa, se não é a pequena perdida *da'venida*! – O menino sorriu. – Bem, o que andou aprendendo daquilo? Perdida de novo?

– Ah, não! – exclamou Pollyanna, saltitando na ponta dos pés em imensa alegria. – Não dá para eu me perder de novo: tenho que ficar bem aqui. E eu não posso conversar, sabe? Mas com você eu posso, pois eu *conheço* você, e posso conversar com ele, se você me apresentar – concluiu ela, com um olhar sorridente para o menino na cadeira de rodas e uma pausa esperançosa.

CAPÍTULO 7

O rapazinho loiro riu baixinho e deu uns tapinhas no ombro do outro menino.

– Cê tá ouvindo isso? Ela não é uma coisa e tanto? *Esper'aí* que *vô apresentá procê*! – E ele se postou em uma atitude pomposa. – Madame, este é um *chapa* meu, sir James, lorde do Beco dos Murphy e... – Mas o menino cadeirante o interrompeu.

– Jerry, deixa de besteira! – exclamou, sem graça. Então, virou um rosto entusiasmado em direção a Pollyanna. – Eu já te vi aqui muitas vezes antes. Vi você alimentando os pássaros e esquilos... E sempre traz tanto para eles! Eu acho que você também gosta mais de sir Lancelot. É claro que ainda temos a lady Rowena, mas ela foi rude com a Guinevere ontem... Simplesmente roubou o jantar da outra!

Pollyanna piscou e franziu a testa, olhando de um menino para outro, em dúvida. Jerry tornou a dar risada. Então, com um empurrão final, ele levou a cadeira até o ponto de sempre e se virou para ir embora. Falando por sobre o ombro, avisou Pollyanna:

– Veja, garota, só *mi* deixa *dizê* algo. Este menino não está *bebo* nem *lôco*. Entendeu? Ele só dá nomes pros *amiguinhu* dele aqui. – E fez um gesto floreado para criaturas de pelo e penas em todas as direções. – E nem são nome de *genti*. São só *personagem* de livro. Tá *ouvinu*? E assim *memu*, ele prefere *dá* comida pra eles *qui* pra si *memu*. Não é o máximo? Tsc, tsc, sir James – acrescentou ele, com uma careta para o menino na cadeira. – *Guenta'í*, agora: nada de grana pra comida *procê*! *Té* mais! – E foi-se embora.

Pollyanna ainda piscava, com a testa franzida, quando o menino deficiente se virou com um sorriso.

– Não ligue para o Jerry, é só o jeito dele. Ele cortaria a mão direita por mim, com certeza, mas adora zoar. Onde você o viu? Ele conhece você? Ele não me disse o seu nome.

– Sou Pollyanna Whittier. Eu me perdi uma vez, ele me encontrou e me levou para casa – respondeu Pollyanna, ainda um tanto confusa.

– Ah, entendi. É bem o jeito dele – assentiu o menino. – Ele não me empurra até aqui todo dia?

Os olhos de Pollyanna se encheram de solidariedade.

– Não consegue andar... nem um pouquinho... hã... s-sir James?

O menino riu muito.

- "Sir James", ora essa! Isto é só mais uma das besteiras de Jerry. Não sou “sir”.

Pollyanna ficou claramente desapontada.

- Não é? Nem um... lorde, como ele disse?

- Claro que não!

- Ah... esperava que fosse como o pequeno lorde Fauntleroy, sabe? - replicou Pollyanna - E...

Mas o menino a interrompeu, com ansiedade:

- Você *conhece* o pequeno lorde Fauntleroy? E sabe a respeito do sir Lancelot, e o Santo Graal, e o rei Artur e sua Távola Redonda, e a lady Rowena e Ivanhoé, todos eles? Sabe mesmo?

Pollyanna balançou a cabeça, em dúvida.

- Bem, acho que talvez não conheça *todos* eles - admitiu. - Aparecem todos... em livros?

O menino assentiu com a cabeça.

- Estou com eles aqui... alguns - contou ele. - Gosto de ler várias e várias vezes. Tem sempre *alguma coisa* nova nos livros. Além disso, não tenho outros, de qualquer jeito. Estes eram do meu pai. Ei, seu malandrinho, pare com isso! - interrompeu ele, rindo em reprovação a um esquilo de cauda peluda que pulou em seu colo para remexer em seus bolsos. - Nossa, acho que é melhor dar a comida pra eles, ou vão tentar nos comer. - O menino riu. - Este é sir Lancelot. Ele sempre aparece primeiro, sabe?

De algum lugar, o menino tirou uma caixa de papelão, que abriu com cuidado, de olho nos inúmeros olhos brilhantes que observavam cada movimento seu. Agora, ao seu redor, tudo soava a gorjeios e bater de asas, arrulhar de pombos e pipilar dos pardais. Sir Lancelot, alerta e ansioso, ocupou um braço da cadeira de rodas. Outro colega de cauda peluda, menos aventureiro, sentou sobre as patas traseiras a cerca de um metro e meio de distância. Um terceiro esquilo tagarelava alto em uma árvore vizinha.

De dentro da caixa, o garoto tirou algumas nozes, um pequeno pãozinho e uma rosquinha, olhando este último com os olhos de desejo, hesitante.

CAPÍTULO 7

- Você trouxe... alguma coisa? - perguntou então.

- Um monte... bem aqui - assentiu Pollyanna, dando tapinhas no saco de papel que carregava.

- Ah, então talvez eu vou comer isso hoje - suspirou o menino, devolvendo a rosquinha à caixa com um ar de alívio.

Pollyanna, que não percebeu o significado desta ação, enfiou os dedos no próprio saquinho, e o banquete começou.

Foi uma hora maravilhosa. Para Pollyanna foi, de certa forma, a hora mais maravilhosa que ela já havia passado, pois encontrara alguém que conseguia falar mais rápido e por mais tempo que ela mesma. Aquele rapazinho parecia ter um fundo inextinguível de histórias maravilhosas sobre cavaleiros corajosos e damas leais, de torneios e batalhas. Além disso, ele descrevia suas fantasias de forma tão viva, que ela conseguia enxergar com os próprios olhos seus atos de bravura, os cavaleiros de armadura e as lindas senhoras com seus vestidos e tranças com joias, embora estivesse observando, na realidade, a revoada de pombos e pardais, além de um grupo de saltitantes esquilos em uma ampla área de grama ensolarada.

As senhoras da Liga foram esquecidas. Até o jogo do contente não foi lembrado. Pollyanna, com as bochechas coradas e os olhos brilhantes, trilhava as eras douradas, guiada pelo menino cheio de histórias de aventura que, embora ela não soubesse, tentara agrupar nesta única hora de companheirismo agradável incontáveis dias aborrecidos repletos de solidão e desesperança.

Só quando o sino do meio-dia tocou e Pollyanna se apressou a voltar para casa, foi que ela se lembrou que nem sabia ainda o nome do menino.

- Sei apenas que não é "sir James" - suspirou ela para si mesma, franzindo a testa de vergonha. - Mas não tem problema. Posso perguntar amanhã.

CAPÍTULO 8

JAMIE

POLLYANNA NÃO VIU o garoto "amanhã". Chovia, e ela não pôde ir ao jardim público de modo nenhum. Choveu no dia seguinte também. Mesmo no terceiro dia ela não o viu, pois, embora o sol tenha surgido brilhante e quente e ela tenha ido bem no começo da tarde ao jardim e esperado por muito tempo, ele não apareceu. Mas no quarto dia lá estava ele em seu lugar de sempre, e Pollyanna se apressou com um cumprimento alegre.

– Ah, estou tão contente, *tão contente* por ver você! Mas por onde andou? Você não apareceu por aqui ontem!

– Não deu. A dor não me deixou vir ontem – explicou o rapaz, que parecia muito pálido.

– A *dor*! Puxa, dói muito? – Pollyanna gaguejou, demonstrando logo todo sentimento solidário.

– Ah, sim, sempre – afirmou o garoto, com um ar sério e alegre ao mesmo tempo. – Em geral, consigo aguentar a dor e venho aqui de qualquer forma, exceto quando fica ruim *demais*, do jeito que estava ontem. Daí, não dá.

CAPÍTULO 8

– Mas como você consegue aguentar... com essa dor... sempre? – Pollyanna suspirou.

– Tenho que aguentar – respondeu o rapaz, arregalando os olhos um pouco mais. – As coisas são assim, porque são *assim* e não poderiam ser de outra forma. Então, de que adianta pensar em como podiam ser? Além disso, quanto mais doer em um dia, *mió* será no dia seguinte.

– Sei disso! É exatamente como no jo... – começou Pollyanna; mas o rapaz a interrompeu.

– Você trouxe muita comida desta vez? – perguntou ele com ansiedade. – Espero que sim! Veja só, não pude trazer muito hoje. Jerry não *pudia gastá* nem um centavo em amendoins esta manhã, e realmente num havia coisas suficientes na caixa para mim esta tarde.

Pollyanna pareceu chocada.

– Você está dizendo que não tinha o suficiente para comer? Para o *seu* almoço?

– Isso! – O rapaz sorriu. – Mas não se preocupe. *Num* é a primeira vez... e *num* vai ser a última. Já tô acostumado. Olha lá! Lá vem o sir Lancelot.

Pollyanna, no entanto, não estava pensando em esquilos.

– E não havia mais nada em casa?

– Ah, não, *nunca* tem sobra nenhuma em casa – riu o garoto. – Veja, a Mã trabalha fora (escadarias e lavações), então ela consegue um pouco da comida nesses lugares, e Jerry pega onde pode, exceto de noite e de manhã, quando então ele pega da gente, se tivermos algo.

Pollyanna pareceu ainda mais chocada.

– Mas o que você faz quando não tem nada para comer?

– Passo fome, claro.

– Mas eu nunca *ouvi* falar de ninguém que não tivesse nada para comer – Pollyanna suspirou. – Claro, meu pai e eu éramos pobres, e a gente comia feijão e bolinho de peixe quando queríamos comer peru. Mas tínhamos *algo* para comer. Por que você não conta isso para as pessoas... todas as pessoas ao redor, os moradores dessas casas?

– De que adianta?

– Bem, eles dariam alguma coisa, claro!

O garoto riu mais uma vez, agora de forma um tanto estranha.

– Adivinhe só, menina. Lá vai mais uma: ninguém que conheço tá comendo rosbife e bolos confeitados como gostaria. Além disso, se você nunca sente fome de vez em quando, nunca saberá como batatas e leite podem ser tão bons; e não teria muito o que pôr em seu Livro das Alegrias.

– No seu *o quê*?

O rapaz soltou uma risada sem graça e corou subitamente.

– Esquece! *Num* tava pensando e, por um instante, achei que você fosse Mã ou Jerry.

– Mas o que é o Livro das Alegrias? – insistiu Pollyanna. – Diga, por favor. Há cavaleiros, lordes e damas nele?

O garoto sacudiu a cabeça, negando. A risada se dissipou dos olhos, que ficaram escuros e insondáveis.

– Não, gostaria que houvesse – suspirou ele melancolicamente. – Mas quando você... você não consegue nem andar, também não consegue combater em batalhas, ganhar troféus e ter damas formosas lhe entregando a espada e lhe dando o prêmio dourado... – Um fulgor repentino surgiu nos olhos do garoto. O queixo se ergueu como em resposta a um chamado de corneta. Então, da mesma forma súbita, o fogo se apagou e o garoto voltou à sua costumeira apatia. – ... *Num* dá pra *fazê* nada – concluiu ele com cansaço, após um momento de silêncio. – Você só tem que ficar sentado e pensar; e em épocas como essa, seu *pensar* se transforma em algo terrível. O meu se transformou, pelo menos. Eu queria ir à escola e aprender coisas... mais coisas que as que Mã consegue me ensinar, e pensei nisso. Queria correr e brincar de bola com os outros garotos, e pensei nisso. Queria sair e vender jornais com Jerry, e pensei nisso. *Num* queria que cuidassem de mim a vida toda, e pensei nisso.

– Eu sei, ah, como sei disso! – Pollyanna suspirou, com os olhos brilhando. – Eu perdi as *minhas* pernas por um tempo, sabe?

– Perdeu? Então você entende... um tico. Mas você recuperou as pernas. Eu não, entende? – O menino suspirou, com a sombra em seus olhos se aprofundando.

CAPÍTULO 8

– Mas você não me contou ainda... sobre o Livro das Alegrias – Pollyanna insistiu após um instante.

O garoto se remexeu e riu envergonhado.

– Bem, veja, *num* é grande coisa, afinal, é só pra mim. *Você* não vai achar nada de mais. Comecei com ele há um ano. *Tava* me sentindo especialmente mal naquele dia. Nada dava certo. Por um instante, decidi relaxar, só pensando; então, peguei um dos livros do meu pai e tentei ler. E a primeira coisa que vi foi isso (eu sei de cor, então, posso recitar agora):

A satisfação fica mais intensa onde parece não existir.
Não há folha que caia ao chão,
que não traga alguma alegria, de silêncio ou de som.[1]

– Bem, fiquei maluco. Queria pôr quem escreveu isso no meu lugar, e ver que tipo de alegria ele ia encontrar em minhas "folhas". Fiquei tão doido que decidi que eu provaria que ele não sabia do que *tava* falando, então comecei a caçar isso (as alegrias em minhas "folhas", entende?). Peguei um caderno vazio que Jerry tinha me dado e disse pra mim mesmo que ia anotá-las. Qualquer coisa que tivesse qualquer ligação com isso de eu gostar, eu ia *escrevê* no caderno. Então eu ia mostrar quantas alegrias eu tive.

– Isso, isso! – Pollyanna gritou, interessada, enquanto o garoto fazia uma pausa para respirar.

– Bem, eu não esperava conseguir muitas, mas... Sabe de uma coisa? Consegui um monte. Em quase tudo havia algo de que eu gostava *um pouquinho*, assim precisava ser anotado. A primeira de todas foi o próprio caderno (que eu tinha, sabe, pra anotar). Então alguém me deu uma flor num vaso, e Jerry achou um livro legal no metrô. Depois disso, foi realmente divertido caçá-las... Às vezes, eu as encontrava em cada lugar estranho. Então, certo dia, Jerry pegou o livrinho

1. BLANCHARD. "Alegrias ocultas". In: *Ofertas líricas*.

e descobriu do que se tratava. Daí, ele deu o nome: o Livro das Alegrias. E... isso é tudo.

– Tudo... *tudo*! – gritou Pollyanna, com alegria e espanto, lutando para controlar seu rostinho iluminado. – Porque esse é o jogo! Você está jogando o jogo do contente e não sabe disso. Só que você vem jogando desde sempre e muito melhor do que eu poderia! Pois e-eu não acho que poderia jogar se n-não tivesse o que comer e não pudesse voltar a andar ou algo assim – explodiu.

– O jogo? Que jogo? *Num* sei de nada sobre nenhum jogo. – O garoto franziu a testa.

Pollyanna bateu palmas.

– Sei que você não sabe... Sei que não sabe, e é por isso que isto é tão legal e tão... tão... maravilhoso! Mas, ouça: vou contar como é o jogo.

E ela lhe contou.

– Puxa! – o garoto falou, aprovando quando ela terminou. – E agora, o que pensa disso!

– E aqui está você, jogando *meu* jogo melhor que qualquer pessoa que conheço, e eu ainda não sei o seu nome nem nada sobre você! – Pollyanna exclamou, em tom quase maravilhado. – Mas eu quero... quero saber tudo sobre você.

– Puxa, mas não há nada pra saber – replicou o garoto, erguendo os ombros. – Além disso, veja só, lá está o pobre sir Lancelot e todos os demais, esperando o jantar – concluiu ele.

– Meu Deus, estão mesmo – suspirou Pollyanna, olhando com impaciência para todos os bichinhos agitados e vibrantes ao redor deles. Descuidadamente, ela virou o saco para baixo e espalhou seus suprimentos aos quatro ventos. – Aí está, pronto, agora podemos voltar a conversar. – Ela se alegrou. – E tem tanta coisa que quero saber. Primeiro, por favor, como você se chama? Só sei que não é "sir James".

O rapaz sorriu.

– Não, não é, mas é assim que Jerry geralmente me chama. Mã e os outros me chamam de “Jamie”.

CAPÍTULO 8

– *Jamie!* – Pollyanna segurou a respiração e a manteve suspensa. Uma esperança louca surgiu em seus olhos. Foi seguida quase instantaneamente, no entanto, por uma dúvida cruel. – "Mã" significa "mãe"?

– Claro!

Pollyanna relaxou, soltando o ar. O rosto dela desanimou. Se este Jamie tinha mãe, é claro que ele não podia ser o Jamie da senhora Carew, cuja mãe havia morrido há muito tempo. Mesmo assim, independentemente de quem ele era, o menino era maravilhosamente interessante.

– Mas onde você mora? – Ela o examinava com ansiedade. – Tem mais alguém na sua família além de sua mãe... e do Jerry? Você sempre vem aqui todos os dias? Onde está o seu Livro das Alegrias? Posso vê-lo? Os médicos não dizem se você vai andar de novo? E onde foi que você disse que a conseguiu? Esta cadeira de rodas, quero dizer.

O garoto soltou um riso abafado.

– Diga, quantas dessas perguntas você quer que eu responda de uma vez? Vou começar pela última e seguir de trás para a frente, talvez, se eu não esquecer quais são. Ganhei esta cadeira há um ano. Jerry conhecia um dos rapazes que escrevem para jornais, né, e ele falou de mim (como eu não podia andar e tudo o mais) e do Livro das Alegrias. Logo depois, de repente, um bando de homens e mulheres apareceu um dia, carregando esta cadeira, e disseram que era pra mim. Que leram sobre mim e que queriam que eu ficasse com ela pra me lembrar dessas pessoas.

– Puxa! Como você deve ter ficado contente!

– Fiquei. Usei uma página inteira do Livro das Alegrias pra falar da cadeira.

– Mas você *nunca* vai conseguir andar de novo? – Os olhos de Pollyanna ficaram embaçados pelas lágrimas.

– Parece que não. Disseram que eu não ia conseguir.

– Ah, mas isso é o que eles disseram para mim, e então eles me enviaram para o doutor Ames, eu fiquei lá quase um ano, mas ele me fez andar. Talvez ele possa fazer *você* andar!

O rapaz negou com a cabeça.

– Não dá pra mim, entende? Eu não poderia ir até ele, de qualquer jeito. Porque daí ia custar uma fortuna. A gente precisa se conformar que eu nunca vou conseguir... andar de novo. Mas tudo bem... – O garoto jogou a cabeça para trás com impaciência. – Estou tentando *num* pensar nisso. Você sabe como é quando... quando o *pensamento* vai e vem.

– Sim, sim, é claro... E é disso que estou falando aqui! – Pollyanna gritou, contrita. – Eu disse que você sabia jogar o jogo melhor do que eu, mas continue. Você não me contou nem metade ainda. Onde você mora? E o Jerry é o único irmão que você tem?

Uma mudança rápida passou pelo rosto do rapaz. Os olhos brilharam.

– É, mas ele *num* é meu irmão de verdade. Ele *num* é parente, nem Mã é. E eu só fico pensando como eles são bons comigo!

– Como assim? – Pollyanna questionou, instantaneamente em alerta. – Essa "Mã" não é sua mãe de verdade?

– Não, e isso é o que faz...

– E você não tem mãe? – interrompeu a menina, com uma agitação crescente.

– Não, eu não tenho nenhuma lembrança da minha mãe, e meu pai morreu faz seis anos.

– Quantos anos você tinha?

– *Num* sei, eu era pequeno. Mã diz que acha que eu tinha seis anos. Foi quando ele me pegaram, sabe.

– E seu nome é Jamie? – Pollyanna prendia a respiração.

– Sim, foi isso que me disseram.

– E qual é o seu sobrenome? – Ansiosa, mas com medo, Pollyanna fez essa pergunta.

– *Num* sei.

– *Você não sabe!*

– *Num* me lembro. Eu era pequeno demais, acho. Mesmo os Murphy *num* sabem. Eles nunca me conheceram por nada mais que "Jamie".

Uma enorme frustração surgiu no rosto de Pollyanna, mas quase imediatamente um lampejo de pensamento afastou a sombra.

CAPÍTULO 8

– Bem, de qualquer modo, se não sabe qual é o seu nome, não pode saber que não é "Kent"! – exclamou ela.

– "Kent"? – O rapaz estranhou.

– É – começou Pollyanna, totalmente animada. – Veja só, havia um menininho que se chamava Jamie Kent que... – ela parou subitamente e mordeu o lábio. A menina deduziu que seria mais gentil não deixar esse garoto saber ainda da esperança dela de que ele pudesse ser o Jamie perdido. Seria melhor que ela tivesse mais certeza antes de criar expectativas, ou poderia trazer ao menino mais tristezas que alegrias. Ela não tinha esquecido como Jimmy Bean ficou desapontado quando ela foi forçada a dizer que a Liga das Senhoras não o queria e novamente quando, de início, o senhor Pendleton também o recusou. Estava determinada a não cometer o mesmo erro pela terceira vez; então, rapidamente, ela fingiu um ar de indiferença sobre esse assunto tão perigoso enquanto dizia: – Não se preocupe com Jamie Kent. Fale mais de você. Estou *tão* interessada!

– *Num* há nada pra contar. *Num* sei de nada bom – o rapazinho hesitou. – Disseram que o pai era... era esquisito e nunca conversava. Eles nem sabiam o nome dele. Todos o chamavam de "Professor". Mã diz que ele e eu morávamos em um quartinho dos fundos no andar de cima de uma casa em Lowell, onde eles viviam. Eles eram pobres na época, mas *num* eram tanto quanto hoje. O pai de Jerry estava vivo naqueles dias e tinha emprego.

– Sim, sim, prossiga – insistiu Pollyanna.

– Bem, Mã diz que meu pai estava muito doente e foi ficando cada vez mais e mais esquisito, então eles acharam que o melhor a fazer era me deixar no andar de baixo com eles. Na época eu andava um pouco, mas minhas pernas não eram boas. Eu brincava com o Jerry e a menininha que morreu. Bem... quando papai morreu, não havia ninguém pra ficar comigo, e alguns homens iam me colocar num orfanato; mas Mã disse que eu fiquei chateado, e o Jerry também, então eles disseram que ficariam comigo. E ficaram. A menininha tinha acabado de morrer, e eles disseram que eu podia ocupar o lugar dela. E desde então, eles estão comigo. Eu caí e piorei, e agora eles estão terrivelmente pobres também, além do pai de Jerry ter morrido. Mas mesmo assim eles ficaram comigo. Então, isso num é o que a gente pode chamar de ser muito legal com alguém?

– Sim, claro – exclamou Pollyanna. – Mas eles vão ser recompensados, sei que eles terão uma recompensa! – Pollyanna vibrava de alegria agora. A última dúvida sumiu. Ela havia encontrado o Jamie perdido. Tinha certeza disso. Mas não devia ainda falar nada. Primeiro a senhora Carew deveria vê-lo. Então... *então*! Até a imaginação de Pollyanna falhava quando se tratava de visualizar a felicidade que estaria reservada à senhora Carew e a Jamie naquela reunião alegre.

Ela saltou rapidamente do banco com extremo descuido com sir Lancelot, que havia voltado e estava farejando em seu colo, procurando mais castanhas.

– Preciso ir embora, mas volto amanhã de novo. Talvez eu traga uma senhora comigo que você gostará de conhecer. Você vai estar aqui amanhã, não é? – concluiu ela com ansiedade.

– Claro, se o tempo estiver bom. Jerry me empurra até aqui quase todas as manhãs. Eles deram um jeito para que isso acontecesse; trago meu almoço e fico até as quatro da tarde. Jerry é bom para mim... é sim!

– Eu sei, eu sei – concordou Pollyanna. – E talvez você encontre outra pessoa para ser boa para você também – cantarolou. Com essa afirmação enigmática e um sorriso cativante, ela partiu.

CAPÍTULO 9

PLANOS E CONSPIRAÇÕES

A CAMINHO DE CASA, Pollyanna fez planos otimistas. No dia seguinte, de uma forma ou de outra, a senhora Carew deveria ser convencida a ir passear junto com ela no Jardim Público. Só que a menina não sabia exatamente como isso ia ocorrer; mas deveria ocorrer, com certeza.

Contar diretamente à senhora Carew que ela havia encontrado Jamie e queria que a mulher fosse vê-lo estava fora de cogitação. Havia, claro, uma pequena chance de aquele não ser o Jamie dela; e se não fosse, e ela tivesse levantado falsas esperanças para a senhora Carew, o resultado poderia ser desastroso. Pollyanna sabia, pelo que Mary havia lhe contado, que duas vezes a senhora Carew já havia ficado muito doente pelo enorme desapontamento de ter seguido pistas promissoras que conduziriam a algum garoto bem diferente do filho de sua falecida irmã. Então, Pollyanna sabia que não podia contar à senhora Carew por que queria que ela a acompanhasse no dia seguinte ao jardim público. Mas haveria um jeito, Pollyanna declarou a si mesma, enquanto se apressava com alegria indo para casa.

O destino, entretanto, como costuma acontecer, novamente interferiu, desta vez na forma de uma forte tempestade; e Pollyanna não precisou de nada além do que espiar para fora, no dia seguinte, para perceber que não haveria passeio pelo jardim público naquele dia. Pior ainda, nem no dia seguinte nem no outro as nuvens se dispersaram; e Pollyanna passou todas as três tardes caminhando de janela a janela, espiando o céu e perguntando a todos com ansiedade: "Você não acha que parece que o céu está clareando *um pouco*?".

Tão incomum era esse comportamento por parte da menininha, e tão irritante era a constante indagação, que por fim a senhora Carew perdeu a paciência.

– Pelo amor de Deus, menina, qual é o problema? – gritou ela. – Nunca soube que você ficasse tão agitada por causa do tempo. Cadê aquele maravilhoso jogo seu hoje?

Pollyanna enrubesceu e pareceu constrangida.

– Puxa, acho que talvez eu tenha me esquecido do jogo desta vez. – admitiu ela. – E é claro que *há* alguma coisa com a qual eu posso ficar contente... se eu procurar bastante. Posso ficar contente porque uma hora vai *ter* de parar de chover, já que Deus disse que ele *não* mandaria outro dilúvio. Mas veja só, eu queria tanto que fosse um dia agradável hoje.

– Por que hoje especialmente?

– Ah, eu... eu só queria caminhar pelo jardim público – Pollyanna tentava arduamente falar de uma forma despreocupada. – Pensei que a senhora talvez pudesse ir comigo também. – Por fora Pollyanna era pura indiferença; por dentro, no entanto, ela estava fervendo de agitação e suspense.

– *Eu*? Caminhar no jardim público? – questionou a senhora Carew, com a testa ligeiramente franzida. – Obrigada, mas acho que não – ela sorriu.

– Ah, mas a senhora... a senhora *não recusaria*! – Pollyanna gaguejou, em súbito pânico.

– Mas acabei de recusar.

Pollyanna engoliu em seco. Ficou realmente pálida.

CAPÍTULO 9

– Mas, senhora Carew, por favor, *por favor*, não me diga que *não vai* quando fizer sol – insistiu. – Veja, é por um motivo especial que eu queria que fosse... comigo... Só desta vez.

A senhora Carew franziu a testa. Abriu os lábios para tornar o "não" mais decisivo; mas algo nos olhos suplicantes de Pollyanna a fez mudar as palavras, pois, quando elas surgiram, foram de um consentimento hesitante.

– Bem, bem, menina, faça como quiser. Mas se eu prometer ir, *você* deve me dar sua palavra de que não vai se aproximar da janela por uma hora nem perguntar mais uma vez hoje se eu acho que o tempo vai clarear.

– Sim, senhora, eu vou... quero dizer, não vou – Pollyanna vibrou. Então, quando um pálido feixe de luz que era quase um raio de sol surgiu obliquamente pela janela, ela gritou com alegria. – Mas a senhora *não* acha que vai... Ai! – interrompeu-se com desânimo e correu para fora do aposento.

Sem dúvida alguma, clareou na manhã seguinte. Mas, embora o sol brilhasse forte, havia um frio evidente no ar e, à tarde, quando Pollyanna voltou da escola para casa, havia um vento cortante e gelado. Apesar dos protestos, no entanto, ela insistiu que fazia um belo dia lá fora e que ficaria muito triste se a senhora Carew não fosse caminhar no jardim público. E a senhora Carew foi, apesar de ainda protestar.

Como se podia esperar, foi uma jornada infrutífera. Juntas, a mulher impaciente e a menininha de olhos ansiosos se apressaram, tremendo, subindo e descendo os caminhos. (Pollyanna, sem encontrar o garoto no local de sempre, fazia uma busca frenética em todos os cantinhos do jardim. Para ela, parecia que não podia terminar assim. Lá estava ela no jardim e lá estava ela com a senhora Carew; mas Jamie não estava em local nenhum... E, no entanto, ela não podia dizer uma palavra à senhora Carew.) Enfim, totalmente congelada e furiosa, a senhora Carew insistiu em voltar para casa; e Pollyanna, desesperada, concordou.

Dias tristes se seguiram para Pollyanna depois. O que para ela estava perigosamente perto de um segundo dilúvio – mas que, segundo a senhora Carew, eram apenas "as costumeiras chuvas de outono" – trouxe uma série de dias úmidos, enevoados, frios e tristes, preenchidos com uma garoa melancólica ou, pior ainda, com um aguaceiro constante. Se, por acaso, havia um dia de sol, Pollyanna sempre disparava para o jardim, mas em vão. Jamie nunca estava lá. Agora já era meio de novembro, e mesmo o jardim estava repleto de melancolia. As árvores estavam desnudadas, os bancos quase vazios e não havia um barco sequer no pequeno lago. Verdade, os esquilos e pombos estavam lá, e os pardais estavam tão atrevidos como sempre, mas alimentá-los era quase mais motivo de tristeza que de alegria, pois cada movimento insolente da cauda peluda de sir Lancelot trazia apenas lembranças amargas do garoto que lhe havia dado esse nome... e que não estava lá.

– E pensar que não descobri onde ele morava! – lamentava-se Pollyanna para si mesma cada vez mais, enquanto os dias se passavam. – Ele era Jamie... só sei que ele era Jamie. E agora preciso esperar e esperar até a primavera chegar e ficar quente o bastante para ele voltar aqui de novo. E então, talvez, *eu* não venha mais aqui nessa época. Puxa vida... puxa vida, e ele *era* o Jamie, eu sei que ele era o Jamie!

Então, em uma tarde sombria, o inesperado aconteceu. Pollyanna passava pelo corredor de cima quando ouviu vozes zangadas no saguão abaixo. Uma delas, ela reconheceu como sendo a de Mary, enquanto a outra... a outra...

A outra voz dizia:

– Nem *pensá*! *Num* é nada de esmola. Você entende? Quero *vê* a garota, Pollyanna. *Tenhu* um recado pra ela do... do sir James. Agora, chispa *tá*? E trate de chamá-la.

Com gritinho de alegria, Pollyanna se virou e disparou escadaria abaixo.

– Ah, estou aqui, estou aqui. Estou bem aqui! – arfou, tropeçando para a frente. – Do que se trata? O Jamie o mandou?

Em sua agitação, ela quase disparou com os braços estendidos para o garoto, quando Mary, chocada, viu-se estendendo uma mão para impedi-la.

CAPÍTULO 9

– Senhorita Pollyanna, senhorita Pollyanna, está dizendo que conhece este... este mendigo?

O rapaz ficou vermelho de raiva; mas, antes que ele pudesse falar, Pollyanna retrucou em defesa acirrada:

– Ele não é mendigo. É um dos meus melhores amigos. Além disso, foi ele quem me encontrou e me trouxe para casa daquela vez em que me perdi. – Então, virou-se para o garoto com perguntas arrebatadoras. – O que foi? O Jamie te enviou?

– Claro que sim. Há um mês ele foi pra cama e *num* se levantou de lá desde então.

– Ele... o quê? – Pollyanna estranhou.

– Ele caiu de cama... na cama dele. *Tá* doente, quero *dizê*, e *qué vê ocê*. *Cê* vem?

– Doente? Puxa, sinto muito! – lamentou-se Pollyanna. – Claro que vou. Vou pegar meu chapéu e casaco imediatamente.

– Senhorita Pollyanna! – Mary falou bruscamente em desaprovação séria. – Como se a senhora Carew fosse deixá-la ir... *a qualquer lugar* com um garoto estranho como esse!

– Mas ele não é um garoto estranho – protestou Pollyanna. – Eu o conheço há algum tempo e eu *preciso* ir. Eu...

– O que significa tudo isso? – perguntou a senhora Carew com a voz fria vinda da porta da sala de estar. – Pollyanna, quem é o rapaz e o que ele está fazendo aqui?

Pollyanna se virou com um lamento rápido.

– Ah, senhora Carew, a senhora me deixa ir, não é?

– Ir para onde?

– *Pra vê* o meu irmão, senhora – interrompeu o garoto com pressa, com um esforço óbvio para ser muito bem-educado. – Ele anda muito desanimado, sabe? E num me deu paz até que eu viesse aqui... procurá-la... – E, com um gesto estranho, apontou para Pollyanna. – Ele queria muito vê-la.

– Posso ir, não é? – implorou a menina.

A senhora Carew franziu a testa.

– Ir com esse garoto? *Você?* Claro que não, Pollyanna! Fico pensando como você é ingênua a ponto de pensar nisso por um instante que seja.

– Ah, mas eu quero que a senhora venha também – Pollyanna começou.

– Eu? Que absurdo, menina! Isso é impossível. Você pode dar algum dinheiro para esse menino, se quiser, mas...

– Obrigada, dona, mas eu *num* vim pedir dinheiro – ressentiu-se o garoto, com os olhos piscando. – Eu vim por causa... dela.

– Sim, senhora Carew, este é Jerry... Jerry Murphy, o garoto que me encontrou quando eu estava perdida e me trouxe para casa – suplicou Pollyanna. – E agora a senhora não vai me deixar ir?

A senhora Carew negou com a cabeça.

– Está totalmente fora de cogitação, Pollyanna.

– Mas ele está dizendo que Ja... que o outro garoto está doente e quer me ver!

– Não tem jeito.

– Eu o conheço muito bem, senhora Carew. Verdade. Ele lê livros, livros maravilhosos: todos repletos de cavaleiros, lordes e damas; e ele alimenta pássaros e esquilos, dá nome para eles e tudo. Ele não consegue andar nem tem o suficiente para comer por vários dias – lamentou-se Pollyanna. – E ele vem jogando o meu jogo do contente há um ano e eu nem sabia disso. Ele joga sempre e muito melhor que eu. E eu estou caçando esse menino por tantos dias. Puxa vida, senhora Carew, eu realmente *preciso* vê-lo! – Pollyanna quase soluçava. – Não posso perdê-lo de novo!

Uma cor raivosa brilhou no rosto da senhora Carew.

– Pollyanna, isso é pura bobagem. Estou surpresa. Estou estarrecida que fique insistindo sobre algo que você sabe que eu desaprovo. *Não posso* permitir que você vá com esse garoto. Agora, por favor, chega dessa conversa.

Uma nova expressão surgiu no rosto da menina. Com um olhar meio aterrorizado, meio exaltado, ela ergueu o queixo e encarou a senhora Carew. Com a voz trêmula, mas determinada, começou:

CAPÍTULO 9

– Então, vou ter que contar. Eu não queria... até ter certeza. Eu queria que a senhora o visse primeiro. Mas agora preciso falar. Não posso perdê-lo novamente. Eu acho, senhora Carew, que ele é... Jamie.

– Jamie? Não... *o meu*... Jamie? – O rosto da senhora Carew empalideceu.

– Ele mesmo.

– Impossível!

– Eu sei; mas, por favor, o nome dele *é* Jamie, e ele não sabe o sobrenome. O pai dele morreu quando ele tinha seis anos, e ele não se lembra da mãe. Ele acha que tem doze anos. Essas pessoas o acolheram quando o pai dele morreu, e o pai dele estava adoentado e não disse às pessoas o nome dele e...

Mas a senhora Carew a interrompeu com um gesto. Ela estava ainda mais pálida que antes, mas os olhos brilhavam com um fogo repentino.

– Vamos imediatamente – disse ela. – Mary, diga a Perkins para trazer o carro aqui o mais rápido possível. Pollyanna, pegue o chapéu e o casaco. Garoto, espere aqui, por favor. Estaremos prontas para ir com você em um minuto. – No minuto seguinte, ela já se apressava escada acima.

No saguão, o menino soltou um longo suspiro.

– *Jesuis*! – murmurou ele com a voz baixa. – Vamos *chegá* lá em casa em um serromóvel! Olha só que *classudo*! O que diria sir James?

CAPÍTULO 10

NO BECO DOS MURPHY

COM O RONRONAR opulento que parecia ser típico de limusines luxuosas, o carro da senhora Carew rodou pela avenida Commonwealth e depois dali subiu para a rua Arlington até a Charles. Dentro estava sentada uma menininha de olhos brilhantes e uma mulher tensa, de rosto pálido. Do lado de fora, para dar instruções ao motorista, que obviamente desaprovava tudo, estava Jerry Murphy, extremamente orgulhoso e insuportavelmente importante.

Quando a limusine parou diante de uma entrada desmazelada em um beco estreito e sujo, o garoto saltou ao chão e, com uma imitação ridícula das pompas de motoristas uniformizados que ele observara tantas vezes, abriu a porta do carro e ficou esperando, parado, que as senhoras saíssem.

Pollyanna saltou imediatamente, com os olhos arregalados de espanto e desânimo, observando ao redor. Atrás dela vinha a senhora Carew, visivelmente trêmula, enquanto seu olhar examinava a sujeira, a sordidez e as crianças maltrapilhas, que pulavam gritando e tagarelando, vindas dos cortiços sombrios, e que rodearam o carro em um segundo.

Jerry sacudiu os braços, zangado.

– Ei, vocês aí, chispem daqui! – gritou ele para a multidão heterogênea. – Isto *num* é um circo! Vão caindo fora, tá? Rapidinho! Temos que passar. O Jamie tem visita.

A senhora Carew estremeceu novamente e colocou uma mão trêmula no ombro de Jerry.

– Não... *aqui*! – ela recuou.

Mas o rapaz não ouviu. Com safanões e empurrões de seus punhos e cotovelos fortes, ele abria caminho pela multidão e, antes que a senhora Carew soubesse como aquilo havia acontecido, ela se viu com o garoto e Pollyanna aos pés de uma escada frágil em um corredor escuro e malcheiroso.

Mais uma vez, ela estendeu uma mão trêmula.

– Espere – ordenou ela, com a voz rouca. – Lembrem-se: nenhum de vocês deve dizer uma palavra sobre... sobre a possibilidade de ele ser o garoto que estou procurando. Primeiro, preciso vê-lo e... questioná-lo.

– Claro! – Pollyanna concordou.

– Com certeza! Tô dentro! – o rapaz assentiu com a cabeça. – Preciso *mesmu* sair depressa, então *num vô incomodá* vocês lá. Agora subam os degraus. Tomem cuidado com os buracos e vocês podem *encontrá* uma criança ou outra dormindo por aí. E o elevador *num tá* funcionando hoje – ele caçoou, fazendo piada. – Precisa *subi* andando até lá!

A senhora Carew encontrou "os buracos": tábuas quebradas que rangiam e se dobravam sob seus pés hesitantes, de forma a meter medo; e ela achou uma "criança": um bebê de dois anos de idade brincando com uma lata vazia amarrada em um barbante, que ela batia para cima e para baixo do segundo lance de escadas. Por toda parte, as portas se abriam, de vez em quando descaradamente, outras discretamente, mas sempre revelando mulheres com cabeças despenteadas ou crianças curiosas com rostos sujos. Em algum local, um bebê choramingava de dar dó. Em outro, um homem praguejava.

Em todo lugar, havia um fedor de uísque de má qualidade, misturado com repolho estragado e gente sem banho.

Em cima, no topo do terceiro e último lance de escada, o garoto parou diante de uma porta fechada.

– Só *tô* pensando no que sir James vai *dizê* quando *percebê* o presentão que *tô* trazendo pra ele – sussurrou ele com uma voz grossa. – Sei o que Mã vai *dizê*: ela vai *chorá* até *dizê* chega por *vê* o Jamie tão contente. – No instante seguinte, ele escancarou a porta com uma gracinha: – Aqui *tamu*... e *viemu* de carro! Não é um luxo, sir James?

Era um aposento minúsculo, frio, sem graça, vazio de dar dó, mas totalmente limpo. Lá não havia cabeças despenteadas, nem crianças curiosas, nenhum fedor de uísque, repolho ou gente suja. Havia duas camas, três cadeiras quebradas, uma mesa feita de caixote e um fogão com um leve brilho de luz, cujo fogo era sequer forte o suficiente para aquecer mesmo aquele cômodo mínimo. Em uma das camas estava deitado um garoto com bochechas coradas e olhos brilhantes de febre. Perto dele havia uma mulher magra e pálida, curvada e judiada pelo reumatismo.

A senhora Carew entrou no aposento e, como se fosse se aprumar, parou por um instante com as costas apoiadas na parede. Pollyanna se apressou com um gritinho, enquanto Jerry se desculpava: "Preciso ir agora, tchau!", disparando pela porta.

– Ah, Jamie, estou tão contente por encontrá-lo! – exclamou Pollyanna. – Você não sabe como procurei por você todos os dias... Mas sinto tanto por você estar doente!

Jamie sorriu feliz e estendeu uma mão branca e magra.

– Eu *num tô* triste: *tô contente* – enfatizou ele, propositadamente –, porque isso trouxe você pra cá. Além do mais, *tô* melhor agora. Mã, esta é a menininha, sabe, a que me falou do jogo do contente... E Mã tá jogando também – contou, triunfante, voltando-se de novo para Pollyanna. – Primeiro, ela chorava porque as costas doíam demais e ela *num* podia trabalhar; depois eu piorei, e ela ficou contente por não *podê* trabalhar, já que ela podia *ficá* aqui pra *tomá* conta de mim.

CAPÍTULO 10

Naquele momento, a senhora Carew se apressou adiante, com os olhos um tanto temerosos e ansiosos grudados no rosto do menino deitado na cama.

– É a senhora Carew. Eu a trouxe para ver você, Jamie – Pollyanna a apresentou, com a voz trêmula.

A pequena mulher encurvada ao lado da cama lutou para se erguer desta vez e, nervosa, oferecia a sua cadeira. A senhora Carew aceitou sem nem olhar para ela. Seus olhos ainda estavam fixos no garoto na cama.

– Seu nome é... Jamie? – perguntou ela, com dificuldade visível.

– Sim, senhora. – Os olhos brilhantes do garoto encaravam os dela diretamente.

– Qual é o seu outro nome?

– Não sei.

– Ele não é seu filho? – Pela primeira vez, a senhora Carew se virou para mulherzinha encurvada que ainda estava em pé ao lado da cama.

– Não, senhora.

– E a senhora não sabe o nome dele?

– Não, senhora, nunca soube.

Com um gesto desesperado, a senhora Carew virou-se novamente para o menino.

– Mas pense, pense: você não se lembra de *nada* sobre o seu nome, além de... Jamie?

O menino confirmou com a cabeça. Em seus olhos, surgia um espanto intrigado.

– Não, nada.

– Você não tem nada que pertencia a seu pai, talvez com o nome dele?

– *Num* havia nada que valesse a pena *guardá*, além de livros – interrompeu a senhora Murphy. – Aqueles são dele. Talvez queira *dá* uma olhada neles – sugeriu, apontando para uma fileira de livros puídos em uma prateleira do outro lado do aposento. Então, com curiosidade visivelmente incontrolável, ela perguntou: – A senhora acha que conhecia ele, madame?

– Não sei – murmurou a senhora Carew com a voz meio abafada, enquanto se levantava e cruzava a sala até a prateleira de livros.

Não havia muitos: talvez dez ou doze. Havia um volume com as peças de Shakespeare, um *Ivanhoé*, um *A senhora do lago*, bem manuseado, uma coletânea de poemas, um Tennyson sem capa, um *O pequeno lorde* rasgado e dois ou três livros de história antiga e medieval. Mas, embora a senhora Carew examinasse com cuidado cada um, não encontrou em nenhuma parte nenhuma palavra escrita. Com um soluço desesperado, ela virou-se para o garoto e para a mulher, que a observavam com os olhos assustados e perscrutadores.

– Eu gostaria que me dissessem (os dois) tudo o que sabem sobre vocês – disse ela de repente, sentando-se novamente na cadeira perto da cama.

E eles contaram. Era mais ou menos a mesma história que Jamie havia contado a Pollyanna no jardim público. Havia alguma novidade, mas nada que fosse significativo, apesar das perguntas curiosas que a senhora Carew fazia. Ao concluir, Jamie voltou os olhos curiosos para o rosto da senhora Carew.

– A senhora acha que conheceu... o meu pai? – ele questionou.

A senhora Carew fechou os olhos e pressionou a mão na cabeça.

– Não... sei – respondeu ela. – Mas acho que não.

Pollyanna não conteve uma exclamação de pura decepção, mas rapidamente ela a abafou, em obediência ao olhar severo da senhora Carew. Com novo horror, no entanto, ela examinou o aposento minúsculo.

Jamie, afastando seus olhos maravilhados do rosto da senhora Carew, de repente, despertou para seus deveres como anfitrião.

– Que bom que você veio! – falou para Pollyanna, agradecido. – Como está o sir Lancelot? Você ainda vai lá pra dar comida para ele? – Então, como Pollyanna não respondeu imediatamente, ele mudou de assunto, os olhos indo do rosto dela para uma cravina um tanto maltratada em uma garrafa com gargalo quebrado na janela. – Você viu minha flor? Jerry a encontrou. Alguém jogou fora e ele pegou. *Num* é linda? *Inda* tem um pouco de *perfume*.

Mas Pollyanna não parecia tê-lo ouvido. Ainda olhava assustada pela sala, apertando e soltando as mãos nervosamente.

CAPÍTULO 10

– Não consigo entender como você consegue brincar com o jogo aqui, Jamie – ela hesitou. – Não imaginava que existia um lugar tão horrível para viver. – A menina estremeceu.

– Como! – Jamie zombou, com ousadia. – *Cê* precisa *vê* os Pike, lá embaixo. A casa deles é bem *pió* que esta. *Cê* não tem ideia de quantas coisas boas existem nesta sala. Veja, o sol bate aqui no inverno por duas horas todos os dias (quando tem, é claro). E se chegar bem perto, dá pra *vê* um bom pedaço do céu. Pelo menos se a gente conseguisse *ficá* com o quarto, mas infelizmente vamos *tê* que sair. É isso que anda preocupando a gente.

– Sair?

– É. Atrasamos o aluguel porque a Mã está doente, então não ganha nada. – Apesar de um sorriso alegre e corajoso, a voz de Jamie tremeu. – A senhora Dolan lá de baixo (a mulher que guarda minha cadeira de rodas) está nos ajudando esta semana. Mas é claro que ela não pode *fazê* isso sempre, e então vamos *tê* que sair... Se Jerry não ficar rico ou algo assim...

– Ah, mas não podemos... – começou Pollyanna.

Ela parou no meio. A senhora Carew havia se levantado bruscamente e falou com pressa:

– Vamos, Pollyanna, precisamos ir. – Depois se virou para a mulher de modo exaustivo: – Vocês não vão precisar sair. Vou enviar dinheiro e comida imediatamente, além de mencionar o seu caso para uma das organizações de caridade em que atuo, e eles poderão...

Com surpresa, ela parou de falar. A pequena figura curvada da mulher do outro lado havia ficado quase ereta. O rosto da senhora Murphy estava vermelho, seus olhos mostravam um fogo flamejante.

– Obrigada, mas não, senhora Carew – disse ela, tremendo, mas com orgulho. – Somos pobres, Deus sabe, mas não dependemos de caridade.

– Que bobagem! – a senhora Carew gritou, rispidamente. – Vocês estão deixando a mulher de baixo ajudar. Este garoto acabou de falar.

– Eu sei, mas isso não é caridade – insistiu a mulher, ainda trêmula. – A senhora Dolan é *minha amiga*. Ela sabe que eu faria o mesmo *pra ela* se possível, como já fiz várias vezes no passado. Ajuda *dos amigos* não é caridade. Eles se *importam*, e isso... isso faz a diferença. Nem sempre *fomo* como *tamo* agora, e isso dói mais ainda... tudo isso. Obrigada, mas não *podemo* pegar... o seu dinheiro.

A senhora Carew franziu a testa. Foi a hora mais frustrante, dolorosa e cansativa para ela, que nunca foi uma mulher paciente e estava furiosa agora, além de exausta, na verdade.

– Muito bem, como quiser – falou, com frieza. Então, com ligeira irritação, acrescentou: – Mas por que não procura o dono da casa e insiste para que ele torne o lugar confortável de forma decente enquanto ainda está aqui? Com certeza, a senhora tem direito a algo mais que janelas quebradas, forradas de trapos e jornais! E aquelas escadas por onde subi são perigosas, sem dúvida.

A senhora Murphy suspirou de uma forma desanimada. Sua figura curvada havia voltado à sua antiga desesperança.

– Tentamos conseguir algo, mas nunca deu em nada. Nunca vemos ninguém além do administrador, é claro; e ele diz que os aluguéis são baixos demais para o dono investir mais dinheiro em reparos.

– Que bobagem! – vociferou a senhora Carew, com toda a mordacidade de uma mulher nervosa e perturbada que finalmente encontrou um escape para sua raiva. – É uma vergonha! E mais ainda, acho que é um caso claro de violação da lei: aquelas escadas são, com certeza. Eu faço questão de me ocupar disso e fazer a coisa ser corrigida. Qual o nome do administrador e quem é dono deste deleitável estabelecimento?

– Não sei o nome do dono, senhora, mas o administrador é o senhor Dodge.

– Dodge? – A senhora Carew virou-se bruscamente, com um olhar esquisito no rosto. – A senhora está dizendo... Henry Dodge?

– Sim, senhora. Acho que o nome dele é Henry.

A cor inundou o rosto da senhora Carew e então desapareceu, deixando-o mais pálido que antes.

– Muito bem, vou ver isso – murmurou ela, com a voz abafada, virando-se. – Vamos, Pollyanna, precisamos ir agora.

Lá, ao pé da cama, uma Pollyanna lacrimosa despediu-se de Jamie.

– Mas eu vou voltar. Volto logo de verdade – prometeu ela com vivacidade, enquanto se apressava pela porta atrás da senhora Carew.

CAPÍTULO 10

Foi só quando desceram pelo caminho precário dos três longos lances de escadas e passaram em meio à multidão de homens, mulheres e crianças que tagarelavam, gesticulavam e cercavam o carrancudo Perkins e a limusine, que Pollyanna voltou a falar. Mas, então, ela mal esperou que o irado motorista batesse a porta até implorar:

– Querida senhora Carew, por favor, diga que era o Jamie! Ah, seria tão bom para ele se fosse o Jamie.

– Mas ele não é o Jamie!

– Que pena! Tem certeza?

Houve uma pausa breve; então, a senhora Carew cobriu o rosto com as mãos.

– Não, não tenho certeza... E essa é a tragédia – lamentou-se ela. – Não acho que seja ele, tenho quase certeza de que não é. Mas é claro que *há* uma possibilidade... E é isso que me mata.

– Então a senhora não pode simplesmente *imaginar* que ele é o Jamie – insistiu Pollyanna – e brincar que ele é? Então poderia trazê-lo para casa e... – Mas a senhora Carew virou-se bruscamente.

– Levar aquele garoto para minha casa mesmo se ele *não for* Jamie? Nunca, Pollyanna. Eu não poderia fazer isso.

– Mas se a senhora *não puder* ajudar o Jamie, acho que ficaria contente em ajudar *alguém* como ele – apressou-se Pollyanna, trêmula. – E se o seu Jamie estivesse igual a este Jamie, pobre e doente, não gostaria que alguém o pegasse e desse conforto para ele e...

– Não... não, Pollyanna – gemeu a senhora Carew, virando a cabeça de um lado para o outro, em um frenesi de tristeza. – Quando imagino que talvez, em algum lugar, nosso Jamie esteja na mesma situação... – Apenas um soluço sufocante terminou a frase.

– É exatamente o que quis dizer. É isso mesmo que eu quero transmitir! – Pollyanna falou, triunfante e animada. – Não vê? Se este *for* o seu Jamie, claro que vai querê-lo; e se não for, não estaria fazendo nenhum mal ao outro Jamie ao cuidar deste, ao contrário: vai fazer muito bem, pois tornaria este uma pessoa feliz... tão feliz! E então, se, por acaso, encontrar o Jamie verdadeiro, não terá perdido nada, mas sim feito dois garotinhos felizes em vez de um e... – Mas, novamente, a senhora Carew a interrompeu.

– Por favor, Pollyanna, pare! Quero pensar... preciso pensar.

Com os olhos cheios de lágrimas, a menina recostou-se no assento. Com visível esforço, ela se manteve quieta por um minuto inteiro. Então, como se as palavras jorrassem aos borbotões por si mesmas, ela disparou:

– Ah, mas como aquele lugar era horrível! Só queria que o dono daquilo tivesse que morar ali... E então ver se dava para ele ficar contente por alguma coisa.

De repente, a senhora Carew sentou-se ereta. O rosto dela mostrou uma mudança curiosa. Quase como se estivesse em súplica, ela esticou o braço na direção de Pollyanna.

– Por favor! – gritou ela. – Talvez ela não soubesse, Pollyanna. Talvez ela não soubesse. Tenho certeza de que ela não sabia... que tinha um lugar como aquele. Mas agora isso vai ser consertado... Vai ser consertado.

– *Ela*? Uma mulher é a dona daquilo, e a senhora a conhece? A senhora conhece o administrador também?

– Sim. – A senhora Carew mordeu os lábios. – Eu a conheço e conheço o administrador.

– Puxa, estou tão contente – Pollyanna suspirou. – Então, tudo vai ficar bem agora.

– Com certeza ficará... melhor – reconheceu a senhora Carew enfaticamente, enquanto o carro parava diante da casa dela.

A senhora Carew afirmava como se soubesse do que estava falando. E, talvez, realmente soubesse... mais do que se preocupou em transparecer para Pollyanna. Na verdade, antes de dormir naquela noite, uma carta saiu de suas mãos endereçada a certo Henry Dodge, convocando-o para uma reunião imediata em relação a certas mudanças e reparos a serem feitos nas propriedades que tinha. Havia, principalmente, diversas sentenças rudes sobre "janelas quebradas cobertas de trapos" e "escadas inseguras" que fizeram este mesmo Henry Dodge fazer uma careta, zangado, e soltar um palavrão por entre os dentes... Embora, ao mesmo tempo, ele tenha ficado pálido com algo muito semelhante ao medo.

CAPÍTULO 11
UMA SURPRESA PARA A SENHORA CAREW

UMA VEZ QUE A questão sobre os reparos e melhoras foi sendo resolvida adequada e eficientemente, a senhora Carew disse a si mesma que havia cumprido seu dever e que o problema estava encerrado. Ela o esqueceria. O garoto não era o Jamie – ele não podia ser o Jamie. Aquele garoto ignorante, doentio e paralítico? O filho de sua falecida irmã? Impossível! Ela eliminaria a coisa toda de sua mente.

Foi bem aqui, no entanto, que a senhora Carew se viu diante de uma barreira impassível e instransponível: a coisa toda se recusava a ser eliminada de sua mente. Diante de seus olhos, ela sempre via a imagem daquele pequeno aposento nu e do rosto ansioso do garoto. Sempre em seus ouvidos surgiam aquelas palavras de cortar o coração: "E se *for* o Jamie?". E sempre, também, havia Pollyanna; pois muito embora a senhora Carew pudesse (como ela fazia) silenciar os apelos e questionamentos da boca da menininha, não havia como fugir dos pedidos e censuras dos olhinhos dela.

Duas vezes mais, em um ato de desespero, a senhora Carew foi ver o menino, dizendo a si mesma todas as vezes que apenas mais outra visita seria necessária para convencê-la de que o garoto não era aquele que ela procurava. Muito embora, enquanto estivesse na presença dele, ela dissesse para si mesma *estar* convencida de que não era, assim que saía de lá, o velho questionamento retornava. Por fim, em maior desespero ainda, contou toda a história à irmã; depois de narrar os fatos crus sobre o caso, escreveu:

Eu não queria lhe contar. Achei cruel atormentá-la ou levantar falsas esperanças. Tenho tanta certeza de que não é ele... E, no entanto, mesmo enquanto escrevo estas palavras, sei que não tenho certeza disso. É por isso que quero que você venha... e por isso que deve vir. Eu preciso que você o veja.

Eu fico imaginando... ai, imagino o que você dirá! Claro que não vemos nosso Jamie desde que ele tinha quatro anos. Ele teria doze agora. Esse menino tem doze, acredito. (Ele não sabe a idade.) Os cabelos e os olhos não são diferentes de nosso Jamie. Ele é deficiente, mas isso surgiu devido a uma queda, há seis anos, e piorou com outra, quatro anos atrás. Qualquer coisa como a descrição da aparência do pai dele parece impossível de se obter, mas o que eu soube não contém nada de conclusivo nem para confirmar nem negar que ele seja o marido da pobre Doris. Ele era chamado de "Professor", era muito esquisito e parecia não ter mais nada além de alguns livros. Isso pode ou não significar algo. John Kent, com certeza, sempre foi muito esquisito e bastante boêmio em seu gosto. Se ele gostava ou não de livros, não lembro. Você se lembra? E claro, o título de "Professor" pode ser algo que ele teria facilmente assumido se quisesse, ou talvez possa ter sido atribuído a ele por outras pessoas. Quanto a esse menino... Não sei, não sei mesmo... Mas espero que você possa identificá-lo!

Sua irmã confusa,

Ruth

CAPÍTULO 11

Della veio imediatamente e logo foi ver o garoto; mas ela também não "soube" ao certo. Como a irmã, disse que não achava que ele fosse o Jamie, mas, ao mesmo tempo, havia aquela dúvida – podia ser ele, afinal. Como Pollyanna, no entanto, ela pensava em uma forma muito satisfatória de sair do dilema.

– Mas por que você não fica com ele, querida? – propôs ela à irmã. – Por que não fica com ele e o adota? Seria ótimo para ele... pobre garoto... e... – Mas a senhora Carew tremeu e não a deixou terminar a sentença.

– Não, não, não posso, não posso! – lamentou ela. – Quero o meu Jamie, meu próprio Jamie... ou ninguém. – E, com um suspiro, Della desistiu e voltou ao seu trabalho de enfermeira.

Se a senhora Carew pensou que isso terminava a questão, no entanto, ela estava novamente enganada; pois seus dias ainda não eram sossegados, e suas noites eram ainda mais insones ou repletas de sonhos de "talvez" ou "poderia ser" mascarando um "é ele mesmo". Além disso, ela estava tendo dificuldades com Pollyanna.

A menina estava intrigada, cheia de questionamentos e inquietações. Pela primeira vez na vida deparava com a pobreza de verdade. Conheceu pessoas que não tinham o suficiente para comer, que usavam roupas rasgadas e que moravam em aposentos escuros, sujos e minúsculos. Seu primeiro impulso, claro, tinha sido o de "ajudar". Ela fez as duas visitas a Jamie com a senhora Carew e ficou extremamente feliz com a mudança das condições que tinha encontrado lá após aquele sujeito Dodge ter "cuidado das coisas". Mas isso, para Pollyanna, era uma mera gota em um oceano. Ainda havia todos aqueles homens que pareciam doentes, mulheres com aparência infeliz e crianças maltrapilhas na rua – os vizinhos de Jamie. Com confiança, ela esperava que a senhora Carew os ajudasse também.

– Ah, claro! – exclamou a senhora Carew quando soube que isso era esperado dela. – Então você quer que a rua inteira seja suprida com reforma, tinta e novas escadas? Diga, há mais alguma coisa que gostaria de ter?

– Ah, sim, muitas coisas – suspirou Pollyanna, com alegria. – Veja, há tantas coisas de que precisam... Todos eles! E como seria divertido conseguir tudo isso! Como eu gostaria de ser rica para ajudá-los também... Mas eu ficaria quase tão contente de estar com a senhora quando fosse ajudá-los.

A senhora Carew quase engasgou diante da surpresa. Ela não perdeu tempo – embora perdesse um pouco da paciência – explicando que não tinha intenção de fazer mais nada no "Beco dos Murphy" e que não havia motivo para fazê-lo. Ninguém podia esperar isso dela. Ela havia dado conta de todas as possíveis obrigações e tinha sido realmente muito generosa, como qualquer um diria, pelo que havia feito na propriedade onde Jamie e os Murphy viviam. (Não pensou ser necessário contar que ela era a proprietária das construções.) Em certo ponto, ela explicou para Pollyanna que havia instituições de caridade, numerosas e eficientes, cuja função era ajudar todos os pobres dignos, e que contribuía com frequência e generosamente para essas instituições.

Mesmo assim, no entanto, Pollyanna não ficou convencida.

– Mas não vejo – argumentou ela – porque seja melhor, ou até mesmo mais legal, um bando de pessoas se juntar para fazer o que todos gostariam de fazer por conta própria. Tenho certeza de que eu preferiria dar a Jamie um... belo livro agora do que contribuir para alguma sociedade fazer a mesma coisa no meu lugar. E *sei* que ele também preferiria receber de mim.

– Provavelmente – respondeu a senhora Carew, um pouco cansada e irritada. – Mas é possível que simplesmente não seja tão bom para Jamie quanto... se esse livro fosse dado por um grupo de pessoas que soubesse que tipo deveria escolher.

Isso a fez falar muito (não que Pollyanna entendesse algo) sobre "pauperizar os pobres", os "males da doação indiscriminada" e "o efeito pernicioso de caridade desorganizada".

– Além disso – acrescentou ela, em resposta à ainda perplexa expressão no rostinho preocupado de Pollyanna –, é muito provável que, se eu oferecesse auxílio a essas pessoas, elas não aceitariam. Você se lembra de como a senhora Murphy recusou, desde o início, receber comida e roupas, embora eles tenham aceitado prontamente de seus vizinhos do primeiro andar, pelo que parece.

CAPÍTULO 11

– Sim, eu sei – Pollyanna suspirou, virando-se. – Há algo lá que eu não entendo. Mas não me parece certo que nós tenhamos tantas coisas lindas e que eles não tenham *nada*, quase nada.

Conforme os dias se passaram, essa sensação de Pollyanna aumentava em vez de diminuir; e as perguntas e os comentários que fazia não aliviavam em nada o estado da mente no qual a senhora Carew se encontrava. Até em relação ao teste do jogo do contente, Pollyanna estava se achando perto do fracasso nesse caso, pois assim ela se expressou:

– Não vejo como encontrar algo que me faça ficar contente em relação a essa questão das pessoas pobres. Claro que podemos ficar contentes por não sermos pobres como eles; mas, sempre que penso que fico contente por isso, fico tão triste por eles, que *não consigo* mais ficar contente. Claro que *podemos* ficar contentes por haver pessoas pobres, porque podemos ajudá-las. Mas se *não* ajudarmos, onde se encaixa a parte do contente? – Quanto a isso, Pollyanna não encontrou ninguém que pudesse dar uma resposta satisfatória.

Ela fez essa pergunta especialmente para a senhora Carew, que, ainda assombrada pelas visões do que Jamie era e do que ele poderia ser, ficou apenas ainda mais inquieta, infeliz e completamente desesperada. Nem a proximidade do Natal a ajudou. Em todos os cantos, o brilho do azevinho ou o faiscar dos enfeites prateados sempre transportavam essa dor para ela, pois para a senhora Carew isso sempre simbolizava uma meia de criança vazia: uma meia que poderia ser a de Jamie.

Finalmente, uma semana antes do Natal, ela lutou no que seria a última batalha contra si mesma. Decidida, mas sem alegria verdadeira no rosto, ela passou algumas ordens concisas para Mary e convocou Pollyanna.

– Pollyanna – começou ela, quase seca. – Decidi ficar com o Jamie. O carro chegará daqui a pouco. Vou atrás dele agora e vou trazê-lo para casa. Você pode vir comigo se quiser.

Uma luz enorme transfigurou o rosto da menina.

– Puxa, como estou contente – suspirou ela. – Pois estou tão feliz que me deu vontade de chorar! Senhora Carew, por que é que, quando estamos felizes demais com alguma coisa, sempre temos vontade de chorar?

– Não tenho a mínima ideia, Pollyanna – replicou a senhora Carew, distraidamente. No rosto dela, ainda não havia sinal de alegria.

Assim que chegaram ao pequeno aposento no prédio dos Murphy, não levou muito tempo para a senhora Carew terminar sua tarefa. Com poucas sentenças, ela contou a história do Jamie perdido e de suas primeiras esperanças de que este Jamie pudesse ser ele. Não fez segredo das dúvidas que tinha de este ser o menino certo; ao mesmo tempo, contou que tinha decidido levá-lo para casa com ela e lhe dar todo conforto possível. Então, um pouco cansada, falou quais planos tinha para ele.

Ao lado da cama, a senhora Murphy ouvia, chorando silenciosamente. Do outro lado do quarto, Jerry Murphy, com os olhos arregalados, emitia um ocasional e baixo: "Puxa! Dá pra acreditar?". Quanto a Jamie... Jamie, na cama, primeiramente ouviu tudo com o ar de quem tivesse visto subitamente abrir a porta do paraíso pela qual há muito aguardava, mas aos poucos, enquanto a senhora Carew falava, um novo brilho surgiu em seus olhos. Muito lentamente, ele os fechou e virou o rosto.

Quando a senhora Carew parou de falar, houve um longo silêncio até que Jamie virou o rosto e respondeu. Então, todos viram que o rosto dele estava muito pálido e que os olhos estavam cheios de lágrimas.

– Obrigado, senhora Carew, mas... não posso ir – respondeu ele, simplesmente.

– Não pode... o quê? – a senhora Carew gritou, como se duvidasse das evidências em seus próprios ouvidos.

– Jamie! – Pollyanna espantou-se.

– *Vamo* lá, garoto, que bicho te mordeu? – Jerry ralhou, dando um passo rápido para a frente. – *Num* consegue *diferenciá* uma coisa boa quando vê uma?

– Claro, mas *num* posso ir – disse o menino paralítico, novamente.

– Mas, Jamie, Jamie, pense, *pense* no que isso significaria pra você – sibilou a senhora Murphy ao pé da cama.

CAPÍTULO 11

– *Tô pensando* – Jamie falou com a voz embargada. – Vocês *num* acham que sei o que estou fazendo, do que estou abrindo mão? – Então ele olhou para a senhora Carew com os olhos cheios de lágrimas. – *Num* posso... – gaguejou ele. – *Num* posso deixar a senhora fazer tudo isso por mim. Se a senhora... se *importasse*, seria diferente. Mas a senhora não se importa, não de verdade. A senhora num *me* quer... não *a mim*. A senhora quer o Jamie de verdade, e eu não sou o Jamie de verdade. A senhora *num* acha que eu sou ele. Posso *vê* isso no seu rosto.

– Eu sei. Mas... mas... – a senhora Carew começou a dizer, desamparada.

– E se eu fosse como... como os outros meninos e pudesse andar pelo menos... – interrompeu o garoto, agitado. – Mas a senhora vai se *cansá* num instante. Posso *prevê* isso. Eu não suportaria... ser uma carga dessas. Claro, se a senhora se importasse... como a Mã, aqui... – Ele estendeu o braço, engoliu um soluço, então virou a cabeça novamente. – *Num* sou o Jamie que a senhora quer... *Num* posso ir – disse ele. Com essas palavras, sua mão magra de menino se fechou com tanta força que até os nós dela ficaram brancos em contraste com a velha e desgastada manta que cobria a cama.

Houve um momento de silêncio suspenso no ar; então, discretamente, a senhora Carew se levantou. O rosto dela estava pálido; mas, naquele silêncio, ouviu-se o soluço abafado que subiu aos lábios de Pollyanna.

– Vamos, Pollyanna – foi tudo o que a mulher disse.

– Ora, se você *num* é um idiota completo! – Jerry balbuciou para o rapaz na cama, enquanto a porta se fechava um instante depois.

Mas o garoto na cama chorava muito, como se a porta que se fechou fosse aquela que levasse ao paraíso – e que agora estaria fechada para sempre.

CAPÍTULO 12

DE TRÁS DE UM BALCÃO

A SENHORA CAREW ficou muito zangada. Ter chegado ao ponto de se dispor a acolher aquele garoto portador de deficiência em sua casa, e depois ver o rapaz calmamente se recusar a ir com ela era insuportável. A senhora Carew não tinha o hábito de ter seus convites ignorados ou seus desejos desprezados. Além do mais, agora que ela não podia ficar com o menino, teve consciência de todo o terror frenético caso ele fosse, afinal, o Jamie verdadeiro. Soube então qual era o motivo verdadeiro para querer ficar com ele: não porque se preocupava com ele, nem mesmo porque desejava ajudá-lo e fazê-lo feliz, mas porque esperava que, ao acolhê-lo, ela relaxaria a própria mente e para sempre silenciaria aquele eterno questionamento de sua parte: "E se ele *for* o seu Jamie?".

Com certeza, não ajudou nem um pouco o fato de o menino ter percebido o estado de espírito da mulher e ter dado como motivo para a recusa a opinião de que "ela não se importava". Para ter certeza, a senhora Carew agora, com muito orgulho, dizia a si mesma que ela realmente não se "importava", que ele *não* era o filho da sua irmã e que ela "esqueceria tudo a respeito".

Mas ela não se esqueceu de nada. Por mais insistentemente que ela pudesse rejeitar a responsabilidade e a relação, da mesma forma, a responsabilidade e a relação se voltavam contra ela sob a forma de dúvidas apavorantes. E, por mais que ela voltasse decididamente o pensamento para outras questões, as visões tão nítidas de um menino com os olhos ansiosos em um quarto pobre sempre a assombravam.

Também havia Pollyanna. Com certeza, ela não era a mesma. Com um espírito que em nada lembrava seu jeito de ser, a menina vagava pela casa, parecendo não demonstrar nenhum interesse por nada.

– Ah, não, não estou doente – respondia ela, quando admoestada e questionada a respeito.

– Mas *qual é* o problema?

– Oras, nenhum. É... é só que eu estava pensando em Jamie, sabe? Em como ele não tem todas estas coisas bonitas: tapetes, quadros e cortinas.

Era a mesma coisa com a comida. Pollyanna, na verdade, estava perdendo o apetite, mas novamente ela negava que pudesse estar doente:

– Ah, não – suspirava ela tristemente. – É só que não tenho fome. De alguma forma, assim que começo a comer, penso no Jamie e em como ele *não tem* nem mesmo rosquinhas velhas ou pãezinhos amanhecidos, então... não tenho vontade de comer nada.

A senhora Carew, incomodada por uma sensação que ela mesma mal entendia e determinada a conseguir alguma mudança em Pollyanna a todo custo, encomendou uma árvore enorme, duas dúzias de guirlandas e grande quantidade de azevinhos e enfeites de Natal. Pela primeira vez em muitos anos, a casa estava iluminada e brilhante com um vermelho vivo e uma bela decoração. Haveria até uma festa de Natal, e a senhora Carew disse que Pollyanna poderia convidar meia dúzia de amigas da escola para a comemoração na véspera de Natal.

Mas, mesmo assim, a senhora Carew ficou decepcionada, pois, embora Pollyanna estivesse sempre grata, muitas vezes interessada e até animada, ela ainda portava, com frequência, um rostinho sombrio. E, no fim, a festa de Natal foi mais de tristeza que de alegria, pois a primeira visão da árvore brilhante jogou-a em uma tempestade de soluços.

– Ah, Pollyanna! – proferiu a senhora Carew. – O que foi que aconteceu agora?

– N... nada, senhora Carew – Pollyanna choramingou. – É só que tudo está tão perfeito e perfeitamente lindo, que eu precisava chorar. Estava pensando em como o Jamie ficaria contente em ver isso.

Foi então que a paciência da senhora Carew se esgotou.

– Jamie, Jamie, Jamie! – explodiu ela. – Pollyanna, você *não pode* parar de falar naquele menino? Você sabe perfeitamente bem que não é minha culpa se ele ainda está lá. Eu pedi para ele vir morar aqui. Além disso, cadê aquele seu jogo do contente? Acho que seria uma ótima ideia se você o jogasse.

– *Estou* jogando – retrucou Pollyanna. – E é isso que não entendo. Eu nunca vi isso funcionar de jeito tão estranho. Porque, antes, quando eu ficava contente com algumas coisas, eu ficava realmente feliz. Mas agora, com o Jamie, fico muito contente por ter tapetes, quadros e coisas boas para comer, além de poder andar, correr, ir para escola e tudo isso; mas quanto mais fico contente por mim, mais triste fico por ele. Eu nunca vi o jogo funcionar de um jeito tão esquisito, e não sei o que o afeta. A senhora sabe?

Mas a senhora Carew, com um gesto desesperado, apenas se virou para o outro lado sem dizer uma palavra.

Foi no dia após o Natal que aconteceu algo tão maravilhoso que Pollyanna, durante um tempo, quase se esqueceu de Jamie. A senhora Carew a havia levado para as compras, e foi quando a senhora Carew tentava decidir entre uma gola de renda duquesa ou de renda de bilro que Pollyanna, por acaso, avistou no balcão um rosto que parecia vagamente familiar. Por um instante, ela fixou o olhar, franzindo a testa; depois, com um gritinho, ela correu para o corredor.

– Ah, é você... é você! – exclamou ela, com alegria, para uma garota que colocava na vitrine uma bandeja de laços cor-de-rosa. – Estou tão contente por vê-la.

CAPÍTULO 12

A garota atrás do balcão ergueu a cabeça e encarou Pollyanna surpresa. Mas, quase imediatamente, seu rosto sombrio se iluminou com um sorriso alegre de reconhecimento.

– Ora, ora, se não é a menininha do jardim público! – comemorou.

– Sim. Estou feliz por você se lembrar – Pollyanna sorriu. – Mas você nunca voltou lá. Eu a procurei várias vezes.

– Eu não podia. Precisava trabalhar. Aquela foi nossa última folga e... Cinquenta centavos, senhora – interrompeu ela, em resposta à pergunta de uma senhora idosa de rosto simpático que queria saber o preço de um laço branco e preto sobre o balcão.

– Cinquenta centavos? Hum... – A senhora mexeu no laço, hesitou, depois o colocou de volta com um suspiro. – Hã, está bem. É muito bonito, com certeza, querida – falou enquanto seguia adiante.

Imediatamente atrás dela surgiram duas garotas de rostos alegres que, com muitos risinhos e gracejos, pegaram uma criação de joias com enfeites de veludo escarlate e uma estrutura bem leve de tule e bolinhas cor-de-rosa. Enquanto as meninas se viraram, conversando, Pollyanna soltou um suspiro enlevado.

– É isso que você faz o dia todo? Puxa, como você deve estar contente por escolher fazer isso!

– *Contente?*

– Claro, deve ser tão divertido... tantas pessoas e todas diferentes! E você pode conversar com elas... *precisa* conversar, faz parte do negócio. Eu adoraria isso. Acho que farei isso quando crescer. Deve ser tão divertido ver o que todos compram!

– Divertido? Contente? – surpreendeu-se a garota atrás do balcão. – Bem, menina, acho que se você soubesse da metade... É um dólar, senhora – ela interrompeu a fala de repente, ao responder à pergunta de uma jovem senhora sobre o preço de um vistoso laço amarelo de veludo com pedrinhas na vitrine.

– Bem, já estava na hora de você me dizer – falou a mulher, rispidamente. – Tive que perguntar duas vezes.

A garota atrás do balcão mordeu os lábios.

– Eu não a ouvi, senhora.

– Sinto muito. Ouvir é o seu trabalho. É para isso que é paga, não é? Quanto é este preto?

– Cinquenta centavos.

– E aquele azul?

– Um dólar.

– Menina impertinente! Não seja tão seca assim ou vou fazer uma reclamação sobre você. Deixe-me ver aquela bandeja com os cor-de-rosa.

Os lábios da vendedora abriram e depois se fecharam em uma linha reta e fina. Obedecendo, ela pegou a bandeja com laços cor-de-rosa, mas os olhos cintilavam e as mãos tremiam ligeiramente, enquanto arrumava a bandeja de volta ao balcão. A mulher a quem ela servia pegou cinco laços, perguntou o preço de quatro deles, depois se virou com um breve:

– Não gostei de nada disso.

– Bem – disse a garota atrás do balcão, com a voz trêmula para Pollyanna, que estava com os olhos arregalados –, o que acha da minha profissão agora? Dá para ficar contente com alguma coisa aqui?

Pollyanna riu um tanto histericamente.

– Meu Deus, ela estava mesmo zangada. Mas também era um pouco engraçada, não era? Não acha? De qualquer modo, você pode ficar contente que... que nem *todas* são como ela, não é?

– Acho que sim – respondeu a garota, com um leve sorriso. – Mas eu posso dizer para você agora mesmo, garota, que o jogo do contente do qual me falava no outro dia no jardim pode dar muito certo para você, mas... – Mais uma vez ela parou com um cansado: – Cinquenta centavos, senhora... – Em reposta a uma pergunta do outro lado do balcão.

– Você está sempre solitária? – Pollyanna quis saber, ansiosa, assim que a garota ficou livre novamente.

– Bem, não posso dizer que tenha dado mais que cinco festas nem que estive em mais de sete desde que a vi – respondeu ela tão amargamente, que Pollyanna logo detectou o sarcasmo.

– Ah, mas você teve um Natal bom, não é?

CAPÍTULO 12

– Ah, claro. Fiquei na cama o dia todo com os pés enrolados em trapos e li quatro jornais e uma revista. Depois, à noite, fui mancando até um restaurante, onde tive que dar trinta e cinco centavos por uma torta de frango em vez de vinte e cinco.

– Mas como você machucou os pés?

– Bolhas. Ficando o tempo todo de pé na correria do Natal.

– Oh! – estremeceu Pollyanna, solidária. – E você não teve nenhuma árvore ou festa, nada mesmo? – exclamou, desanimada e chocada.

– Nada mesmo!

– Puxa! Como eu gostaria que você tivesse visto a minha! – suspirou a menininha. – Foi tão linda e... Mas, ah, mas veja só! – exclamou ela com alegria. – Você ainda pode vê-la, afinal. Ainda está lá. Você pode vir hoje à noite ou amanhã à noite e...

– *Pollyanna!* – interrompeu a senhora Carew com seu tom mais frio. – O que isso significa? Onde esteve? Andei procurando por toda parte. Cheguei até a voltar para o departamento de ternos.

Pollyanna se virou com um gritinho de alegria.

– Ah, senhora Carew, estou tão contente pela senhora ter vindo – alegrou-se ela. – Isto é... bem, eu não sei o nome dessa moça, mas eu sei quem ela é, então... tudo bem. Eu a conheci no jardim público não faz muito tempo. E ela é sozinha e não conhece ninguém. E o pai dela era pastor como o meu, só que ele está vivo. E ela não teve nenhuma árvore de Natal, só bolhas nos pés e torta de frango; e eu queria que ela visse a minha, sabe? A árvore, quero dizer... – Pollyanna despejou tudo sem nem parar para respirar. – Eu a convidei para ir lá em casa hoje à noite ou amanhã à noite. E a senhora me deixaria acendê-la completamente de novo, não é?

– Bem, na verdade, Pollyanna – começou a senhora Carew, em fria desaprovação. Mas a garota atrás do balcão interrompeu com uma voz muito fria, denotando mais desaprovação ainda.

– Não se preocupe, senhora, não tenho a intenção de ir.

– Mas, *por favor* – insistiu Pollyanna. – Não sabe como eu queria que você fosse e...

– Percebi que a senhora não me convidou – interrompeu a balconista, um pouco maliciosa.

A senhora Carew corou com um vermelho zangado e se virou como se fosse embora; mas Pollyanna pegou em seu braço e, enquanto a segurava, falava freneticamente para a garota do balcão, que parecia estar livre de clientes naquele momento.

– Mas ela vai, ela vai – insistia Pollyanna. – Ela quer que você vá, sei que quer. Pois você não sabe como ela é boa e quanto dinheiro ela dá... a instituições de caridade e tudo.

– *Pollyanna!* – protestou a senhora Carew, bruscamente. Mais uma vez ela teria saído de lá, mas de novo foi impedida pelo desdém da voz baixa e tensa da vendedora.

– Ah, sim, eu sei! Há muitos que doam para o trabalho *de recuperação*. Há sempre muitas mãos estendidas para aqueles que foram para o mau caminho. E tudo bem. Não vejo nada de errado nisso. Só que, às vezes, fico pensando se algumas dessas pessoas pensam em ajudar as garotas *antes* de escolherem o mau caminho. Porque não ajudam às *boas* meninas, dando casas bonitas com livros, quadros, tapetes macios, música e alguém por perto para se preocupar? Talvez assim não haveria tantas... Meu Deus, o que estou dizendo? – ela explodiu, entre os dentes. Então, com o velho aborrecimento, ela se virou para uma jovem que havia parado diante dela e segurava um laço azul.

– São cinquenta centavos, senhora. – Ouviu a senhora Carew, enquanto se apressava para tirar Pollyanna dali.

CAPÍTULO 13
UMA ESPERA E UMA VITÓRIA

ERA UM PLANO MARAVILHOSO. Pollyanna o formulou totalmente em cerca de cinco minutos; depois contou à senhora Carew, que não achou o plano nada maravilhoso e foi bem clara a respeito.

– Ah, mas tenho certeza de que *eles* vão achar que é – argumentou Pollyanna, em resposta às objeções da senhora Carew. – E pense em como será fácil executarmos! A árvore continua como estava... exceto pelos presentes, e podemos conseguir mais deles. Não está longe da véspera de Ano-novo; e pense só em como ela ficará contente em vir! A *senhora* não ficaria, se não tivesse nada para o Natal além de bolhas nos pés e torta de frango?

– Querida, querida, que criança impossível você é! – A senhora Carew franziu a testa. – Mesmo agora parece não lhe ocorrer que sequer sabemos o nome dessa jovem.

– Pois é, não sabemos! E não é engraçado? Porque eu sinto que a conheço *tão bem*! – Pollyanna sorriu. – Veja, tivemos uma conversa tão boa no jardim público naquele dia, aí ela me contou sobre como era solitária e que pensava que o local mais solitário do mundo era em meio a uma multidão numa cidade grande, pois as pessoas não pensam nem reparam nos outros. Ah, havia um que reparou; mas ele reparou demais, segundo ela, e ele não deveria tê-la notado... O que soa meio estranho, não é? Se a gente pensar bem nisso. Mas, de qualquer modo, ele foi vê-la no jardim para saírem juntos, e ela não queria ir, e ele era realmente um belo cavalheiro também... Até que começou a ficar muito zangado, do nada. As pessoas não são tão bonitas quando estão zangadas, não acha? Hoje mesmo havia uma senhora olhando os laços e ela disse... bem... um monte de coisas que não eram agradáveis. E ela também não parecia mais tão bonita, depois que começou a falar. Mas a senhora me deixa fazer essa árvore de Ano-novo, não é, senhora Carew? E convidar essa garota que vende laços e Jamie? Ele está melhor agora e *poderia* vir. Claro que Jerry teria de empurrar a cadeira... mas, de qualquer maneira, a gente vai querer que o Jerry venha.

– Ah, claro, *o Jerry*! – exclamou a senhora Carew, numa observação irônica. – Mas porque parar em Jerry? Com certeza Jerry tem um montão de amigos que adorariam vir. E...

– Puxa, senhora Carew, *posso* mesmo? – Pollyanna interrompeu, com alegria desmesurada. – Como a senhora é boa, BOA mesmo! Eu queria tanto... – Mas a senhora Carew quase engasgou de surpresa e desânimo.

– Não, não, Pollyanna, eu... – começou ela, protestando.

Mas a menina entendeu totalmente errado o significado de sua interrupção e mergulhou novamente em sua incansável campanha:

– Sem dúvida a senhora *é* boa... A melhor de todas; e eu não vou permitir que diga que não é. Agora imagino que será uma festa mesmo! Tem o Tommy Dolan e sua irmã Jennie, as duas crianças dos Macdonald e as três meninas (cujos nomes eu não sei e que moram embaixo dos Murphy) e muitos mais, se tivermos espaço para todos. E pense só em como eles ficarão contentes quando eu contar tudo! Porque, senhora Carew, acho que eu nunca soube de algo tão perfeitamente lindo em toda a minha vida... E tudo por causa da senhora! Então, posso começar agorinha mesmo a convidar as pessoas? Para elas se *prepararem*?

CAPÍTULO 13

E a senhora Carew, que não teria acreditado que aquilo seria possível, viu-se murmurando um débil "sim", que, ela sabia, a comprometia a dar uma festa de árvore de Natal na véspera do Ano-novo para uma dúzia de crianças do Beco dos Murphy e para uma jovem vendedora, cujo nome ela desconhecia.

Talvez na memória da senhora Carew ainda pairassem as palavras da jovem: "Só que, às vezes, fico pensando se algumas dessas pessoas pensam em ajudar as garotas *antes* de escolherem o mau caminho". Talvez em seus ouvidos ainda ressoasse a história que Pollyanna contou sobre a mesma jovem que achava uma multidão na cidade o local mais solitário do mundo e que, no entanto, recusou-se a ir com o homem bonito, que havia "reparado demais" nela. Talvez, no coração da senhora Carew, houvesse a esperança indefinida de que, em algum local, estivesse a paz que ela tanto almejava. Talvez fossem as três coisas combinadas com o óbvio desamparo no rosto de Pollyanna, que de forma admirável transformou o seu sarcasmo irritado na hospitalidade total de uma anfitriã disposta. Não importa o que fosse, a coisa estava feita; e imediatamente a senhora Carew se viu envolta em um turbilhão incrível de planos e conspirações, em cujo centro estava sempre Pollyanna e a festa.

Para a irmã, a senhora Carew escreveu distraidamente a respeito de toda a atividade, terminando assim: "O que vou fazer eu não sei, mas creio que terei de continuar fazendo as coisas. Não tem outro jeito. Claro, se Pollyanna começar a pregar para mim... Mas não aconteceu ainda. Então não posso, com a consciência limpa, enviá-la de volta para você".

Della, ao ler a carta no sanatório, riu alto com a conclusão.

– "Ainda não começou a pregar para mim" – gargalhou sozinha. – Abençoada seja essa menina querida! E, no entanto, você, Ruth Carew, vai dar duas festas de Natal em uma semana e como bem sei, o seu lar, que costumava ser encoberto em trevas da morte, está iluminado e enfeitado de vermelho e verde, de cima a baixo. Mas ela ainda não foi convertida, ah, não mesmo, ainda não se converteu!

A festa foi um enorme sucesso. Até a senhora Carew admitiu isso. Jamie de cadeira de rodas, Jerry com seu vocabulário assustador, mas expressivo, e a garota (cujo nome soube-se que era Sadie Dean) mesclaram-se com os convidados mais tímidos para distraí-los. Sadie, para surpresa dos outros – e talvez dela mesma – revelou um profundo conhecimento dos jogos mais fascinantes; e esses jogos, com as histórias de Jamie e os gracejos bem-humorados de Jerry, mantiveram todos rindo até a ceia e a generosa distribuição de presentes da árvore decorada, enviando os convidados alegres para casa com suspiros cansados de felicidade.

Se Jamie (que, com Jerry, foi o último a sair) pareceu um pouco ansioso, ninguém aparentemente notou. No entanto, a senhora Carew, quando lhe desejou boa noite, disse baixinho no seu ouvido, meio impaciente, meio constrangida:

– Bem, Jamie, você mudou de ideia quanto a vir?

O garoto hesitou. Uma leve cor surgiu em suas bochechas. Ele se virou e olhou ansiosamente dentro dos olhos dela, procurando interpretá-los. Depois, muito lentamente, ele sacudiu a cabeça.

– Se pudesse sempre ser como hoje... eu p-poderia... – suspirou ele. – Mas não é possível... Haveria o amanhã e a próxima semana e o próximo mês e o próximo ano, e eu saberia antes da próxima semana que eu não deveria ter vindo.

Se a senhora Carew havia pensado que a festa de Ano-novo encerraria a questão das iniciativas de Pollyanna em relação a Sadie Dean, ela estava profundamente enganada, pois, já na manhã seguinte, a menina começou a falar dela:

– Estou tão contente por ter encontrado essa moça mais uma vez – murmurou ela, com alegria. – Mesmo se eu não conseguir descobrir o Jamie verdadeiro, pelo menos achei outra pessoa para a senhora amar... E, claro, a senhora vai adorar amá-la, pois é apenas outra forma de amar Jamie.

A senhora Carew respirou fundo e arfou exasperada. Esta fé cega na bondade de seu coração e crença firme em seu desejo de "ajudar a todos" eram desconcertantes demais e, às vezes, irritantes. Ao mesmo tempo, a coisa mais difícil era rejeitar nessas circunstâncias, especialmente com os olhos felizes e confiantes de Pollyanna a encarando.

– Mas, Pollyanna – protestou ela afinal, impotente, sentindo-se muito como se estivesse lutando contra invisíveis fios de seda –, eu... você... essa menina não é o Jamie, de jeito nenhum, não é?

– Sei que não é – Pollyanna concordou rapidamente. – E claro, eu também lamento muito que ela não seja o Jamie. Mas ela é o Jamie de alguém... isto é, quero dizer, ela não tem ninguém para amá-la aqui e... reparar nela, sabe? E, assim, sempre que a senhora se lembrar de Jamie, acredito que ficaria feliz por haver *alguém* que a senhora pode ajudar, assim como gostaria que outras pessoas ajudassem o Jamie, onde quer que ele esteja.

A senhora Carew tremeu e soltou um leve gemido.

– Mas eu quero o *meu* Jamie – lamentou-se.

Pollyanna assentiu com olhos compreensivos.

– Eu sei: é a "presença da criança". O senhor Pendleton me falou disso... Só que a senhora *tem* a "mão de uma mulher".

– A "mão de uma mulher"?

– Sim, para fazer um lar, sabe? Ele disse que era preciso a mão de uma mulher ou a presença de uma criança para fazer um lar. Isso foi quando ele me queria, e eu achei o Jimmy para ele; aí ele o adotou, em vez de me adotar.

– *Jimmy?* – A senhora Carew erguia o olhar com agitação sempre que alguém mencionava qualquer variante ou apelido daquele nome.

– Sim, Jimmy Bean.

– Ah, Bean – ela repetiu, relaxando.

– Sim, ele era do orfanato e fugiu, ele disse que queria outro tipo de lar com uma mãe em vez de uma diretora. Não consegui achar um lar com uma mãe, mas encontrei o senhor Pendleton, e ele o adotou. O nome dele é Jimmy Pendleton agora.

– Mas era... Bean?

– Sim, era Bean.

– Ah... – disse a senhora Carew, desta vez com um longo suspiro.

A senhora Carew viu Sadie Dean muitas vezes durante os dias que se seguiram à festa de Ano-novo. Ela também viu Jamie muitas vezes.

De uma forma ou de outra, Pollyanna conseguia trazê-los com frequência para a casa; e isto a senhora Carew, por mais surpresa e contrariada que estivesse, parecia não conseguir impedir. Seu consentimento e até sua alegria eram tomados por Pollyanna como tão certos que ela se via incapaz de convencer a menina de que nem a aprovação nem a satisfação entravam na questão, no que lhe dizia respeito.

Mas a senhora Carew, quer ela percebesse quer não, estava aprendendo muitas coisas – coisas que ela nunca poderia ter aprendido nos tempos antigos, fechada nos quartos, com ordens para Mary não deixar ninguém entrar. Estava aprendendo o que significava ser uma garota solitária em uma cidade grande, tendo que se sustentar sozinha, sem que alguém se preocupasse com ela (a não ser alguém que se preocupasse demais ou muito pouco com ela).

– Mas o que você quis dizer – ela perguntou a Sadie certa noite –, o que queria dizer naquele primeiro dia na loja... em relação a... ajudar as garotas?

Sadie enrubesceu e ficou sem graça.

– Acho que fui grossa – desculpou-se.

– Não se preocupe com isso. Diga só o que queria dizer. Pensei nisso tantas vezes depois daquilo.

Por um instante, a garota ficou em silêncio; depois, com um pouco de amargura, disse:

– Foi porque, certa vez, eu conheci uma garota e estava pensando nela. Ela vinha da minha cidade, era bonita e bondosa, mas não muito forte. Durante um ano andamos juntas, dividindo o mesmo quarto, cozinhando ovos no mesmo bico de gás e jantando batata e bolinhos de peixe no mesmo restaurante barato. Nunca havia nada para se fazer às noites, além de caminhar pelo bairro ou ir ao cinema (se tivéssemos uma moeda para gastar), ou apenas ficávamos em nosso quarto, que, bem, não era muito agradável. Era quente no verão e frio no inverno, e a luz do lampião de gás era tão fraquinha, que não conseguíamos costurar nem ler, mesmo se não estivéssemos muito exaustas para fazer uma das coisas (o que geralmente acontecia). Além disso, sobre nossa cabeça havia uma tábua que rangia, e alguém sempre a chacoalhava; abaixo de nós, um rapaz aprendia a tocar corneta. Já ouviu alguém aprendendo a tocar corneta?

– Não... acho que não – murmurou a senhora Carew.

– Bem, então a senhora perdeu muita coisa – disse a garota secamente. Depois de um momento, ela retomou a história: – Às vezes, especialmente no Natal e nos feriados, a gente costumava andar pela avenida e por outras ruas, procurando janelas cujas cortinas estavam erguidas para espiar. Éramos muito sozinhas (nesses dias especialmente), e nos dizíamos que era bom ver lares com família reunida, castiçais no centro das mesas e crianças brincando, mas nós duas sabíamos que aquilo realmente só nos fazia sentir piores que nunca, porque ficávamos totalmente sem esperança. Era até pior que ver os automóveis e os jovens alegres dentro deles, rindo e conversando. Éramos jovens, e eu suspeito que queríamos rir e conversar. Queríamos diversão também... E, aos poucos, minha colega começou a ter... essa diversão. Bom, para encurtar uma longa história, nós rompemos nossa parceria certo dia: ela foi para o caminho dela, e eu segui o meu. Eu não gostava das companhias que minha amiga tinha e disse isso. Ela não quis abrir mão delas, então nos separamos. Não a vi por quase dois anos; mas, então, recebi um recado dela e a procurei. Isso aconteceu no mês passado. Ela estava numa dessas casas de recuperação. Era um lugar adorável: tapetes macios, quadros bonitos, plantas, flores, livros, um piano, um belo quarto e tudo de bom para ela. Mulheres ricas vinham em seus automóveis ou carruagens para levá-la de carro a concertos e matinês. Ela aprendia estenografia, e eles iam ajudá-la a arrumar um emprego assim que tivesse aprendido. Todos eram incrivelmente bons para ela, conforme ela mesma relatou, e se mostravam totalmente solícitos. Mas ela também disse algo a mais: "Sadie, se eles tivessem metade dessa preocupação e quisessem me ajudar tempos atrás, quando eu era uma moça honesta, de respeito e trabalhadora, que sentia saudades de casa, eu não estaria aqui precisando de ajuda agora". E, bem, nunca esqueci. É isso. Não é que eu seja contra esse trabalho de recuperação, é uma coisa boa e necessária. Só que eu penso que não haveria muito o que fazer em recuperação se mostrassem um pouco de preocupação mais cedo.

– Mas eu pensei... que houvesse lares para jovens trabalhadoras e pensões que... que fizessem esse tipo de coisa – gaguejou a senhora Carew, com uma voz que poucas amigas suas teriam reconhecido.

– E há. A senhora já visitou algum desses lugares?

– Bem, não... Embora tenha contribuído com dinheiro para eles. – Desta vez, sua voz era quase de desculpas, com um tom de súplica.

Sadie Dean sorriu com curiosidade.

– Sim, eu sei. Há muitas mulheres boas que contribuem para esses lugares – e nunca viram como é por dentro. Por favor, não entenda que eu esteja dizendo alguma coisa contra essas casas. Não estou. Elas são boas. São praticamente as únicas que fazem alguma coisa para ajudar; mas são apenas uma gota no oceano para o que realmente é necessário. Tentei ficar em uma já... Mas havia certa atmosfera nela que não era muito boa... De alguma forma eu sentia. Mas, então, de que adianta? Talvez não sejam todas como aquela, e talvez o erro esteja em mim. Se eu tentasse explicar o que era, a senhora não entenderia. Seria preciso morar lá... E a senhora nunca nem entrou numa casa dessas. Mas não posso deixar de pensar, às vezes, porque tantas dessas boas mulheres nunca sequer pensaram em colocar o *coração* de verdade e se *interessar* em prevenir a situação que elas veem na recuperação. Ops... Eu não tinha a intenção de falar tanto. Mas a senhora me perguntou...

– Sim, perguntei – confirmou a senhora Carew, com a voz meio abafada, enquanto se virava.

Não era apenas com Sadie Dean, no entanto, que a senhora Carew aprendia coisas que nunca havia escutado, mas também com Jamie.

Jamie aparecia por lá com bastante frequência. Pollyanna gostava de recebê-lo, e ele gostava de estar ali. No começo, com certeza, ele hesitou; mas logo o menino aquietou suas dúvidas e cedeu aos seus desejos, justificando para si próprio (e para Pollyanna) que, afinal, visitar não era "ficar para sempre".

A senhora Carew costumava encontrar o garoto e Pollyanna felizes, acomodados no sofá perto da janela da biblioteca, com a cadeira de rodas vazia por perto. Às vezes, eles estavam debruçados sobre um livro. (Certo dia, ela ouviu Jamie contar a Pollyanna que achava que não se importaria com o fato de não poder andar se tivesse tantos livros quanto a senhora Carew e ainda que apostava que seria tão feliz que voaria para longe se tivesse as duas coisas: livros e pernas.) Às vezes o garoto contava histórias, as quais Pollyanna ouvia, de olhos arregalados e concentrados.

A senhora Carew se espantou com o interesse de Pollyanna - até que um dia ela mesma parou e ouviu. Depois disso, ela não se espantou mais, mas parou para ouvir muito mais vezes. Por mais crua e incorreta que fosse grande parte da linguagem do menino, sempre era maravilhosamente vívida e pitoresca, tanto que a senhora Carew se viu, de mãos dadas com Pollyanna, trilhando os caminhos da Idade do Ouro, conduzidas pelo menino de olhos brilhantes.

Aos poucos, a senhora Carew começou também a perceber algo sobre o que deveria significar estar em espírito e com ambição no centro de feitos corajosos e aventuras maravilhosas enquanto, na realidade, a pessoa era só um garoto preso a uma cadeira de rodas. Mas o que a senhora Carew não percebeu foi o papel que esse menino deficiente estava começando a ter em sua própria vida. Ela não percebeu o quanto a presença dele estava se tornando relevante nem como ela agora estava interessada em encontrar algo novo "para Jamie ver". Tampouco percebeu como, dia após dia, ele vinha se parecendo cada vez mais com o Jamie perdido, o filho de sua querida irmã falecida.

Os meses de fevereiro, março e abril passaram; no entanto, surgiu maio, trazendo com ele a proximidade da data de partida de Pollyanna para casa. De repente, a senhora Carew despertou para o conhecimento do que aquela partida significaria para ela.

Ela ficou surpresa e abatida. Até o momento, ela havia, segundo acreditava, aguardado com ansiedade e prazer a partida de Pollyanna. Ela dissera que, então, a casa voltaria a ser silenciosa, com o sol brilhante trancafiado do lado de fora. Mais uma vez ela estaria em paz e livre para se esconder do mundo irritante e cansativo. Mais uma vez ela estaria livre para convocar em sua consciência dolorosa todas as lembranças queridas do pequeno garoto perdido que há tanto tempo havia entrado naquela vastidão desconhecida e fechado a porta. Ela acreditava que tudo isso aconteceria quando Pollyanna voltasse para casa.

Mas agora que Pollyanna realmente ia voltar para casa, o quadro mudou um pouco. A "casa silenciosa com o sol trancafiado do lado de fora" se transformou em uma que prometia ser "sombria e insuportável". A tão aguardada "paz" seria uma "solidão horrorosa". E como ela seria capaz de "se esconder do mundo irritante e cansativo" e "estar livre para convocar em sua consciência dolorosa todas as lembranças queridas do pequeno garoto perdido"? Como se alguma coisa pudesse apagar aquelas outras lembranças dolorosas do novo Jamie (que ainda poderia ser o antigo Jamie) com seus olhos suplicantes e dignos de piedade.

Agora, a senhora Carew estava totalmente ciente de que, sem Pollyanna, a casa ficaria vazia; mas sem o rapaz, Jamie, ficaria pior que isso. Essa consciência não agradava o seu orgulho. Para o coração dela, era uma tortura - já que o garoto havia dito duas vezes que ele não viria. Durante um tempo, nesses últimos dias de estadia de Pollyanna, a batalha foi dolorosa, embora o orgulho sempre prevalecesse. Então, no que a senhora Carew sabia ser a última visita de Jamie, o coração triunfou, e mais uma vez ela pediu ao menino que morasse com ela e fosse para ela o Jamie perdido.

O que ela disse, nunca conseguiu se lembrar depois; mas o que o menino disse, ela não esqueceria jamais. Afinal, resumia-se em oito palavras breves.

Durante o que pareceu um longo, muito longo minuto, os olhos dele examinaram o rosto dela; então, surgiu uma luz transformadora nos dele, enquanto ele sussurrava:

- Ah, sim! Pois agora a senhora *se importa*!

CAPÍTULO 14
JIMMY E O MONSTRO DE OLHOS VERDES

DESTA VEZ, BELDINGSVILLE não recebeu Pollyanna literalmente com banda de música e faixas – talvez porque a hora de sua aguardada chegada era conhecida apenas por poucas pessoas da cidade. Mas, com certeza, não houve falta de cumprimentos alegres por parte de todos, desde o momento em que ela saiu do trem com tia Polly e o doutor Chilton. E Pollyanna não perdeu tempo em começar uma rodada de visitas curtas a todos os velhos amigos. De fato, nos próximos poucos dias, segundo Nancy, "não havia como pegá-la, porque, quando se estendia a mão, ela já não estava mais lá".

E sempre, por toda parte aonde ia, Pollyanna deparava com a pergunta: "Gostou de Boston?". Mas talvez ela não tenha respondido para ninguém da mesma forma completa que contou ao senhor Pendleton. Como era comum quando essa pergunta lhe era formulada, ela começava a responder com rugas de preocupação na testa.

– Ah, gostei... adorei... parte dela.

– Mas não toda? – o senhor Pendleton sorriu.

– Não. Houve partes nela... Ah, eu fiquei contente de estar lá – explicou ela apressadamente. – Passei bons momentos, e muitas coisas foram tão estranhas e diferentes, sabe? Como comer ceia à noite em vez de ao meio-dia,[2] como fazemos aqui. Mas todos foram muito bons comigo, e eu vi tantas coisas maravilhosas – Bunker Hill, o jardim público, os bondes para passeios turísticos pela cidade e quilômetros de quadros, estátuas, vitrines e ruas que nunca terminavam. E pessoas. Nunca vi tantas pessoas.

– Bem, eu sempre achei que... você gostasse de pessoas – comentou o homem.

– E gosto – Pollyanna franziu a testa de novo e refletiu. – Mas de que vale tanta gente se você não os conhece? E a senhora Carew não me deixava conhecer as pessoas. Ela mesma não as conhecia. Ela disse que isso era normal lá.

Houve uma pausa ligeira, depois, com um suspiro, Pollyanna terminou:

– Desconfio que essa é a parte de que menos gostei: as pessoas não se conhecerem. Seria muito melhor se elas se conhecessem! Pois, pense, senhor Pendleton, há muitas pessoas que moram na sujeira, em ruas estreitas e nem sempre têm feijão nem bolinhos de peixe para comer, nem coisas tão boas como as doações missionárias para usar. Depois, há outras pessoas (a senhora Carew e várias outras como ela) que moram em casas lindas e perfeitas e têm mais para comer e vestir do que realmente precisam. Se *essas* pessoas apenas soubessem daquelas outras... – Mas o senhor Pendleton a interrompeu com uma risada.

– Minha querida menina, já lhe ocorreu que essas pessoas não se *preocupam* com as outras? – questionou ele misteriosamente.

– Ah, mas algumas se preocupam – insistiu Pollyanna, em defesa ardente. – Então, tem a Sadie Dean, que vende laços, lindos laços, em uma loja grande. Ela *quer* conhecer pessoas; e eu a apresentei à senhora Carew, aí nós a levamos até sua casa e convidamos Jamie e

---

2. O nome das refeições difere de lugar para lugar. (N. T.)

diversos outros também; e ela ficou *tão* contente em conhecê-los! E é isso que me fez pensar que se apenas as várias senhoras Carew pudessem conhecer as outras pessoas... Mas, claro, *eu* não poderia apresentá-las. Mesmo porque eu não conhecia muita gente. Mas se elas *pudessem se* conhecer, para que as pessoas ricas pudessem dar um pouco de seu dinheiro às pobres...

Mas novamente o senhor Pendleton interrompeu com uma risada.

– Ah, Pollyanna, Pollyanna – gargalhou ele –, acho que você está mergulhando em águas muito profundas. Você se tornará uma pequena socialista raivosa antes de perceber.

– Uma o quê? – indagou a menininha, com ar de dúvida. – Acho que não sei o que é uma socialista, mas sei o que significa ser *sociável*... E eu gosto de pessoas assim. Se for alguma coisa do tipo, eu não me importo em ser uma. Eu gostaria de ser uma.

– Não duvido disso, Pollyanna. – O homem sorriu. – Mas quando se trata desse esquema seu de distribuição generalizada da riqueza, você fica com um problema nas mãos que pode gerar dificuldades.

Pollyanna soltou um longo suspiro.

– Eu sei – ela concordou com a cabeça. – É assim que a senhora Carew falava. Ela diz que eu não entendo; que iria, hã, depauperá-la e seria indiscriminado, nocivo e... Bem, era algo assim... – A menina se conteve, ofendida, pois o homem começou a rir. – E, de qualquer modo, eu *não* entendo porque algumas pessoas devem ter muito, enquanto outras não têm nada, e *não* gosto disso. E se um dia eu tivesse muito, doaria um pouco para as pessoas que não têm nada, mesmo que isso me tornasse depauperada e perniciosa e...

Mas o senhor Pendleton ria tanto agora que Pollyanna, após lutar por um momento, rendeu-se e riu junto com ele.

– Bem, de qualquer modo – reiterou ela ao recuperar o fôlego –, não entendo isso de jeito nenhum.

– Não, querida, acho que não – concordou o homem, ficando repentinamente muito sério e com olhos carinhosos –, nem nós adultos entendemos. Mas, diga – acrescentou ele após um instante. – Quem é esse Jamie de quem você fala tanto desde que voltou?

E Pollyanna lhe contou.

Ao falar de Jamie, ela perdeu seu olhar preocupado e confuso. Pollyanna adorava falar sobre Jamie. Isso era algo que ela entendia. Ali não havia problema que ela tivesse que lidar com palavras grandes e ameaçadoras. Além disso, nesse assunto em particular, quem seria melhor que o senhor Pendleton para ficar especialmente interessado no fato de a senhora Carew levar o garoto para a casa dela, já que ele é quem mais entendia sobre a necessidade da presença de uma criança?

Por isso, Pollyanna falou a todos sobre o Jamie. Ela achava que todos estariam tão interessados quanto ela mesma. Na maioria das ocasiões, a menina não ficou desapontada com o interesse demonstrado; mas, certo dia, ela deparou com uma surpresa, que veio de Jimmy Pendleton.

– Diga aí – perguntou ele, certa tarde, com irritação. – Não havia *ninguém* mais em Boston além desse seu eterno "Jamie"?

– Como assim, Jimmy Bean, o que está querendo dizer? – exclamou ela.

O garoto ergueu o queixo ligeiramente.

– Não me chamo mais Jimmy Bean. Sou Jimmy Pendleton. E acho que devo concluir, dessa sua conversa, que não havia *mais ninguém* em Boston além desse maluco que chama os pássaros e esquilos de "*lady* Lancelot" e toda essa tolice.

– Por quê, Jimmy Be... Pendleton? – Pollyanna falou furiosa. Depois, com um pouco de leveza: – Jamie não é maluco! Ele é um garoto bem legal. E ele conhece muitos... livros e histórias! Ora, ele consegue criar histórias com sua própria cabeça! Além disso, não é "*lady* Lancelot" é "*sir* Lancelot". Se ao menos soubesse metade do que ele sabe, você saberia disso também! – terminou ela, com os olhos faiscando.

Jimmy ficou muito vermelho e parecendo completamente infeliz. Cada vez mais ciumento, ainda insistindo, ele se manteve firme.

– Bem, de qualquer modo – zombou ele –, não acho nenhuma graça no nome dele. "Jamie"! Credo, parece uma menininha... E eu conheço outra pessoa que acha isso também.

– Quem?

Não houve resposta.

– *Quem acha*? – exigiu Pollyanna, com mais ênfase.

CAPÍTULO 14

– Meu pai – A voz do menino ficou melancólica.

– Seu... pai? – repetiu Pollyanna, maravilhada. – Como ele podia conhecer o Jamie?

– Ele não conhecia. Não tem nada a ver com esse Jamie. Era sobre mim. – O garoto ainda falava com tristeza, com os olhos voltados para o outro lado. No entanto, havia uma curiosa delicadeza em sua voz sempre que falava do pai.

– Sobre *você?*

– Sim. Foi bem pouco antes de ele morrer. Ficamos quase uma semana com um fazendeiro. Papai ajudou com o feno; e eu também, um pouco. A esposa do fazendeiro era muito boa comigo e, logo, ela começou a me chamar de "Jamie". Não sei por quê, mas foi assim. Certo dia, meu pai ouviu. Ele ficou furioso (tanto que eu me lembro disso sempre... do que ele disse). Falou que "Jamie" não era o nome certo para um menino, e que nenhum filho dele devia ser chamado assim. Falou que era um apelido de menininha, que ele odiava. Acho que eu nunca o vi tão bravo quanto ele ficou naquela noite. Ele nem esperou terminar o trabalho: eu e ele pegamos a estrada naquela mesma noite. Eu fiquei um pouco magoado, porque eu gostava dela (da mulher do fazendeiro). Ela era boa para mim.

Pollyanna assentiu com a cabeça, com toda solidariedade e interesse. Não era comum Jimmy falar tanto daquele passado misterioso dele, de antes de ela conhecê-lo.

– E o que aconteceu em seguida? – incitou Pollyanna. Por um instante, ela esqueceu totalmente o assunto original da controvérsia: o apelido "Jamie", que fora chamado de "menininha".

O rapazinho suspirou.

– A gente foi andando até conseguir outro lugar. E foi lá que papai... morreu. Então eles me mandaram para um orfanato.

– E depois você fugiu, e eu o encontrei naquele dia perto da senhora Snow – Pollyanna exultou, com delicadeza. – E desde então a gente se conhece.

– Ah, sim, e desde então você me conhece – repetiu Jimmy, mas com uma voz totalmente diferente. De repente, Jimmy havia voltado para o presente e para a sua mágoa. – Mas, lembrando, *não é* "Jamie"

– terminou ele com ênfase desdenhosa, enquanto se afastava, arrogante, deixando para trás uma Pollyanna aflita e desnorteada.

– Bem, pelo menos, posso ficar contente pelo fato de ele nem sempre ser assim – suspirou a garotinha enquanto, com tristeza, ela observava a figura robusta e juvenil com sua arrogância desagradável e surpreendente.

CAPÍTULO 15
TIA POLLY LEVA UM SUSTO

POLLYANNA JÁ ESTAVA em casa há uma semana quando a carta de Della Wetherby chegou para a senhora Chilton.

Eu gostaria de poder fazer a senhora ver o que a sua pequena sobrinha fez para minha irmã, mas não posso, infelizmente. Seria preciso que a senhora soubesse como ela era antes. Com certeza, a senhora já a viu e talvez tenha notado um pouco do silêncio da tristeza em que ela mergulhou por tantos anos. Mas a senhora não teria ideia da amargura de seu coração, sua falta de objetivo e interesse, sua insistência no eterno luto.

Então surgiu Pollyanna. Provavelmente eu não lhe disse, mas minha irmã se arrependeu da promessa de ficar com a menina logo depois de aceitar isso. Ela estipulou, com seriedade, que no momento em que Pollyanna começasse a pregar, seria mandada para mim. Bem, isso não aconteceu (pelo menos, minha irmã diz que não), e Ruth deveria saber. No entanto, bem, deixe-me contar o que encontrei quando fui visitá-la ontem. Talvez nada mais pudesse lhe dar uma ideia melhor do que a maravilhosa e pequena Pollyanna conseguiu fazer.

Para começar, quando me aproximei da casa, vi que quase todas as persianas estavam erguidas: elas costumavam ficar abaixadas até o peitoril da janela. No instante em que entrei no saguão, ouvi música: Parsifal. As salas estavam abertas, e o ar estava adocicado com o perfume de rosas.

Segundo a criada, a senhora Carew e o senhor Jamie estavam na sala de música. E foi lá que os encontrei – minha irmã e o menino que ela levou para morar com ela, ouvindo uma dessas invenções modernas que conseguem conter uma companhia de ópera inteira, inclusive a orquestra.

O menino estava na cadeira de rodas. Estava pálido, mas com certeza muito feliz. Minha irmã parecia dez anos mais jovem. Seu rosto, geralmente pálido, estava rosado, e os olhos vibravam e brilhavam. Pouco mais tarde, depois de eu conversar alguns minutos com o garoto, minha irmã e eu subimos para um dos quartos e lá ela me falou... de Jamie. Não do velho Jamie, como ela costumava fazer, com os olhos lacrimejando e suspiros sem esperança, mas do novo Jamie – e agora, não havia lágrimas nem suspiros. Em vez disso, havia a ansiedade de interesse entusiasmado.

"Della, ele é maravilhoso", começou ela. "Tudo daquilo que é melhor na música, arte e literatura parece lhe agradar de uma forma perfeitamente maravilhosa; ele só precisa, é claro, de desenvolvimento e treinamento. É isso que vou providenciar para ele. Um professor particular virá amanhã. Claro que sua linguagem é um tanto horrível; mas, ao mesmo

tempo, ele leu tantos livros bons que seu vocabulário é bem surpreendente – e você devia ouvir as histórias que ele desenvolve! Claro que ele está defasado no conhecimento geral, mas está disposto a aprender, então isso logo será consertado. Ele adora música, e eu lhe darei a oportunidade de treinar no que ele quiser. Já providenciei um estoque de discos selecionados cuidadosamente. Queria que você visse o rosto dele ao ouvir pela primeira vez a música 'Holy Grail'. Ele sabe tudo sobre o Rei Artur e os Cavaleiros da Távola Redonda, e ele fala de cavaleiros, lordes e damas como você e eu falamos dos membros de nossa família – se bem que às vezes não sei se esse sir Lancelot significa o antigo cavaleiro ou um esquilo do jardim público. E, Della, acredito que ele possa voltar a andar. Vou pedir para o doutor Ames vê-lo e..."

E assim ela falava, cada vez mais, enquanto eu permanecia sentada maravilhada e muda, mas, ah, tão feliz! Conto tudo isso para a senhora, para que possa ver por si mesma como ela está interessada, com que ansiedade ela cuidará do crescimento e do desenvolvimento do garoto e como, apesar dela mesma, isso tudo vai mudar sua atitude diante da vida. Ela não pode fazer o que está fazendo para esse menino, Jamie, e não fazer isso por si própria ao mesmo tempo. Nunca mais, acredito, ela será aquela mulher azeda e rabugenta de antes. E tudo graças a Pollyanna.

Pollyanna! Menina preciosa – e a melhor parte disso é que ela não tem a mínima consciência dessas coisas. Acredito que nem a minha irmã perceba exatamente o que está acontecendo com seu próprio coração e sua vida (e, com certeza, Pollyanna tampouco – ela nem ao menos perceba o papel que teve na mudança).

E agora, prezada senhora Chilton, como posso agradecê-la? Sei que não posso; portanto, nem vou tentar. Ainda assim, em seu coração, acredito que a senhora saiba como estou agradecida à senhora e a Pollyanna.

Della Wetherby

– Bem, parece que houve uma cura! – Animou-se o doutor Chilton quando a esposa terminou de ler a carta para ele.

Para sua surpresa, ela rapidamente estendeu uma mão, protestando.

– Thomas, por favor, pare com isso! – pediu ela.

– Por quê, Polly? O que acontece? Não está feliz que... o remédio tenha funcionado?

A senhora Chilton largou-se com desânimo na cadeira.

– Lá vai você de novo, Thomas – ela suspirou. – É *claro* que estou contente que essa mulher perdida tenha superado o equívoco de sua atitude e encontrado um meio de ser útil para alguém. E claro que estou contente por ter sido Pollyanna quem causou isso. Mas não estou contente em vê-la sendo mencionada continuamente como se fosse... um frasco de remédio ou uma "cura". Você entende?

– Bobagem! Afinal, qual é o mal? Eu chamo Pollyanna de tônico desde que a conheço.

– Mal? Thomas Chilton, aquela menina está crescendo a cada dia. Você quer estragá-la? Até o momento, ela não tem ciência de seu tremendo poder. E é aí que fica o segredo de seu sucesso. No minuto em que ela *conscientemente* se puser a "consertar" alguém, você sabe muito bem tanto quanto eu que ela ficará impossível. Ou seja, que os céus não permitam que ela tenha consciência de que é uma espécie de curandeira de todos os males dos pobres, doentes e da humanidade sofredora.

– Bobagem! Eu não me preocuparia. – O médico riu.

– Mas eu me preocupo, Thomas.

– Mas, Polly, pense no que ela fez – argumentou o médico. – Pense na senhora Snow, em John Pendleton e em muitos outros... Não são as mesmas pessoas que eram, da mesma forma que a senhora Carew não é. E Pollyanna fez isso... Deus abençoe seu coração!

– Sei que foi ela – assentiu a senhora Polly Chilton, com empatia. – Mas não quero que Pollyanna saiba disso. Claro que ela imagina, de certa forma. Ela sabe que os ensinou a brincar com o jogo do contente e que eles são muito mais felizes por causa disso. E tudo bem. É um jogo... o jogo *dela*, e eles estão jogando juntos. Para você, vou admitir que Pollyanna nos converteu com um dos mais poderosos sermões que já ouvi; mas no minuto em que *ela souber*... Bem, não quero que isso aconteça. É tudo. Bom, agora, deixe-me contar que decidi ir com você para a Alemanha no próximo outono. Primeiro, pensei que não iria. Não queria deixar Pollyanna... E não vou deixá-la dessa vez. Vou levá-la comigo.

– Levá-la conosco? Que bom! Por que não?

– Eu preciso, é isso. Além do mais, devo me alegrar em planejar ficar alguns anos, assim como você me disse que queria. Quero afastar Pollyanna de Beldingsville por um tempo. Queria mantê-la doce e imaculada, se é que consigo. E ela não vai ficar com noções idiotas na mente se eu puder evitar. Por que, Thomas Chilton, nós queremos que essa criança se torne uma pretensiosa insuportável?

– Claro que não. – O médico riu. – Mas, sobre esse assunto, não creio que nada nem ninguém consiga deixá-la assim. No entanto, sua ideia sobre a Alemanha me agrada muito. Você sabe que eu não queria voltar de lá... Só vim por causa de Pollyanna. Então quanto antes voltarmos para lá, melhor para mim. E gostaria de ficar um tempo por lá para poder praticar um pouco, além de estudar.

– Então está combinado. – E tia Polly soltou um suspiro satisfeito.

CAPÍTULO 16
QUANDO ESPERAVAM POR POLLYANNA

TODA BELDINGSVILLE ESTAVA tomada pela agitação. Nunca antes, desde que Pollyanna Whittier voltou para casa do sanatório, *caminhando*, houve tamanha tagarelice por sobre as cercas dos quintais vizinhos e também em todas as esquinas. Hoje, o centro das atenções também era a garota. Mais uma vez, ela regressava... Mas era uma Pollyanna tão diferente e um retorno tão diferente!

Ela estava com vinte anos agora. Durante seis anos, ela passou os invernos na Alemanha e os verões viajando a passeio com o doutor Chilton e a esposa. Esteve em Beldingsville apenas uma vez durante esse tempo e, mesmo assim, foram apenas quatro curtas semanas no verão em que tinha dezesseis anos. Agora, segundo as notícias, ela voltava para casa... para ficar: ela e sua tia Polly.

O doutor não chegaria com elas. Seis meses antes, a cidade ficara chocada e entristecida com a notícia de que ele falecera repentinamente. Na época, Beldingsville esperava que a senhora Chilton e Pollyanna retornassem imediatamente ao velho lar, mas elas não vieram. Em vez disso, veio a informação de que a viúva e sua sobrinha

CAPÍTULO 16

permaneceriam no estrangeiro por mais tempo. Os comentários diziam que a viúva buscava distração e alívio para sua enorme tristeza em ambientes totalmente novos.

Logo, entretanto, rumores vagos e outros nem tão vagos assim começaram a circular pela cidade de que, financeiramente, nem tudo ia tão bem com a senhora Polly Chilton. Certas ações de indústrias ferroviárias, nas quais se sabia que a fortuna dos Harrington fora maciçamente investida, flutuaram na incerteza e depois descambaram para a ruína e o desastre. Outros investimentos, segundo as notícias, estavam na mais precária condição. Pouco se podia esperar dos bens do médico, que nunca fora um homem rico, e suas despesas foram muito altas nos últimos seis anos. Beldingsville não ficou surpresa, portanto, quando seis meses após sua morte, surgiram boatos de que a senhora Chilton e Pollyanna voltavam para casa.

Mais uma vez, a velha mansão dos Harrington, fechada e silenciosa há tanto tempo, exibiu persianas erguidas e portas totalmente abertas. Mais uma vez, Nancy – agora senhora Timothy Durgin – varreu, esfregou e tirou o pó da casa até o antigo local brilhar, sem uma manchinha sequer.

– Não, *num* tive instruções do que *fazê*; tive não, tive não – explicou Nancy a amigos e vizinhos curiosos que paravam no portão ou vinham, mais atrevidos, até a soleira. – Mamãe Durgin tinha a chave, claro, e veio pra arejar a casa e ver se tudo *tá* bem; e a senhora Chilton só escreveu e disse que ela e a senhorita Pollyanna estavam vindo nesta semana, na sexta, e pra *fazê* o *favô* de *providenciá* para que os quartos e os lençóis estivessem *arejado* e pra *deixá* a chave embaixo do *tapetim* da porta lateral nesse dia. Embaixo do tapete, com certeza! Como se eu pudesse *deixá* as duas pobres criaturas *chegá* na casa sozinha e abandonada desse jeito... E eu apenas a um quilômetro e meio de distância, sentada na minha varanda como se eu fosse uma fina dama sem coração algum! Como se as *pobre criatura num* tivessem sofrido o suficiente: *chegá* nessa casa sem o *dotô*... Deus abençoe seu pobre coração! E ele nunca mais vai *voltá*... E sem grana também. Vocês *ouviu* isso? Que triste, que tristeza! Pensa na senhorita

Polly, digo, na senhora Chilton... sendo pobre! Pelo amor dos meu *filho*, não consigo *entendê*... não dá... não dá...

Talvez a ninguém Nancy tenha falado de forma tão interessada como o fez com um jovem alto e de boa aparência, com olhos francos e um sorriso especialmente encantador, que se apressou pela porta lateral com ar de impetuosa distinção às dez da manhã naquela quinta-feira. Ao mesmo tempo, para ninguém ela falou com tanto constrangimento evidente, em relação a como se dirigir a ele, pois a língua dela travava e disparava soltando um "patrãozinho Jimmy... ahn... senhor Bean, quero dizer, senhor Pendleton, Patrãozinho Jimmy!" com uma pressa nervosa que lançou o jovem em um alegre acesso de risos.

– Tudo bem, Nancy! Fale o que achar mais prático – disse, abafando o riso. – Descobri o que eu realmente queria saber: a senhora Chilton e a sobrinha devem realmente chegar amanhã.

– Sim, *sinhô*, devem sim, *sinhô* – respondeu Nancy, fazendo reverência. – Mas que pena! Não que eu *num* fique *contenti* por vê-las, mas entende, é a maneira como elas *tão* voltando.

– Pois é, eu sei. Entendo – assentiu o jovem com a cabeça, bem sério, os olhos vasculhando o belo casarão antigo diante dele. – Bem, imagino que não dá para evitar essa parte. Mas estou feliz por você estar fazendo... apenas o que está fazendo. Isso *vai* ajudar muito – concluiu ele com um sorriso franco, enquanto montava e rapidamente cavalgava pelo caminho diante da casa.

De volta aos degraus, Nancy balançou a cabeça sabiamente:

– Não *tô* surpresa, patrãozinho Jimmy – declarou ela alto, com os olhos admirados e seguindo a bela e jovem figura do homem sobre o cavalo. – Não tô surpresa que o *sinhô num* perdeu tempo pra vir saber da senhorita Pollyanna. Eu disse há muito tempo: "Ainda viria o tempo disso *ocorrê* e *tá pr'acontecê*", com o *sinhô* tão crescido, bonito e alto. E espero que aconteça, espero mesmo. Seria como num livro, com ela encontrando o *sinhô* e ficando naquela casa enorme com o *sinhô* Pendleton. Puxa, quem reconheceria o *sinhô* agora como aquele pequeno Jimmy Bean! Nunca vi mudança tão grande numa pessoa, não mesmo – respondeu ela com um último olhar para a figura que desaparecia rapidamente rua abaixo.

CAPÍTULO 16

Algo do mesmo tipo de pensamento iria povoar a mente de John Pendleton algum tempo depois naquela mesma manhã, pois, da varanda de sua enorme casa cinza sobre a Colina Pendleton, ele observava a rápida aproximação do mesmo cavaleiro e seu cavalo, e em seus olhos havia expressão muito semelhante à de Nancy Durgin. Nos seus lábios também estava um admirado: "Puxa! Que par lindo que eles fazem", quando os dois dispararam a caminho do estábulo.

Cinco minutos mais tarde, o jovem retornou pela lateral da casa e lentamente subiu os degraus da varanda.

– Então, meu garoto, é verdade? Elas estão voltando?– questionou o homem, com visível ansiedade.

– Sim.

– Quando?

– Amanhã. – O jovem se largou em uma poltrona.

John Pendleton franziu a testa com a rispidez da resposta. Olhou rapidamente para o rosto do rapaz. Hesitou por um instante; então, um pouco bruscamente, perguntou:

– Puxa, filho, o que acontece?

– O que acontece? Nada, senhor.

– Bobagem, te conheço. Você saiu daqui há uma hora tão ansioso para partir que nem cavalos selvagens poderiam detê-lo. Agora está aí sentado todo curvado nessa poltrona, e parece que nem cavalos selvagens poderiam arrastá-lo daí. Se não o conhecesse bem, eu diria que não está contente pela volta de nossas amigas.

Ele parou, evidentemente buscando a resposta, mas não a encontrou.

– Ora, Jim, *não está* feliz por elas estarem de volta?

O jovem rapaz riu e se mexeu inquieto.

– Claro que sim, né?

– Pois você age como se não estivesse.

O rapaz riu novamente. Um rubor jovial lhe cobriu o rosto.

– Bem, é só que eu estava pensando... em Pollyanna.

– Pollyanna! Ora, homem dos céus, você não fez nada além de murmurar sobre Pollyanna desde que veio de Boston para casa e descobriu que ela estava voltando... Pensei que estivesse louco para vê-la.

O outro se inclinou para a frente com uma concentração curiosa.

– É exatamente isso! Vê? Você disse há um minuto. É só que, se ontem cavalos selvagens não poderiam me impedir de ver Pollyanna, hoje, agora, quando percebo que ela está voltando, eles não conseguiriam me arrastar para vê-la.

– Mas por quê, *Jim*?

Devido à chocante incredulidade no rosto de John Pendleton, o jovem recostou-se na poltrona com uma risada constrangida.

– Sim, eu sei, parece loucura e não acho que eu possa fazê-lo entender. Mas, de alguma forma, acredito... que não queria que Pollyanna crescesse. Ela era um amor, exatamente do jeito que era. Gosto de pensar nela como a vi da última vez, seu rostinho com sardas, bem sério, a maria-chiquinha loira, suas palavras lacrimosas: "Ah, sim, estou contente por estar de partida, mas acho que ficarei ainda mais contente quando voltar". Foi a última vez em que a vi. O senhor se lembra de que estávamos no Egito quando ela esteve aqui há quatro anos.

– Sei. Entendo exatamente o que está sentindo também. Acho que me sentia da mesma forma... até vê-la no inverno passado em Roma.

O outro se voltou com ansiedade.

– É mesmo, o senhor a viu! Diga algo sobre ela.

Os olhos de John Pendleton faiscaram com um brilho especial.

– Ah, mas pensei que você não queria conhecer Pollyanna... adulta.

Com um riso sem graça, o rapaz continuou perguntando:

– Ela está bonita?

– Ah, esses jovens! – Pendleton deu de ombros, simulando desespero. – Sempre a mesma pergunta: "Ela é bonita?"!

– Bem, ela é? – insistiu o jovem.

– Vou deixá-lo julgar por si mesmo. Se você... pensando melhor, porém, acho que não vou fazer isso. Você poderia ficar desapontado demais. Pollyanna não é bonita, se considerar os traços regulares, cachos e covinhas. Na verdade, pelo meu conhecimento, o grande problema na vida de Pollyanna até agora é que ela tem muita certeza de que não é bonita. Há muito tempo, ela me disse que cachos negros eram uma das coisas que ela teria quando chegasse no Céu e, no ano passado em Roma, ela disse outra coisa. Não foi grande coisa, talvez, considerando as palavras, mas detectei o mesmo problema. Disse que gostaria que algum dia alguém escrevesse um romance com uma heroína que tivesse cabelo liso e sardas no nariz, mas que achava que deveria ficar contente pelas garotas dos livros não precisarem ter sardas.

– Parece exatamente com algo que a antiga Pollyanna diria.

– Ah, você ainda vai encontrar... Pollyanna. – Sorriu o homem de modo enigmático. – Além disso, *eu* a considero bonita. Os olhos dela são belos. Ela é a própria expressão da saúde. Carrega todo o frescor alegre da juventude, e o rosto inteiro dela se ilumina tão maravilhosamente quando fala, que faz você esquecer se os traços dela são regulares ou não.

– Ela ainda... pratica o jogo?

John Pendleton riu com carinho.

– Acho que sim, mas ela não o menciona tanto assim agora, imagino. De qualquer modo, ela não falou nada para mim nas duas ou três vezes em que a vi.

Houve um silêncio breve; então, o jovem Pendleton falou, um pouco mais lentamente:

– Acho que isso era uma das coisas com que me preocupava. Esse jogo foi tão importante para tantas pessoas. Significou tanto em toda parte, por toda a cidade! Eu não suportaria que ela desistisse dele e *não o jogasse mais*. Ao mesmo tempo, eu não poderia gostar de uma Pollyanna adulta que sempre insistisse que as pessoas ficassem contentes por algo. De alguma forma, eu... bem, como disse... eu só não queria que Pollyanna crescesse.

– Bem, eu não me preocuparia – Deu de ombros o homem mais velho, com um sorriso peculiar. – Pollyanna sempre agiu com pureza no coração, e acho que ela mantém os mesmos princípios agora... Embora talvez não exatamente da mesma forma. Pobre criança, acho que ela precisará de algum tipo de jogo para tornar a existência suportável, por um tempo, pelo menos.

– O senhor está dizendo isso porque a senhora Chilton perdeu todo o dinheiro? Elas estão tão pobres assim?

– Receio que sim. Na verdade, elas estão em situação bastante precária em relação às questões financeiras, que eu saiba. A fortuna da senhora Chilton diminuiu consideravelmente, os bens do pobre Tom eram poucos e, infelizmente, fez muitos trabalhos não cobráveis (serviços profissionais nunca pagos e que nunca serão). Tom nunca recusava quando seu auxílio era solicitado, e todos os pobres-diabos da cidade sabiam disso e o procuravam. Ele teve muitas despesas. Além disso, esperava grandes coisas quando tivesse completado esse trabalho especial na Alemanha. Naturalmente ele supunha que a esposa e Pollyanna estivessem mais que amplamente amparadas pelos bens dos Harrington, então não precisaria se preocupar a respeito.

– Humm, entendo, entendo. Isso tudo é muito ruim.

– Mas isso não é tudo. Foi cerca de dois meses após a morte de Tom que eu me encontrei com a senhora Chilton e Pollyanna em Roma, e a senhora Chilton estava na época em um estado lastimável. Além do luto, começava a ter ideia do problema com as finanças e estava muito agitada. Ela se recusava a voltar para casa. Declarou que nunca mais queria ver Beldingsville ou as pessoas daqui. Veja, ela sempre foi uma mulher muito orgulhosa, e tudo a afetou de uma maneira bastante curiosa. Pollyanna disse que a tia parecia obcecada com a ideia de que, a princípio, Beldingsville não havia aprovado seu casamento com o doutor Chilton, na idade dela. E agora que ele estava morto, ela sentia que eles não eram solidários com qualquer luto que ela pudesse demonstrar. Ela ressentia muito, ainda, o fato de que agora eles deviam saber que, além de viúva, ela estava pobre. Ou seja, ela se colocou em um estado totalmente mórbido e horroroso, tão ilógico quanto terrível. Pobre Pollyanna! Foi uma maravilha para mim ver como ela encarava o processo. Em resumo, se a senhora Chilton continuasse daquele jeito (e continua a agir assim), aquela menina deveria estar um bagaço. Por isso eu disse que Pollyanna precisaria de algum tipo de jogo mais que qualquer pessoa.

– Que horror! Pensar nisso tudo acontecendo com Pollyanna! – exclamou o jovem com a voz um tanto hesitante.

– Sim, e dá para ver que nem tudo anda bem pelo modo como elas estão retornando hoje: tão discretamente, sem dizer nada para as pessoas. É o jeito de Polly Chilton, garanto. Ela *não quer* encontrar ninguém. Parece que não escreveu para ninguém além da esposa do velho Tom, a senhora Durgin, que tem as chaves.

– Isso, foi o que Nancy me disse... aquela boa alma! Ela arejou toda a casa e arrumou de um jeito para não fazê-la parecer com um túmulo de esperanças mortas e prazeres perdidos. Claro que o terreno estava bem-arrumado, pois o velho Tom andou fazendo a manutenção depois de um tempo. Mas ver tudo aquilo fez doer meu coração...

Houve um longo silêncio e, depois, John Pendleton sugeriu bruscamente:

– Precisamos recebê-las.

– Elas serão recebidas.

– *Você* vai até a estação?

– Vou sim.

– Então sabe em que trem elas estão vindo?

– Ah, não. Nem a Nancy sabe.

– Então, como vai fazer?

– Vou lá de manhã e depois voltarei em todos os horários em que houver trem até elas chegarem. – O rapaz riu, com um tom meio sério. – Timothy vai também, com a carruagem da família. Afinal, não há muitos trens em que elas possam estar.

– Humm, verdade – concordou John Pendleton. – Jim, admiro sua ousadia, mas não seu juízo. Contudo, fico feliz por seguir sua ousadia e não seu juízo... E lhe desejo boa sorte.

– Obrigado, senhor. – Sorriu o rapaz tristemente. – Eu preciso dela, da boa sorte... Preciso sim, como diz a Nancy.

CAPÍTULO 17

A VOLTA DE POLLYANNA

CONFORME O TREM se aproximava de Beldingsville, Pollyanna observava a tia com ansiedade. Ao longo do dia todo, a inquietação e a melancolia da senhora Chilton foram aumentando mais e mais, e Pollyanna temia o momento em que avistassem a familiar estação de trem de sua cidade.

Quando Pollyanna olhava para a tia, seu coração se apertava. Ela pensou que não teria acreditado que seria possível alguém mudar e envelhecer tanto em apenas seis meses. Os olhos dela não tinham brilho nenhum, o rosto estava pálido e chupado e a testa estava cruzada e entrecruzada de rugas de preocupação. A boca caída nos cantos, os cabelos penteados presos do mesmo jeito sem graça que usava na época em que Pollyanna a viu pela primeira vez, anos antes. Toda a suavidade e doçura que ela parecia ter adquirido com o casamento caíram feito um manto, deixando expostos a antiga dureza e o azedume que tinham sido dela quando era a mal-amada e seca senhorita Polly Harrington.

– Pollyanna! – A voz da senhora Chilton era incisiva.

CAPÍTULO 17

Pollyanna estremeceu, meio com culpa. Teve uma sensação desconfortável de que a tia poderia ter lido seus pensamentos.

– Sim, titia?

– Onde está aquela bolsa preta... a pequena?

– Está bem aqui.

– Bem, eu quero que me tire o véu preto. Estamos quase chegando.

– Mas está tão quente e abafado, titia.

– Pollyanna, pedi o meu manto preto. Se você fizesse o favor de aprender a fazer o que eu peço sem argumentar, seria muito mais fácil para mim. Quero aquele véu. Você acha que eu vou dar a toda Beldingsville a chance de ver como estou "passando por isso"?

– Ah, titia, eles nunca estarão com esse espírito – protestou Pollyanna, apressando-se em procurar o tão desejado véu na bolsa preta. – Além disso, não vai haver ninguém lá para nos encontrar. Não contamos para ninguém que estávamos de volta, não é?

– Sim. Não *dissemos* a ninguém para nos encontrar, mas instruímos a senhora Durgin para arejar os aposentos e deixar a chave embaixo do tapete hoje. Você acha que ela guardou essa informação em segredo? Não mesmo! Metade da cidade sabe que estaremos voltando hoje e cerca de uma dúzia ou mais estará na estação "por acaso" no horário do trem. Eu os conheço! Eles querem ver como a *pobre* Polly Harrington está. Eles...

– Ah, titia, titia – murmurou Pollyanna, com lágrimas nos olhos.

– Se eu não estivesse tão sozinha. Se ao menos o doutor estivesse aqui e... – Ela parou de falar e virou a cabeça. A boca dela tremia convulsivamente. – Onde está... aquele véu? – soluçou ela, com a voz rouca.

– Querida, está bem aqui – confortou Pollyanna, cujo objetivo único agora, basicamente, era passar o véu para as mãos da tia com toda a urgência. – E estamos quase chegando. Ah, titia, como eu gostaria que o velho Tom ou Timothy nos encontrasse lá!

– E nos levar até a casa com pompa e circunstância, como se pudéssemos *dar conta* de manter esses cavalos e carruagens? E, quando percebêssemos, teríamos que vendê-los no dia seguinte?

Não, obrigada, Pollyanna. Prefiro usar a carruagem pública nestas circunstâncias.

– Eu sei, mas... – O trem parou, ferindo os ouvidos, e apenas um soluço trêmulo terminou a frase de Pollyanna.

Quando as duas mulheres pisaram na plataforma, a senhora Chilton, com o véu negro, não olhou nem para a direita nem para a esquerda. Pollyanna, no entanto, cumprimentava e sorria com os olhos cheios de lágrimas para meia dúzia de direções antes de descer mais dois lances de degraus. Então, de repente, ela se viu olhando para um rosto familiar, embora estranhamente não familiar.

– Veja se não é... é... o Jimmy! – vibrou ela, estendo uma mão cordial. – Isto é, suponho que eu deva dizer *senhor Pendleton*. – Ela se corrigiu com um sorriso tímido que dizia claramente: "Puxa, você cresceu tanto e tão bem!".

– Eu gostaria de ver você tentar isso – desafiou o jovem, com uma inclinação do queixo tão típica de Jimmy. Depois, ele se virou para a senhora Chilton, mas ela, com a cabeça meio abaixada, apressava-se adiante.

Ele se voltou para Pollyanna, com os olhos preocupados e solidários.

– Se puderem vir por aqui... As duas – insistiu ele. – Timothy está aqui com a carruagem.

– Ah, que gentileza! – exclamou Pollyanna, mas com um olhar ansioso para a figura sombria com véu que seguia adiante. Com timidez, ela tocou o braço da tia. – Titia querida, Timothy está aqui. Ele veio com a carruagem. Ele está deste lado. E... este é Jimmy Bean, titia. Você se lembra do Jimmy Bean?

Em seu nervosismo e constrangimento, Pollyanna não percebeu que tinha falado o velho nome de infância do rapaz. A senhora Chilton, no entanto, evidentemente percebeu. Com relutância visível, ela se virou e inclinou a cabeça ligeiramente.

– O senhor... Pendleton é muito gentil, com certeza, mas... Sinto muito por ele ou Timothy terem se incomodado tanto – retrucou ela friamente.

CAPÍTULO 17

– Imagine, trabalho nenhum, eu garanto. – O jovem riu, tentando disfarçar seu constrangimento. – Agora, se a senhora me permitir pegar seus bilhetes, eu posso retirar a bagagem.

– Muito obrigada – começou ela –, mas garanto que podemos...

Mas Pollyanna, com um aliviado "obrigada!", já transpôs qualquer empecilho; a dignidade ditava que a senhora Chilton não dissesse mais nada.

O trajeto para casa foi bem silencioso. Timothy, ligeiramente magoado pela recepção que teve da ex-patroa, sentou-se na frente rígido e ereto, com lábios tensos. A senhora Chilton, após um cansado "Bem, bem, como quiser, imagino que o jeito é ir até a casa de carruagem agora", havia caído em séria melancolia. Entretanto, Pollyanna não estava nem séria nem melancólica. Com olhos ansiosos, embora lacrimejantes, ela saudava cada amado ponto de referência que avistava. Ela falou apenas uma vez e foi para dizer:

– O Jimmy não está ótimo? Como ele melhorou! E ele não tem os olhos e sorrisos mais simpáticos do mundo?

Ela aguardou com esperança, mas como não obteve nenhuma resposta, contentou-se com um alegre: "Bem, pelo menos eu acho isso".

Timothy estava ao mesmo tempo ofendido e temeroso demais para contar à senhora Chilton o que a aguardava em casa; assim, as portas totalmente abertas e os aposentos enfeitados com flores, com a cortesia de Nancy, foram uma surpresa completa para a senhora Chilton e para Pollyanna.

– Puxa, Nancy, que amável! – gritou Pollyanna, saltando com leveza para o chão. – Titia, veja a Nancy, que está aqui para nos receber. E veja como ela deixou tudo um charme para nós.

A voz de Pollyanna era determinadamente alegre, embora visivelmente trêmula. Esse retorno para casa sem o querido médico que ela amava tanto não era fácil para ela; e, se era difícil para ela, imaginava como deveria ser para a tia. Sabia também que a coisa que sua tia mais temia era um colapso diante de Nancy – de seu ponto de vista, nada poderia ser pior do que isso. Pollyanna sabia que, por trás do véu, os olhos estavam úmidos e os lábios trêmulos. Ela sabia ainda que, ao esconder esses fatos, a tia provavelmente agarraria a primeira oportunidade para achar problemas e fazer que essa raiva escondesse o fato de que seu coração estava apertado. Pollyanna não ficou surpresa, então, ao ouvir as poucas palavras frias da tia ao cumprimentar Nancy com um ríspido:

– É claro que tudo isso foi muito simpático de sua parte, Nancy, mas eu realmente preferia que você não tivesse feito nada.

Toda a alegria se dissipou do rosto de Nancy. Ela pareceu magoada e assustada.

– Mas, senhorita Polly... quero dizer, senhora Chilton – tentou ela –, acho que não poderia deixá-la...

– Tudo bem, tudo bem, não se incomode, Nancy – interrompeu a tia. – Não quero falar sobre isso. – E, com a cabeça bem erguida de orgulho, ela saiu da sala. Um minuto depois, eles ouviram a porta do quarto dela se fechar lá em cima.

Nancy se virou, desanimada.

– Ah, senhorita Pollyanna, o que acontece? O que foi que eu fiz? Pensei que ela *gostaria*. Fiz com a *maió* boa intenção!

– Claro que sim – soluçou Pollyanna, escarafunchando a bolsa em busca de um lenço. – E foi muito simpático você ter feito tudo isso, também... muito!

– Mas *ela* não gostou!

– Gostou, sim, mas não quis demonstrar isso. Ela estava com medo que, se demonstrasse, ela mostraria outras coisas e... Oh, Nancy, Nancy, estou tão contente só por *c-chorar*! – E Pollyanna soluçou nos ombros de Nancy.

– Querida, querida, ela vai... vai melhorar sim – consolou Nancy, batendo com uma mão nos ombros que arfavam e tentando, com a outra, fazer o canto de seu avental servir como lenço para enxugar suas próprias lágrimas.

– Veja só, eu não posso... chorar... na frente *dela* – soluçou Pollyanna. – E foi *muito duro*... vir aqui... pela primeira vez depois de tudo. E eu *sei* como ela estava se sentindo.

– Claro, claro, pobre garota – cantarolou Nancy. – E *pensá* que a primeira coisa que eu deveria ter feito foi algo que *podi tê* irritado ela, e...

CAPÍTULO 17

– Ah, mas ela não ficou irritada com isso – corrigiu Pollyanna, agitada. – É só o jeito dela, Nancy. Ela não quer mostrar o quanto está mal... em relação ao doutor. E ela tem tanto medo de *demonstrar* isso que... fala sobre qualquer coisa como desculpa. Ela faz isso comigo também, igualzinho. Então estou acostumada, viu?

– Sim, sim, entendi, entendi, agora entendi mesmo – Os lábios de Nancy se juntaram um pouco ríspidos, e suas pancadinhas nas costas de Pollyanna, por um instante, ficaram ainda mais carinhosas, se possível fosse. – Pobre moça! Fiquei *contenti* por vir, de *qualqué* forma, pela senhorita.

– Sim, eu também – murmurou Pollyanna, afastando-se discretamente e enxugando os olhos. – Veja só, já me sinto melhor. E agradeço muito a você, Nancy. Adorei! E agora, por favor, não se demore aqui com a gente quando estiver na hora de ir embora.

– Ah, eu *tava* pensando em *ficá* por mais um tempo – fungou Nancy.

– Ficar? Ora, Nancy, pensei que estivesse casada. Você não é a esposa do Timothy?

– Claro! Mas ele não vai se *importá*... pela senhorita. Ele *ia querê* que eu fique... pela senhorita.

– Mas, Nancy, não podemos deixá-la fazer isso – protestou Pollyanna. – Não podemos pagar ninguém agora, você sabe disso. Eu vou fazer o serviço. Até que saibamos como as coisas realmente estão, precisamos viver de modo bem econômico, é o que a tia Polly diz.

– Ah! Como se eu fosse *aceitá* dinheiro.... – começou Nancy com ira refreada, mas, perante a expressão do rosto da outra, parou, deixando suas palavras vagarem para um protesto abafado, enquanto se apressava a sair da sala para tomar conta do frango com molho no fogão.

Só quando terminou o jantar e tudo foi posto em ordem, a senhora Timothy Durgin consentiu em ir embora com o marido; mesmo assim, saiu com evidente relutância e com muitos pedidos para ter a permissão de voltar a qualquer momento "apenas para ajudar um pouco".

Após a saída de Nancy, Pollyanna entrou na sala onde a senhora Chilton estava sentada sozinha, com as mãos sobre os olhos.

– Querida, posso acender a luz? – sugeriu Pollyanna, com vivacidade.

– Ah, acho que sim.

– A Nancy não foi atenciosa ao arrumar tudo de uma maneira tão bonita?

Não houve resposta.

– Não consigo imaginar onde ela encontrou todas essas flores. Ela as colocou em todos os aposentos lá embaixo e nos dois quartos também.

Ainda sem resposta.

Pollyanna soltou um suspiro meio abafado e deu uma espiada ansiosa no rosto virado da tia. Após um momento, ela começou novamente, esperançosa:

– Eu vi o velho Tom no jardim. Pobre homem, seu reumatismo está pior que nunca. Estava quase curvado ao meio. Ele me perguntou muito especificamente sobre a senhora e...

A tia se virou com uma interrupção brusca:

– Pollyanna, o que vamos fazer?

– Fazer? Vamos fazer o melhor que pudermos, claro, querida.

A tia fez um gesto de impaciência.

– Ora, ora, Pollyanna, leve as coisas a sério, pelo menos uma vez. Você vai perceber que isso é sério rapidinho. *O que* vamos *fazer*? Como você sabe, minhas rendas praticamente acabaram. Claro, algumas coisas ainda têm algum valor, imagino, mas o senhor Hart disse que poucas pessoas pagariam algo por elas no momento. Temos alguma coisa no banco, e pouca renda, é óbvio. E temos esta casa. Mas para que serve a casa? Não podemos comê-la ou vesti-la. É grande demais para nós, para a maneira como teremos que viver, e não podemos vendê-la pela metade de seu valor, a menos que *encontremos* a pessoa certa que a queira.

– Vendê-la? Ah, titia, a senhora não vai fazer uma coisa dessas com esta bela casa, cheia de coisas tão bonitas.

– Talvez eu tenha que fazer isso, Pollyanna. Precisamos comer, infelizmente.

CAPÍTULO 17

– Sei disso, e eu estou sempre com *tanta* fome – lamentou Pollyanna, com uma risada pesarosa. – Ainda assim, acho que preciso ficar contente por meu apetite ser tão bom.

– Provavelmente. Você sempre achará algo para ficar contente, é claro. Mas o que vamos fazer, menina? Eu realmente queria que você levasse as coisas a sério por um momento.

Uma mudança súbita ocorreu no rosto de Pollyanna.

– Estou sendo séria, tia Polly. Estive pensando... E-eu gostaria de poder ganhar dinheiro.

– Ah, menina, menina, pensar que alguma vez na minha vida ouviria você dizer isso! – resmungou a mulher. – Uma filha dos Harrington tendo que batalhar pelo seu pão!

– Ora, mas não é assim que deve encarar – riu Pollyanna. – A senhora deve ficar feliz que uma filha dos Harrington seja *esperta* o suficiente para ganhar o seu sustento! Isso não é nenhuma desgraça, tia Polly.

– Talvez não; mas não faz muito bem para o seu orgulho, depois da posição que sempre ocupamos em Beldingsville, Pollyanna.

Pollyanna parecia não ter ouvido. Seus olhos estavam pensativos, fixos no espaço.

– Se ao menos eu tivesse algum talento! Se ao menos eu pudesse fazer algo melhor que qualquer outra pessoa no mundo – suspirou ela, enfim. – Consigo cantar um pouco, tocar um pouco, bordar um pouco e cerzir um pouco, mas não consigo fazer nenhuma dessas coisas bem... não o suficiente para ser paga por isso. Acho que o que eu mais gosto é de cozinhar – retomou Pollyanna, depois de um minuto de silêncio – e manter a casa em ordem. A senhora sabe como eu adorava fazer isso nos invernos na Alemanha, quando Gretchen faltava ao serviço, mas não quero exatamente cozinhar para outras pessoas.

– Como se eu pudesse deixá-la fazer isso! Pollyanna! – A senhora Chilton estremeceu novamente.

– E é claro que apenas trabalhar em nossa própria cozinha não traz nada – lamentou Pollyanna –, nenhum dinheiro, quero dizer. E precisamos ter dinheiro.

– Realmente é isso – suspirou a tia.

Houve um longo silêncio, interrompido finalmente por Pollyanna:

– Pensar que depois de tudo que a senhora fez por mim, titia... pensar nisso agora, se eu pudesse, seria uma oportunidade magnífica de retribuir! E ainda assim... Não consigo fazer nada. Ah, por que não nasci com algum talento que valesse dinheiro?

– Menina, não se preocupe. Claro que se o doutor... – As palavras se engasgaram em silêncio.

Pollyanna ergueu o rosto rapidamente e se levantou.

– Querida, querida, não se preocupe! – exclamou ela, com uma mudança completa de atitude. – A senhora consegue apostar que, um dia desses, vou desenvolver o mais maravilhoso talento? Além disso, *eu* acho que tudo isso é bastante excitante... tudo isso. Há tanta incerteza. É muito divertido querer coisas e depois observar elas acontecendo. Apenas levar a vida e *saber* que terá tudo que quer é... tão monótono, sabe? – concluiu ela com uma risadinha alegre.

A tia, porém, não riu. Apenas suspirou e disse:

– Querida Pollyanna, você não tem jeito mesmo!

CAPÍTULO 18
UMA QUESTÃO DE AJUSTE

OS PRIMEIROS DIAS em Beldingsville não foram fáceis nem para a senhora Chilton tampouco para Pollyanna. Foram dias de adaptação, e dias de ajuste raramente são fáceis.

Depois da viagem e da animação, não era fácil focar a mente em ponderar o preço da manteiga e na inadimplência com o açougueiro. Se antes tinham todo o tempo para si, não era fácil encontrar sempre a próxima tarefa que urgia para ser feita. Amigos e vizinhos também apareciam, e embora Pollyanna os recebesse com cordialidade e alegria, a senhora Chilton, quando possível, desculpava-se; e sempre dizia com amargura para Pollyanna:

– Imagino que seja curiosidade para ver como Polly Harrington está se virando sendo pobre.

Sobre o marido, ela mal falava; no entanto, Pollyanna sabia muito bem que ele quase nunca estava ausente de seus pensamentos e que mais da metade do temperamento taciturno da tia era um manto de proteção contra emoções mais profundas que ela não queria revelar.

Pollyanna viu Jimmy Pendleton muitas vezes durante esse primeiro mês. Primeiro, ele veio com John Pendleton para uma visita um tanto séria e cerimoniosa – não que não fosse nem séria nem cerimoniosa até tia Polly surgir na sala. Então, acabou se tornando as duas coisas. Por algum motivo, tia Polly não se ausentou da sala nessa ocasião. Depois disso, Jimmy veio sozinho, uma vez com flores, outra vez com um livro para a tia Polly, duas vezes sem desculpa nenhuma. Pollyanna sempre o recebia com prazer evidente. Depois daquela primeira vez, tia Polly não o viu mais.

Pollyanna pouco falava sobre a mudança de sua situação para a maior parte de seus amigos e conhecidos. Para Jimmy, no entanto, ela falava livremente e sempre sua frase constante era: "Se ao menos eu pudesse fazer algo que trouxesse dinheiro!".

– Estou me tornando a pessoinha mais mercenária que você já conheceu – riu ela com tristeza. – Eu calculo tudo com uma cédula de um dólar e *realmente* conto as moedas de vinte e cinco e de dez centavos. Tia Polly sente-se *tão* pobre.

– Que pena! – comentou Jimmy.

– Eu sei, mas, honestamente, acho que ela se sente um pouco mais pobre do que deveria... Ela fica resmungando tanto sobre isso. Mas eu gostaria de ajudar...

Jimmy baixou o olhar para o rosto voluntarioso e ansioso com seus olhos luminosos, e seus próprios olhos se abrandaram.

– O que *gostaria* de fazer... se pudesse fazer? – perguntou ele.

– Ah, eu gostaria de cozinhar e arrumar uma casa – Pollyanna sorriu, com um suspiro pensativo. – Adoro bater ovos e açúcar e ouvir o fermento borbulhar sua pequena canção na xícara de leite. Fico contente quando prevejo que tenho que assar. Mas não há nenhum dinheiro nisso, a não ser que seja na cozinha de outra pessoa, claro. E digamos que eu não adore isso a esse ponto!

– Acho que não mesmo! – exclamou o jovem.

Mais uma vez, ele espiou o rosto expressivo tão perto dele. Desta vez, uma curvatura peculiar surgiu nos cantos de sua boca. Ele apertou os lábios, então falou enquanto um leve rubor assomou à testa:

CAPÍTULO 18

– É claro que você poderia... se casar. Já pensou nisso, senhorita Pollyanna?

Pollyanna soltou uma risada alegre. A voz e os modos eram inegavelmente de uma garota ainda livre de ser tocada, mesmo que pelos dardos mais remotos de Cupido.

– Ah, não, eu jamais me casarei – disse ela, alegre. – Em primeiro lugar, não sou bonita, você sabe disso; e em segundo lugar, vou morar com a tia Polly e cuidar dela.

– Não é bonita, é? – sorriu Pendleton, de modo enigmático. – Já te ocorreu... que pode haver opiniões divergentes quanto a isso, Pollyanna?

Pollyanna negou com a cabeça.

– Não deve haver. Eu tenho espelho em casa, sabe? – protestou ela, com um olhar alegre.

Parecia charme. Em qualquer outra garota, seria charme, decidiu Pendleton. Mas observando o rosto diante dele agora, teve consciência de que não era charme. Ele soube também, de repente, por que Pollyanna parecia tão diferente de qualquer outra garota que ele conhecia. Algo de sua antiga forma literal de ver as coisas ainda estava presente nela.

– Por que você não é bonita? – questionou ele.

Mesmo ao fazer essa pergunta, e certo de como ele estimava o caráter de Pollyanna, Jimmy prendeu a respiração, temeroso. Não pôde deixar de pensar em como qualquer outra garota que ele conhecia teria rapidamente se magoado com a sua aceitação implícita de que ela não era bela. Mas as primeiras palavras de Pollyanna lhe mostraram que mesmo esse medo incipiente era infundado.

– Porque simplesmente não sou, oras – riu ela, um tanto melancólica. – Não fui feita assim. Talvez você não se lembre, mas há muito tempo, quando eu era uma garotinha, sempre me pareceu que uma das coisas mais belas que o Céu poderia me dar quando eu chegasse lá seria cachos negros.

– E esse é seu principal desejo, agora?

– N... não, talvez não – hesitou Pollyanna. – Mas acho que ainda gosto deles. Além disso, meus cílios não são muito longos e meu nariz não é grego nem romano, nem de nenhum desses “tipos” desejáveis.

É apenas *um nariz*. E meu rosto é comprido demais ou curto demais, já me esqueci qual deles, mas eu medi certa vez seguindo um desses testes de "beleza perfeita" e não era correto. E eles diziam que a largura do rosto devia ser igual a cinco olhos, e a largura dos olhos igual a... algo mais. Eu me esqueci disso também... só que os meus não eram.

– Que quadro lúgubre! – riu Jimmy. Então, com o olhar admirando o rosto animado da garota e seus olhos expressivos, ele perguntou: – Você já se olhou no espelho *enquanto fala*, Pollyanna?

– Por quê? Claro que não.

– Bem, deveria tentar alguma vez.

– Que ideia mais engraçada! Imagine eu fazendo isso – zombou a garota. – O que deveria dizer? Algo assim: "Bem, Pollyanna, e daí se seus cílios não são compridos e seu nariz é apenas um nariz? Fique contente por ter *cílios* e *nariz*!".

Jimmy se juntou a ela na risada, mas uma expressão estranha surgiu em seu rosto.

– Então você ainda segue... o seu jogo? – perguntou ele, com um ar provocativo.

Pollyanna lhe lançou um olhar surpreso.

– Ora, é claro! Bem, Jimmy, acho que não teria sobrevivido (nos últimos seis meses) se não fosse por esse jogo abençoado. – A voz tremeu um pouco.

– Não tenho ouvido você falar muito sobre isso – comentou ele.

Ela corou.

– Eu sei. Acho que tenho medo de falar demais... para estranhos que não se preocupam, sabe? Se eu mencionar o jogo do contente agora, aos vinte anos, não seria exatamente a mesma coisa de quando eu tinha dez. Tenho essa percepção, claro. As pessoas não gostam de ouvir sermão – concluiu ela, com um sorriso excêntrico.

– É mesmo – concordou o rapaz com um ar sério. – Mas, às vezes, eu me pergunto se você realmente tem dimensão do que o jogo é e o que ele tem feito para as pessoas que estão jogando.

– Eu sei... o que ele fez por mim. – A voz era baixa, e os olhos se desviaram.

CAPÍTULO 18

– Veja só, *realmente funciona*, se jogá-lo – divagou ele, em voz alta, após um curto silêncio. – Certa vez, alguém disse que ele revolucionaria o mundo se todos realmente o praticassem. E eu acredito nisso.

– É, mas algumas pessoas não querem se revolucionar – Pollyanna sorriu. – Deparei com um homem na Alemanha no ano passado. Ele havia perdido seu dinheiro e estava em uma maré ruim. Meu Deus, como ele era sombrio! Alguém, na minha presença, tentou fazê-lo se animar, dizendo: "Ora, ora, as coisas poderiam ser piores, sabe?". Puxa, você deveria ter ouvido o homem reagir, então. "Se há algo que me deixa bem furioso", falou ele com rispidez, "é quando me dizem que as coisas poderiam ser piores e que eu deveria ser grato pelo que me restou. Essas pessoas que andam por aí com um sorriso eterno nos lábios, cantando que são gratos porque podem respirar, comer, andar ou deitar, não são úteis para mim. Eu *não quero* respirar, comer, andar ou deitar... se as coisas estiverem como estão agora. E quando me dizem que eu deveria ser grato por qualquer bobagem como essa, fico com vontade de sair e atirar em alguém!" Imagine o que *eu* ganharia se tivesse apresentado o jogo do contente para aquele homem! – riu Pollyanna.

– Não me importo. Ele precisava do jogo – respondeu Jimmy.

– Claro que sim, mas ele não teria me agradecido por isso.

– Imagino que não, mas, ouça! Enquanto ele estava sob sua filosofia atual e esquema de vida, ele fez dele e de todos os outros uns desgraçados, não é? Bem, imagine se ele estivesse usando o jogo. Enquanto estivesse tentando caçar alguma coisa para ficar contente em tudo que acontecia com ele, esse homem *não estaria* ao mesmo tempo grunhindo e resmungando sobre como as coisas andavam mal; assim, pelo menos, isso teria sido positivo. Ele se tornaria uma pessoa muito mais fácil de conviver, tanto consigo mesmo quanto para os amigos. Enquanto isso, não faria mal para ele pensar apenas nos detalhes em vez do quadro geral e poderia ainda melhorar as coisas, pois isso não lhe traria aquele sentimento no fundo do estômago, e sua digestão seria melhor. Eu lhe digo: não se deve abraçar os problemas, é uma péssima ideia. Têm espinhos demais.

Pollyanna sorriu, aprovando.

– Isso me faz pensar no que eu disse a uma pobre senhora, certa vez. Ela era uma das participantes da Liga das Senhoras no Oeste, uma dessas pessoas que *adoram* ser sofridas e contar os casos de sua infelicidade. Acho que eu tinha uns dez anos e estava tentando lhe ensinar o jogo. Acredito que não estava tendo muito sucesso e, por fim, percebi ligeiramente o motivo, pois disse a ela, triunfante: "Bem, afinal, a senhora pode ficar contente por ter tantas coisas que lhe fazem se sentir mal, pois a senhora adora se sentir assim!".

– Ora, se não foi uma boa para ela – Jimmy abafou o riso.

Pollyanna ergueu as sobrancelhas.

– Receio que ela não tenha gostado nem um pouco, como o homem da Alemanha teria feito se eu lhe tivesse contado sobre o jogo.

– Mas eles precisam saber, e você precisa contar para eles... – Jimmy parou repentinamente com uma expressão tão estranha no rosto que Pollyanna o encarou, surpresa.

– O que foi, Jimmy, o que aconteceu?

– Ah, nada. Eu só estava pensando – respondeu ele, fazendo um beicinho. – Aqui estou eu, pressionando-a a fazer algo que, antes de vê-la, eu receava que você *ainda fizesse*. Ou seja, eu temia, antes de vê-la, que... que... – Ele mergulhou em uma pausa vaga e corou visivelmente.

– Bem, Jimmy Pendleton – controlou-se Pollyanna –, você não está achando que vai parar por aí, não é? Agora faça o favor de explicar exatamente o que quis dizer com tudo isso!

– Ah, bem... nada de mais.

– Estou esperando – murmurou Pollyanna. A voz e a maneira eram calmas e confiantes, embora os olhos piscassem maliciosamente.

O jovem rapaz hesitou, olhou para o rosto sorridente dela c capitulou.

– Ah, bem, vou fazer o que quer – concordou, erguendo os ombros. – É só que eu estava um pouco... preocupado com esse jogo, por medo de que você *continuasse* a falar dele da mesma forma que antes, sabe, e... – Mas um acesso de risadas alegres o interrompeu.

– Puxa, o que devo dizer? Pelo que parece, você estava preocupado que eu fosse aos vinte anos uma menininha como era antes, com dez!

– Não, não quis dizer isso, Pollyanna, sério. Eu pensei... é claro que eu sabia... – Mas Pollyanna apenas colocou as mãos sobre as orelhas e prosseguiu com outro acesso de risos.

CAPÍTULO 19
DUAS CARTAS

FOI POR VOLTA do final de junho que a carta de Della Wetherby chegou às mãos de Pollyanna:

Estou escrevendo para lhe pedir um favor. Espero que possa me indicar alguma família discreta em Beldingsville que esteja disposta a acomodar a minha irmã no verão. Seriam três pessoas: a senhora Carew, a secretária dela e o filho adotivo, Jamie. (Você deve se lembrar de Jamie, não?) Eles não queriam ficar em um hotel comum nem em uma pensão. Minha irmã anda muito cansada, e o médico recomendou que ela fosse ao campo para descanso completo e mudança de ares. Ele sugeriu Vermont ou New Hampshire. Imediatamente pensamos em Beldingsville e em você, imaginando se não poderia recomendar o local certo para nós. Disse a Ruth que lhe escreveria. Eles devem ir imediatamente, no início de julho, se possível. Seria demais pedir para que nos informasse com a

CAPÍTULO 19

brevidade possível se conhece um local assim? Por favor, escreva para mim. Minha irmã está conosco aqui no sanatório para algumas poucas semanas de tratamento.

No aguardo de uma resposta positiva,

Atenciosamente,

Della Wetherby

Nos primeiros poucos minutos após ter terminado de ler a carta, Pollyanna ficou sentada com a testa franzida, buscando mentalmente casas em Beldingsville para uma possível acomodação aos velhos amigos. De repente, um súbito pensamento lhe trouxe ideias novas e, com uma exclamação alegre, ela correu atrás da tia, na sala.

– Titia, titia – exclamou ela, sem fôlego. – Tive uma bela ideia. Disse que algo aconteceria e que eu desenvolveria esse talento maravilhoso, um dia. Bem, acabei de desenvolver. Agorinha mesmo. Ouça! Recebi uma carta da senhorita Wetherby, a irmã da senhora Carew, onde fiquei naquele inverno em Boston... E eles querem vir ao interior e permanecer durante o verão. A senhorita Wetherby escreveu perguntando se eu não conhecia uma casa para eles. Eles não querem ficar em um hotel nem em uma pensão comum. No começo não pensei em ninguém, mas agora eu sei. Eu sei, tia Polly! Adivinhe onde é?

– Querida menina – proferiu a tia –, como você fala rápido! Eu diria que você tem doze anos em vez de ser uma mulher-feita. Afinal, do que está falando?

– Sobre uma acomodação para a senhora Carew e Jamie. Encontrei! – balbuciou Pollyanna.

– Verdade! E daí? Como isso poderia ser de meu interesse, menina? – murmurou a tia, receosa.

– Porque é! Vou recebê-los *aqui*, tia.

– Pollyanna! – A senhora Chilton se endireitou na poltrona, horrorizada.

– Por favor, titia, não diga não, por favor – implorou ansiosamente Pollyanna. – A senhora não vê? Esta é a minha chance, a chance que eu venho buscando, e caiu direto em minhas mãos. Podemos fazer isso de uma forma linda. Temos bastante espaço, e a senhora sabe que *consigo* cozinhar e manter a casa limpa. E agora haverá dinheiro, pois eles pagarão bem, sei disso. E sei que eles adorarão vir, tenho certeza. Serão três pessoas, pois vem também a secretária.

– Mas, Pollyanna, não posso! Transformar esta casa em uma pensão? A mansão Harrington em uma pensão comum? Ah, Pollyanna, não consigo, não consigo fazer isso.

– Mas não seria uma pensão comum, querida. Seria bem incomum. Além disso, eles são nossos amigos. Seria como ter nossos amigos vindo para nos visitar, só que seriam hóspedes *pagantes*; assim, ao mesmo tempo também ganharíamos dinheiro... dinheiro necessário, tia, dinheiro necessário – enfatizou ela, chamando atenção para isso.

Um espasmo de orgulho ferido perpassou o rosto de Polly Chilton. Com um leve resmungo, ela se largou na poltrona.

– Mas como você faria isso? – questionou ela, finalmente, com uma voz débil. – Você não daria conta de todo o serviço, menina!

– Não, claro que não – Pollyanna respondeu com a voz aguda. (Pollyanna agora estava em terreno seguro. Sabia que seus argumentos venceriam.) – Mas eu poderia cozinhar e supervisionar, e por certo poderia arranjar uma das irmãs mais novas de Nancy para me ajudar com o resto. A senhora Durgin faria a parte da lavanderia, assim como faz agora.

– Mas, Pollyanna, não me sinto nada bem com isso... Você sabe que não. Eu não poderia fazer muita coisa.

– Claro que não. Não há motivo para a senhora fazer nada – desdenhou Pollyanna, de forma retumbante. – Ah, titia, não seria maravilhoso? Parece bom demais para ser verdade: dinheiro caindo em minhas mãos desse jeito!

– Caindo em suas mãos, realmente. Você ainda tem muitas coisas para aprender neste mundo, Pollyanna, e uma delas é que hóspedes de verão não despejam o dinheiro em quaisquer mãos sem examinar com muito esmero o que estão recebendo em troca. Quando tiver servido de criada e feito tudo até estar pronta para lavar a roupa, quando estiver quase morta tentando servir tudo à perfeição dos ovos frescos ao clima do dia, você acreditará no que estou dizendo.

CAPÍTULO 19

– Tudo bem, lembrarei – riu Pollyanna. – Mas não vou me preocupar nadinha com isso agora; e vou me apressar em escrever à senhorita Wetherby imediatamente para entregar a carta a Jimmy Bean quando ele vier hoje à tarde para levar ao correio.

A senhora Chilton se agitou, um pouco inquieta.

– Pollyanna, eu realmente queria que você chamasse aquele jovem rapaz pelo seu nome adequado. Esse "Bean" me dá arrepios. O nome dele é Pendleton agora, se bem me lembro.

– É isso mesmo – concordou Pollyanna –, mas vivo me esquecendo disso. Às vezes eu o chamo assim quando o vejo, e é claro que isso é terrível, já que ele realmente já foi adotado e tudo. Mas entenda, fico tão animada – terminou ela enquanto dançava, saindo da sala.

Ela estava com a carta pronta para Jimmy quando ele chegou às quatro horas. Ela ainda tremia de agitação e não perdeu tempo em contar ao visitante tudo a respeito.

– E, além disso, estou louca para encontrá-los – exclamou, após ter narrado todos os planos. – Nunca encontrei nenhum deles depois daquele inverno. Você lembra que te contei... não é? Sobre o Jamie.

– Ah, sim, você me contou... – Havia um quê de constrangimento na voz do rapaz.

– Bem, não é maravilhoso se eles puderem vir?

– Ora, não sei se eu chamaria de "maravilhoso" exatamente – esquivou-se ele.

– Não é maravilhoso que eu tenha essa oportunidade de auxiliar a tia Polly, mesmo que seja esse pouquinho? Ora, Jimmy, claro que é maravilhoso.

– Bom, minha impressão é que será bastante *difícil*... para você – Jimmy se conteve, com mais que um tom de irritação.

– É claro, de alguma forma. Mas ficarei tão contente com o dinheiro que vai entrar que pensarei nisso o tempo todo. Veja só como fiquei mercenária, Jimmy – suspirou ela.

Durante um longo minuto, não houve resposta; então, um tanto bruscamente, o rapaz perguntou:

– Vamos ver: quantos anos tem esse tal de Jamie agora?

Pollyanna ergueu o olhar com um sorriso alegre.

– Ah, eu me lembrei... você nunca gostou do nome dele, "Jamie" – Ela piscou. – Não se incomode mais, ele foi adotado agora, legalmente, acredito. Acho que usa o sobrenome Carew. Então, você pode chamá-lo assim.

– Mas isso não me diz nada sobre a idade dele – Jimmy retomou o assunto, inflexível.

– Ninguém sabe com exatidão, na verdade. O que sei é que ele não pode dizer com certeza, mas acho que tem a sua idade. Fico imaginando como ele está agora. De qualquer modo, já fiz essas perguntas pela carta.

– Ah, você fez! – Pendleton olhou para baixo, para a carta em suas mãos, e a atirou para cima, com um sutil ar de sarcasmo. Pensou naquele momento que tinha vontade de derrubá-la, rasgá-la ou a entregar para outra pessoa jogá-la ou fazer qualquer coisa com ela... exceto enviá-la.

Jimmy sabia perfeitamente bem que estava com ciúmes, que ele sempre teve ciúmes desse jovem com nome tão parecido e, no entanto, tão diferente dele. Não que estivesse apaixonado por Pollyanna, garantiu a si mesmo, com raiva. Com certeza não era nada disso. É só que ele não estava a fim de que esse jovem estranho com nome de menininha viesse para Beldingsville e ficasse sempre por perto para estragar os bons momentos que ele e Pollyanna passavam juntos. Ele quase soltou isso para Pollyanna, mas algo deteve as palavras nos lábios; depois de algum tempo, resolveu sair, carregando a carta consigo.

O fato de que Jimmy não derrubou a carta, nem a rasgou e sequer a entregou para outra pessoa comprovou-se alguns dias depois, pois Pollyanna recebeu uma pronta e maravilhada resposta da senhorita Wetherby; e, quando Jimmy voltou na vez seguinte, ele a ouviu ler, ou pelo menos parte dela, pois Pollyanna adiantou a leitura ao dizer:

– Claro que a primeira parte é só para ela dizer como estão contentes por vir e tudo isso. Não vou ler essa parte. Mas acho que vai gostar de ouvir o restante, porque você já me ouviu falar tanto sobre eles. Além disso, você vai conhecê-los logo, logo, claro. Estou contando muito com você, Jimmy, para me ajudar a tornar a estadia agradável para eles.

CAPÍTULO 19

– Ah, está, não é?

– Não seja sarcástico agora, só porque não gosta do nome "Jamie" – reprovou a garota com uma seriedade falsa. – Você *vai* gostar dele, tenho certeza, quando o conhecer; e vai *amar* a senhora Carew.

– Vou mesmo? – replicou Jimmy irritado. – Bem esta é uma possibilidade séria. Vamos esperar que, se isso acontecer, essa senhora seja amável o bastante para retribuir.

– Claro! – Pollyanna sorriu. – Agora ouça, vou ler a parte sobre ela. Esta carta é da parte da irmã dela, Della (a senhorita Wetherby, do sanatório).

– Tudo bem. Vá em frente – ordenou Jimmy, em uma evidente tentativa de se mostrar educadamente interessado. E Pollyanna, ainda sorrindo maliciosamente, começou a ler:

Você me pede para contar tudo sobre todos. Este é um encargo grande, mas farei o melhor possível. Para começar, acho que encontrará a minha irmã bastante mudada. Os novos interesses que surgiram em sua vida nos últimos seis anos operaram milagres nela. Agora, ela está um pouco magra e cansada pelo excesso de trabalho, mas um bom descanso logo remediará isso, e você verá como ela parece jovem, com vivacidade e alegria. Por favor, repare que eu disse "alegria". Claro que isso não significa tanto para você quanto para mim, pois você era jovem demais para perceber como ela era infeliz quando a conheceu naquele inverno em Boston. A vida era uma coisa tão assustadora e tão sem esperança para ela na época, e agora é repleta de interesse e alegria.

Em primeiro lugar, ela tem o Jamie, e quando observá-los juntos, não será necessário dizer o que ele significa para ela. Ainda estamos longe de saber com certeza se ele é o Jamie verdadeiro ou não, mas a minha irmã o ama como se fosse seu próprio filho agora e o adotou legalmente, como presumo que já saiba.

Depois, ela tem as meninas. Você se lembra de Sadie Dean, a balconista? Bem, ao se interessar por ela e lhe prover uma vida mais feliz, minha irmã estendeu suas iniciativas, aos poucos, até um grupo de garotas que agora a encaram como seu melhor anjo de guarda. Ela começou um Lar das Garotas Trabalhadoras sob novas linhas. Meia dúzia de homens e mulheres influentes estão associados a ela, claro; mas ela é a líder e o suporte de toda a iniciativa, nunca hesitando em se doar para cada uma das meninas. Você pode imaginar o que isso significa em relação à tensão nervosa. O apoio principal e mão direita dela é sua secretária: a Sadie Dean! Você a encontrará mudada também, mas ainda assim, ela é a mesma Sadie de antes.

Quanto a Jamie – pobre Jamie! A grande tristeza da vida dele é que agora ele sabe que nunca conseguirá andar sem apoio. Durante um tempo, tivemos esperanças. Ele esteve aqui no sanatório sob os cuidados do doutor Ames durante um ano e melhorou muito a ponto de poder locomover-se com muletas, mas ele sempre terá a deficiência – apenas em relação aos pés, claro. De alguma forma, depois de conhecer o Jamie, você raramente pensa nele como deficiente: a alma dele é tão livre. Não consigo explicar, mas você entenderá o que eu digo assim que o vir. Ele ainda mantém o mesmo entusiasmo juvenil e alegria de viver. Há apenas uma coisa – e apenas uma, acredito – que literalmente extinguiria aquele espírito vivaz e o jogaria em desespero profundo: descobrir que ele não é Jamie Kent, nosso sobrinho. Ele anda cismando a respeito disso por tanto tempo e deseja isso tão ardentemente, que veio a acreditar, de verdade, que é o Jamie verdadeiro; mas espero que nunca descubra, se ele não for, realmente.

– Aí está o que ela diz sobre eles – anunciou Pollyanna, dobrando as folhas repletas de palavras nas mãos. – Não é interessante?

CAPÍTULO 19

- É mesmo! - Havia um tom de autenticidade na voz de Jimmy agora. De repente, ele pensou no quanto suas pernas boas significavam para ele. Naquele momento, ficou até disposto a abrir mão de *parte* dos pensamentos e atenções de Pollyanna para o pobre jovem deficiente, desde que ele não exigisse demais dela, claro! - Por Deus, é duro para o pobre rapaz, sem dúvida.

- Duro? Você não sabe de nada a respeito, Jimmy Bean - murmurou Pollyanna -, mas *eu* sim. Durante um tempo eu não conseguia andar. *Sei como é!*

- Claro, claro - o rapaz franziu a testa, mexendo-se inquieto no assento. Jimmy, ao observar o rosto solidário de Pollyanna com os olhos se enchendo de lágrimas, de repente, não estava mais certo, afinal, se estava *disposto* a ter esse Jamie vindo para sua cidade... Só de *pensar* que ele fazia Pollyanna ficar assim!

OS PRÓXIMOS POUCOS dias antes da chegada aguardada daquelas "pessoas terríveis" – como tia Polly se referia aos hóspedes pagantes de sua sobrinha – foram sem dúvida muito corridos para ela, mas ao mesmo tempo alegres, pois Pollyanna se recusava a ficar cansada, desanimada ou consternada, por mais difíceis que fossem os problemas diários que enfrentava.

Pollyanna convocou Nancy e a irmã mais jovem dela, Betty, para ajudá-la e, de forma sistemática, passava pela casa, quarto a quarto, e arrumava tudo para o conforto e a conveniência dos aguardados hóspedes. A senhora Chilton não podia fazer muito além de observar. Em primeiro lugar, ela não estava bem. Em segundo, sua atitude mental em relação a toda essa ideia não a levava a auxiliar ou se sentir confortada, pois a seu lado sempre pairava o orgulho do nome e da linhagem dos Harrington, e em seus lábios havia o constante lamento:

– Ah, Pollyanna, Pollyanna, pensar na propriedade dos Harrington decaindo desse jeito!

CAPÍTULO 20

– Não é bem assim, minha querida – Pollyanna finalmente a acalmava, rindo. – São os Carew que estão *vindo para a propriedade dos Harrington!*

Mas a senhora Chilton não era fácil de ser convencida e apenas respondia com um olhar desdenhoso e um suspiro mais profundo; então, Pollyanna era forçada a deixá-la enveredar sozinha por aquela insistente tristeza.

No dia marcado, Pollyanna, acompanhada de Timothy (que agora era proprietário dos cavalos dos Harrington), foi à estação ao encontro do trem da tarde. Até aquele momento não havia nada além de confiança e expectativa alegre no coração da jovem. Mas, com o apito da locomotiva, surgiu um verdadeiro sentimento de pânico diante da dúvida, timidez e desânimo. Subitamente, percebeu o que ela, Pollyanna, quase sozinha e sem auxílio, estava prestes a fazer. Ela se lembrou da riqueza, posição e gostos sofisticados da senhora Carew. Também relembrou que Jamie seria um novo rapaz, alto, bem diferente do garoto que ela havia conhecido.

Durante um instante terrível, ela pensou apenas em fugir... para algum lugar, qualquer local.

– Timothy, estou... enjoada. Não estou bem. Vou dizer-lhes... para não vi-virem – gaguejou ela, equilibrando-se como se estivesse pronta para voar.

– Senhorita! – exclamou o sobressaltado Timothy.

Uma espiada no rosto surpreso de Timothy foi suficiente. Pollyanna riu e posicionou os ombros para trás, alerta.

– Nada. Não se preocupe! Não quis dizer isso, claro, Timothy. Rápido, veja! Eles estão quase aqui – arfou Pollyanna se apressando, praticamente confiante de novo.

Ela os reconheceu imediatamente. Mesmo se tivesse lhe surgido alguma dúvida na mente, as muletas nas mãos do rapaz alto de olhos castanhos a conduziram diretamente para a certeza.

Houve alguns breves momentos de cumprimentos ansiosos e exclamações incoerentes, então, de algum modo, ela se viu na carruagem com a senhora Carew a seu lado, e Jamie e Sadie na frente. Enfim, ela teve a oportunidade, pela primeira vez, de observar realmente os amigos e de notar as mudanças que seis anos haviam provocado.

Em relação à senhora Carew, sua primeira sensação foi de surpresa. Ela havia se esquecido de que a mulher era tão amável. Ela havia se esquecido de que os cílios dela eram tão longos e que seus olhos eram tão lindos. Ela até se pegou pensando com inveja em como exatamente aquele rosto perfeito seria avaliado, passo a passo, naquela terrível tabela do teste de beleza. Mas, mais que qualquer coisa, ela se alegrou com a ausência das antigas linhas na testa de tristeza e de amargura.

Depois ela se virou para Jamie. Aqui ela também ficou surpresa e, em grande parte, pelo mesmo motivo. Jamie também ficara bonito. Para si mesma, Pollyanna declarou que ele era realmente vistoso. Ela achou os olhos escuros, o rosto bastante pálido e os cabelos negros e ondulados bastante atraentes. Então, olhou de relance para as muletas a seu lado, e um espasmo de compaixão dolorosa contraiu sua garganta.

De Jamie, Pollyanna voltou-se para Sadie Dean. Esta, quanto às feições, parecia muito como era quando Pollyanna a viu pela primeira vez no jardim público, mas não precisou de uma segunda olhada para saber que, em relação aos cabelos, vestido, temperamento, fala e disposição, era sem dúvida uma Sadie totalmente diferente agora.

Então, Jamie falou:

– Como foi bom ter permitido que ficássemos com vocês – comentou. – Sabe no que pensei quando escreveu que poderíamos vir?

– N... não, claro que não – gaguejou Pollyanna. Ela ainda percebia as muletas ao lado de Jamie, e a garganta ainda estava tensa com aquela compaixão dolorosa.

– Bem, pensei na mocinha no jardim público com seu saco de amendoins para sir Lancelot e lady Guinevere, e eu sabia que você simplesmente nos acomodaria, pois, se tivesse um saco de amendoins e nós não, você não ficaria feliz até dividi-lo conosco.

– Um saco de amendoins, realmente! – Pollyanna riu.

– Claro que, neste caso, seu saco de amendoins seriam quartos bem arejados no campo, leite de vaca e ovos de verdade retirados de

CAPÍTULO 20

um ninho de galinha de verdade – retrucou Jamie, de forma extravagante –, mas não passa da mesma coisa. E talvez seja melhor eu avisá-la: você se lembra de como sir Lancelot era guloso? Bem... – Ele fez uma pausa significativa.

– Tudo bem, vou correr o risco – Pollyanna sorriu, mostrando as covinhas, pensando em como estava contente por tia Polly não estar presente para ouvir suas piores previsões se revelarem verdadeiras tão cedo. – Pobre sir Lancelot! Fico pensando se alguém o alimenta agora ou mesmo se ele ainda anda por lá.

– Bem, se ele está lá, ele é alimentado – interrompeu a senhora Carew, com alegria. – Este garoto ridículo ainda desce lá pelo menos uma vez por semana com os bolsos repletos de amendoins e sei lá o que mais. Ele pode ser localizado a qualquer momento pelo rastro de pequenos grãos que deixa atrás de si; e, na metade das vezes em que peço cereal para o café da manhã, não há nada, porque, na verdade, "o patrãozinho Jamie levou para alimentar os pombos, madame".

– Sim, mas deixe-me explicar – interrompeu Jamie, com entusiasmo. E no minuto seguinte, Pollyanna se viu ouvindo com a mesma fascinação de antes a história de um casal de esquilos em um jardim ensolarado. Mais tarde, ela viu o que Della Wetherby quis dizer em sua carta, pois, quando chegaram em casa, foi um grande choque para ela ver Jamie pegar as muletas e se balançar para fora da carruagem com a ajuda dos outros. Ela soube então que, em apenas dez curtos minutos, ele já havia feito ela se esquecer de sua deficiência.

Para enorme alívio de Pollyanna, aquele primeiro temeroso encontro entre a tia Polly e o grupo dos Carew foi muito melhor do que esperava. Os recém-chegados estavam francamente tão maravilhados com o casarão antigo e tudo o que ele continha, que foi impossível para a senhora e proprietária daquilo continuar com sua atitude severa de resignação e desaprovação pela presença deles. Além disso, como ficou claramente evidente antes que uma hora se passasse, o charme pessoal e o magnetismo de Jamie haviam penetrado até a armadura de desconfiança de tia Polly; e Pollyanna sabia que pelo menos um de seus problemas mais assustadores já deixara de representar um problema, pois tia

Polly já começava a representar a anfitriã oficial, mas graciosa, para seus hóspedes.

Porém, apesar de seu alívio com a mudança de atitude de tia Polly, Pollyanna não achava que tudo era um mar tranquilo, de jeito nenhum. Havia trabalho, e muito, que precisava ser feito. A irmã de Nancy, Betty, era agradável e disposta, mas não era Nancy, como Pollyanna logo descobriu. Ela precisava de treinamento, e isso levava tempo. Pollyanna também tinha receio de que algo poderia não estar correto. Para ela, naqueles dias, uma cadeira empoeirada era um crime; um bolo murcho, uma tragédia.

Aos poucos, no entanto, após incessantes argumentações e desculpas por parte da senhora Carew e Jamie, Pollyanna começou a assumir as tarefas de forma mais relaxada e a perceber que o verdadeiro crime e tragédia, aos olhos de seus amigos, não era a poeira na cadeira ou o bolo solado, mas seu próprio rosto tenso diante de tanta preocupação e ansiedade.

– Como se não bastasse você nos *deixar* vir – Jamie declarou –, não precisa se matar de trabalhar para nos preparar algo para comer.

– Além disso, não devemos comer tanto – riu a senhora Carew –, ou vamos ter "digestão", como diz uma das minhas garotas quando a comida não lhe cai bem.

Foi maravilhoso ver, afinal, como os três novos membros da família se ajustaram ao cotidiano com tanta facilidade. Antes de se passarem vinte e quatro horas, a senhora Carew já havia feito a senhora Chilton fazer perguntas realmente interessadas sobre o novo Lar das Garotas Trabalhadoras, enquanto Sadie e Jamie disputavam a oportunidade de ajudar a descascar ervilhas ou a colher flores.

Os Carew estavam na mansão dos Harrington por quase uma semana quando, certa noite, John Pendleton e Jimmy fizeram uma visita. Pollyanna esperava que eles viessem antes. Na verdade, ela os havia incentivado a vir antes de os Carew chegarem. Agora, ela os apresentava com visível orgulho.

– Por serem amigos tão queridos, eu queria que se conhecessem e se tornassem amigos também – explicou ela.

CAPÍTULO 20

O fato de que Jimmy e o senhor Pendleton ficaram claramente impressionados com o charme e a beleza da senhora Carew não surpreendeu Pollyanna em nada; mas o olhar que surgiu no rosto da senhora Carew ao vislumbrar Jimmy a surpreendeu muito. Foi quase um olhar de reconhecimento.

– Ora, senhor Pendleton, não o conheço de outro lugar? – exclamou a senhora Carew.

Os olhos sinceros de Jimmy encararam os da senhora Carew com surpresa, admirando-a.

– Acredito que não – respondeu-lhe, retribuindo o sorriso. – Tenho certeza de *nunca* tê-la visto. Eu *teria* me lembrado... se a tivesse encontrado antes. – e fez uma mesura.

A ênfase repleta de significado foi tão inconfundível que todos riram, e John Pendleton gargalhou:

– Muito bem, filho... para um jovem na flor da idade. Eu não teria sido tão galante.

A senhora Carew corou ligeiramente e se juntou às risadas.

– Não, mas sério – insistiu ela –, piadas à parte, com certeza, há algo de familiar em seu rosto. Acho que devo tê-lo *visto* em algum lugar se de fato não o conheço.

– E talvez tenha visto – exclamou Pollyanna – em Boston. Jimmy vai à Tech nos invernos, sabe? Ele vai construir pontes e represas quando crescer – terminou ela com uma olhadela feliz para o rapaz grandão com mais de um metro e oitenta de altura, que ainda estava em pé diante da senhora Carew.

Todos riram novamente – ou melhor, todos exceto Jamie; e apenas Sadie notou que Jamie, em vez de rir, fechou os olhos como se estivesse diante de algo que o magoasse. E apenas Sadie sabia como – e por quê – o assunto mudou tão rapidamente, pois foi ela quem o mudou. Foi ela também que, quando a oportunidade surgiu, fez livros, flores, animais e aves – coisas que Jamie conhecia e entendia – serem o assunto das conversas além de represas e pontes, que (como Sadie sabia) Jamie jamais poderia construir. No entanto, tudo o que ela fez não foi percebido por ninguém, muito menos por Jamie, aquele que era o motivo de praticamente tudo.

Quando a visita terminou e os Pendleton se foram, a senhora Carew se referiu novamente à sensação curiosa e vaga de que já vira o jovem Pendleton antes em algum lugar.

– Já vi, tenho certeza, em algum lugar – declarou, pensativa. – Claro que pode ter sido em Boston, mas... – Ela deixou a sentença no ar; depois, após um minuto, acrescentou: –... de qualquer modo, ele é um rapaz muito bonito. Gosto dele.

– Fico tão contente! Eu também acho – concordou Pollyanna, assentindo com a cabeça. – Sempre gostei de Jimmy.

– Você o conhece há algum tempo, então? – indagou Jamie, um tanto ansioso.

– Ah, sim. Eu o conheci há alguns anos, quando eu era menininha. Na época, ele era Jimmy Bean.

– Jimmy *Bean*? Então, ele não é o filho do senhor Pendleton? – questionou a senhora Carew, surpresa.

– Não, ele é adotivo.

– Adotivo! – exclamou Jamie. – Então ele *não é* filho mais legítimo do que eu. – Havia um tom curioso de quase euforia na voz do rapaz.

– Não, o senhor Pendleton não tem filhos. Ele nunca se casou. Ele... quase... certa vez, mas não deu certo – enrubesceu Pollyanna, falando com repentino acanhamento. Ela nunca se esqueceu de que havia sido a mãe dela quem, no passado, recusara este mesmo John Pendleton e que, portanto, fora responsável pelos longos e solitários anos de solteirice dele.

A senhora Carew e Jamie, no entanto, não estando cientes disso e vendo agora apenas o rubor no rosto de Pollyanna e seu acanhamento nos modos, de repente, chegaram à mesma conclusão:

"Seria possível", eles se perguntaram, "que este homem, John Pendleton, tivesse se apaixonado por Pollyanna, criança como ela é?"

Naturalmente, não expressaram isso em voz alta; então, é óbvio que não houve resposta possível. Naturalmente também, talvez, o pensamento, embora não expressado, não seria esquecido, mas sim enfiado em um canto de suas mentes para uma futura referência – caso houvesse necessidade.

CAPÍTULO 21
DIAS DE VERÃO

ANTES DA VINDA dos Carew, Pollyanna disse a Jimmy que contava com ele para ajudar a recebê-los. Na época, Jimmy não expressou extrema disposição em colaborar desse modo, mas antes de os Carew completarem duas semanas na cidade, ele se mostrou não apenas disposto, como também ansioso – a julgar pela frequência e duração de suas visitas, além da generosidade de suas ofertas de cavalos e carros dos Pendleton.

Surgiu uma amizade calorosa entre ele e a senhora Carew, baseada no que parecia ser uma atração especialmente forte entre ambos. Conversavam e caminhavam juntos e até faziam planos variados para o Lar das Garotas Trabalhadoras, a serem executados no próximo inverno, quando Jimmy deveria estar em Boston. Jamie também recebeu uma boa dose de atenção e nem Sadie foi esquecida. Esta, como a senhora Carew demonstrava claramente, devia ser vista como se fosse membro da família, e a senhora Carew tomava cuidado para que ela fosse incluída em todos os planos para diversão.

Nem sempre Jimmy vinha sozinho com suas ofertas para entretenimento. Cada vez com mais frequência, John Pendleton aparecia com ele. Cavalgadas, passeios de carro e piqueniques eram planejados e executados, e longas e deliciosas tardes eram gastas em cima de livros e trabalhos manuais na varanda dos Harrington.

Pollyanna estava maravilhada. Não apenas seus hóspedes pagantes ficavam longe de quaisquer possibilidades de tédio e saudades de casa, mas seus bons amigos, os Carew, estavam se dando bem com seus outros bons amigos, os Pendleton. Assim, como uma galinha com sua ninhada de pintinhos, ela vibrava com os encontros na varanda e fazia tudo a seu alcance para manter o grupo unido e feliz.

No entanto, nem os Carew nem os Pendleton estavam satisfeitos em ter Pollyanna meramente como espectadora de seus passatempos e não se cansavam de lhe pedir que se juntasse a eles. Na verdade, não aceitavam "não" como resposta e, muitas vezes, Pollyanna encontrava o caminho aberto para ela.

– Como se fôssemos deixá-la enfiada nesta cozinha quente decorando bolo! – zangou-se Jamie certo dia, após ter penetrado na fortaleza de seu domínio. – Está uma manhã perfeita, e nós todos vamos até a Garganta, levando um lanche. E *você* vai conosco.

– Mas, Jamie, não posso... Sério, não posso – recusou a garota.

– Por que não? Você não precisará fazer almoço para nós, pois não estaremos aqui para comer.

– Mas tem o... lanche.

– Resposta errada, de novo. Vamos levar o lanche conosco, então *não pode* ficar em casa para providenciá-lo. Agora, o que a impede de ir conosco *com* o lanche, hein?

– Bem, Jamie, eu... não posso. Preciso rechear o bolo...

– Não quero que ele seja recheado...

– E decorá-lo...

– Não quero que ele seja decorado.

– E tem as coisas para providenciar para amanhã.

– Pode servir biscoitos com leite. Preferimos ficar com você e comer biscoitos com leite do que peru no almoço sem você.

CAPÍTULO 21

– Mas nem posso começar a lhe contar todas as coisas que tenho que fazer hoje.

– Não quero que você comece a me contar – retrucou Jamie, animado. – Quero que você pare de me contar. Vamos, ponha o chapéu. Falei com Betty na sala de jantar e ela disse que vai preparar o lanche para nós. Agora, apresse-se.

– Ora, Jamie, seu garoto bobo, não posso ir – Pollyanna ria, escorando-se levemente para trás, enquanto ele puxava a manga do vestido dela. – Não posso ir ao piquenique com vocês.

Mas ela foi. Ela foi não apenas daquela vez, mas várias outras vezes. Na verdade, ela não conseguia deixar de ir, pois se viu seguindo ordens não apenas de Jamie, mas de Jimmy e do senhor Pendleton, para não dizer nada da senhora Carew e de Sadie Dean, inclusive da tia Polly.

– E claro, fico *contente* por ir – suspirava com alegria quando um pouco do serviço lhe era tirado das mãos, apesar de todo o protesto. – Mas, com certeza, nunca antes houve anfitriões como eu (acolhendo com biscoitos, leite e coisas frias) e nunca antes houve uma dona de pensão como eu, andando pelo campo desse jeito!

O clímax foi quando, certo dia, John Pendleton (e tia Polly nunca cessava de exclamar porque *era* John Pendleton) sugeriu que todos fossem em uma viagem para acampar durante duas semanas perto de um pequeno lago nas montanhas a sessenta e cinco quilômetros de Beldingsville.

A sugestão foi recebida com aprovação entusiasmada de todos, exceto tia Polly. Ela disse, em particular, para Pollyanna que era muito bom e desejável que John Pendleton tivesse saído da indiferença ácida e morosa em que seu estado de espírito havia mergulhado por tantos anos, mas que não necessariamente era igualmente desejável que ele tentasse virar um rapaz de vinte anos de novo; e é isso que parecia que ele estava fazendo agora, segundo a sua opinião. Em público, contentou-se em dizer com frieza que *ela* certamente não iria a uma viagem insana para dormir em chão úmido, comendo insetos e aranhas, sob o disfarce de "divertimento" nem acreditava que era uma coisa sensata para alguém acima de quarenta anos fazer.

Se John Pendleton se sentiu magoado por essa alfinetada, ele não demonstrou. Decerto, não havia aparente diminuição de interesse e entusiasmo de sua parte, e os planos quanto à expedição para acampar foram surgindo rapidamente, pois foi decidido por unanimidade que, mesmo com a ausência de tia Polly, não havia motivo para os outros não irem.

– E a senhora Carew será a companhia de que precisamos, de qualquer modo – Jimmy declarou com alegria.

Durante uma semana, portanto, pouco se falou além de barracas, suprimentos, máquinas fotográficas e material de pesca, e pouco se fez que não fossem preparativos para a viagem, de algum modo.

– E vamos fazer isso de forma real – propôs Jimmy, com ansiedade –, sim, mesmo com os insetos e aranhas da senhora Chilton – acrescentou ele, com um sorriso alegre dirigido diretamente para os olhos desaprovadores e severos da senhora. – Nada de suas ideias de barraca com sala de jantar para nós! Queremos fogueiras de verdade, com batatas assadas na brasa, e queremos nos sentar ao redor, contar histórias e assar milho em um espeto.

– E queremos nadar, remar e pescar – acrescentou Pollyanna. – E... – Ela parou repentinamente, ao encarar o rosto de Jamie. – Isto é, claro – corrigiu ela rapidamente –, não vamos... fazer essas coisas o tempo todo. Há uma série de coisas *tranquilas* que queremos fazer também... ler e conversar, sabe?

Os olhos de Jamie embaçaram. Seu rosto ficou um pouco pálido. Os lábios se abriram, mas, antes de quaisquer palavras surgirem, Sadie já falava:

– Ah, mas em acampamentos e piqueniques, você sabe, *esperamos* fazer atividades ao ar livre – interrompeu ela, animada –, e tenho certeza de que *queremos* isso. No verão passado, descemos até o Maine, e vocês deviam ter visto o peixe que o senhor Carew pegou. Era... conte para eles – pediu ela, virando-se para Jamie.

Jamie riu e balançou a cabeça.

– Eles nunca vão acreditar – contestou ele – numa história de pescador dessas!

– Vamos ver! – desafiou Pollyanna.

CAPÍTULO 21

Jamie ainda balançava a cabeça, mas a cor havia voltado ao rosto, e os olhos não estavam mais tristonhos como se sofresse. Pollyanna, olhando para Sadie, refletiu vagamente ao notar que ela, de repente, se acomodou no assento com um ar de alívio tão evidente.

Finalmente, o dia marcado chegou, e a partida foi dada no novo carro de passeio de John Pendleton, com Jimmy ao volante. Um chiado, um ronco pulsante, um coro de despedidas e partiram, com um longo guincho de buzina sob os dedos arteiros de Jimmy.

Tempos depois, Pollyanna com frequência voltava os pensamentos para aquela primeira noite no acampamento. De muitos pontos de vista, a experiência era muito nova e maravilhosa.

Eram quatro horas quando a jornada de mais de sessenta quilômetros chegou ao fim. Desde três e meia, o enorme carro valentemente percorria seu caminho sobre uma estrada de cascalho antiga, que certamente não fora feita para um automóvel de seis cilindros. Quanto ao próprio carro e às mãos ao volante, essa parte da viagem foi a mais cansativa; mas, para os alegres passageiros que não tinham nenhuma responsabilidade em relação a buracos ocultos e curvas lamacentas, não houve nada além de êxtase, que ficava cada vez mais emocionante a cada nova vista através dos arcos verdes e a cada risada que ecoava quando desviavam dos galhos mais baixos.

O local para o acampamento era conhecido por John Pendleton, que estivera lá anos antes, e ele o saudou com satisfação, que não deixava de estar mesclada com alívio.

– Ah, que local mais lindo – disseram os outros em coro.

– Que bom que gostaram! Pensei que seria perfeito – concordou Pendleton –, mas estava um pouco ansioso, afinal, esses lugares mudam da forma mais notável, às vezes. É claro que os arbustos cresceram um pouco, mas não tanto que não possamos limpar a área.

Todos se puseram ao trabalho então, limpando o chão, montando as duas barracas, descarregando o automóvel, fazendo a fogueira e organizando "a cozinha e a despensa".

Foi então que Pollyanna começou a prestar atenção em Jamie e a temer por ele. Ela percebeu, de repente, que as elevações e depressões, além dos montículos repletos de garras de pinheiros, não eram como um assoalho atapetado para as muletas; e viu que Jamie estava percebendo a mesma coisa. Também observou que, apesar de sua enfermidade, ele tentava fazer sua parte no trabalho, e isso a preocupou. Duas vezes, ela correu até ele e pegou a caixa que ele tentava carregar.

– Deixe que eu carrego – pediu ela. – Você já fez o suficiente. – E, na segunda vez, ela acrescentou: – Vá para lá e sente-se para descansar, Jamie. Você parece tão cansado!

Se tivesse observado de perto, ela teria visto a cor rapidamente surgir na testa dele. Mas Pollyanna não estava olhando, então não viu nada. No entanto, ela notou que, para sua imensa surpresa, Sadie Dean, um pouco mais tarde, apressava-se com os braços repletos de caixas, e a ouviu gritar:

– Ah, senhor Carew, se o senhor *puder* me ajudar com isso, eu agradeceria...

No momento seguinte, Jamie, mais uma vez lutando com o problema de lidar com uma porção de caixas e duas muletas, apressava-se na direção das barracas.

Com uma rápida palavra de protesto na ponta da língua, Pollyanna se virou para Sadie Dean. Mas o protesto morreu na boca, pois Sadie, com os dedos nos lábios, corria na direção dela.

– Sei que você não pensou – gaguejou ela, em voz baixa, quando se viu próxima de Pollyanna. – Mas não percebe? Jamie fica *magoado* quando você pensa que ele não pode fazer as coisas como as outras pessoas. Veja agora! Olhe como ele está feliz.

Pollyanna olhou e notou. Viu Jamie, totalmente alerta, com destreza contrabalançando seu peso sobre uma muleta e colocando a carga no chão. Viu a alegria brilhar em seu rosto, e o ouviu dizer com charme:

– Aqui está outra contribuição da senhorita Dean. Ela me pediu para trazer isto.

– É mesmo, estou vendo – sussurrou Pollyanna, virando-se para Sadie Dean. Mas ela já tinha saído de perto.

Pollyanna observou Jamie por muito tempo após isso, embora o tenha feito com cuidado para não deixar que nem ele, tampouco os outros, percebessem o que fazia. Enquanto observava, o coração apertava. Duas vezes, ela o viu tentar uma tarefa e falhar: primeiro com uma caixa pesada demais para ele erguer; depois com uma mesa dobrável desajeitada demais para ele carregar com as muletas. E, em cada vez, Pollyanna notou a rápida olhada de Jamie ao redor, para ver se os outros haviam percebido. Ela também viu que, sem dúvida, ele estava ficando muito cansado e que o rosto dele, apesar do sorriso de felicidade, parecia pálido e tenso, como se estivesse com dor.

– Eu deveria ter pensado, nós deveríamos ter percebido melhor – desesperou-se ela para si mesma, com os olhos embaçados pelas lágrimas. – Eu deveria ter pensado melhor antes de deixá-lo vir a um lugar como esse. Acampamento... como é possível? E com as muletas! Porque não nos lembramos disso antes de pôr a ideia em prática?

Uma hora mais tarde, ao redor da fogueira após o jantar, Pollyanna teve sua resposta a essa pergunta; pois, com o fogo flamejante diante dela e da escuridão suave e perfumada em volta, mais uma vez ela se sentiu sob a magia do feitiço que vertia dos lábios de Jamie; e mais uma vez ela se esqueceu... das muletas dele.

CAPÍTULO 22

COMPANHEIROS

ELES FORMAVAM UM grupo alegre – os seis – e simpático. Parecia não haver fim para as novas delícias que surgiam a cada novo dia, muito menos para o novo charme da camaradagem que se apresentava como parte desta vida nova que estavam compartilhando.

Como Jamie falou, certa noite, quando todos estavam sentados perto da fogueira:

– Vejam, parece que nos conhecemos muito melhor aqui no bosque em uma semana do que conseguiríamos em um ano na cidade.

– Concordo. E me pergunto por quê – murmurou a senhora Carew, com o olhar sonhador, seguindo a chama saltitante.

– Acho que é algo no ar – suspirou Pollyanna, com alegria. – Há algo no céu, no bosque e no lago tão... tão... bem, é isso... há alguma coisa, isso é tudo.

– Acho que você quer dizer que o mundo fica de fora – exclamou Sadie, com uma pequena pausa curiosa na voz. (Ela não havia se juntado à risada que se seguiu à conclusão esquisita de Pollyanna.) – Aqui em cima, tudo é tão real e verdadeiro que nós também podemos ser nosso "eu" verdadeiro... Não o que o mundo *diz* que somos, por sermos ricos, pobres, grandiosos ou humildes; mas o que somos realmente, *nós mesmos*!

– Ah! – zombou Jimmy alegremente. – Tudo isso soa muito bem, mas o motivo verdadeiro e lógico é porque não temos nenhuma senhora Tom ou Dick ou Harry sentada em sua soleira, comentando cada movimento que fazemos e imaginando onde estamos indo, por que estamos indo lá e em quanto tempo pretendemos ficar!

– Oh, Jimmy, como você tira a poesia das coisas... – censurou Pollyanna, rindo.

– Mas esta é a minha especialidade – retrucou Jimmy rapidamente. – Como espera que eu construa represas e pontes se eu não conseguir ver algo além da poesia na cachoeira?

– Você não pode, Pendleton! E é a ponte... que conta... sempre – declarou Jamie com uma voz que trouxe um repentino silêncio ao grupo perto da fogueira. No entanto, foi apenas por um instante, pois quase imediatamente Sadie rompeu o silêncio com um comentário alegre:

– Credo! Eu prefiro ter a cachoeira sempre, sem *qualquer* ponte ao redor... para estragar a paisagem.

Todos riram – e foi como se a tensão de algum modo desaparecesse por encanto. Então a senhora Carew se ergueu.

– Vamos, vamos, crianças, está na hora de ir para a cama! – E com um alegre coro de boas-noites, o grupo se dispersou.

E assim passaram os dias. Para Pollyanna foram dias maravilhosos, e a parte mais fantástica ainda era o charme da camaradagem e proximidade – companhia que, embora diferisse quanto às características de cada um, ainda assim era encantadora para todos.

Com Sadie, ela conversava sobre o novo Lar e o trabalho maravilhoso que a senhora Carew fazia. Também falavam sobre os tempos antigos, quando Sadie vendia arcos para cabelo atrás do balcão, e de tudo o que a senhora Carew havia feito por ela. Pollyanna ouviu ainda algo sobre os velhos pai e mãe e sobre a alegria que Sadie, em seu novo emprego, havia conseguido trazer para a vida deles.

– E, no fim das contas, foi *você* quem de fato começou tudo – disse ela certo dia para Pollyanna. Mas esta apenas sacudiu a cabeça, dizendo enfaticamente:

– Bobagem! Foi tudo a senhora Carew.

Com a própria senhora Carew, Pollyanna falou sobre o Lar e seus planos para as garotas. E certa vez, no silêncio de uma caminhada ao crepúsculo, a senhora Carew falou de si e da perspectiva transformada em sua vida. E ela, como Sadie, disse sem rodeios:

– Afinal, foi você quem começou tudo isso, Pollyanna. – Mas a moça, como no caso de Sadie Dean, não aceitou nada disso, e começou a falar de Jamie e do que *ele* havia feito.

– Jamie é muito estimado – respondeu a senhora Carew com afeto. – Eu o amo como se fosse meu próprio filho. Ele não poderia ser mais querido por mim se fosse realmente filho da minha irmã.

– Então a senhora acha que ele não é?

– Não sei. Nunca soubemos nada de conclusivo. Às vezes, tenho certeza de que sim. Depois, novamente, fico em dúvida. Creio que *ele* realmente acredita ser... Deus abençoe seu coração! Em todo caso, de uma coisa tenho certeza: ele tem bom sangue de algum lugar. Jamie não é qualquer pessoa das ruas: seus talentos e a maneira fabulosa como responde aos ensinamentos e treinamento provam isso.

– Claro – concordou Pollyanna. – E como a senhora o ama tanto, não tem importância se ele é o Jamie verdadeiro ou não, certo?

A senhora Carew hesitou. Nos olhos dela surgiu a antiga melancolia no coração.

– Não quanto a ele – suspirou ela, afinal. – É só que às vezes fico pensando: se ele não for nosso Jamie, onde está o Jamie Kent? Ele está bem? Está feliz? Ele tem o amor de alguém? Quando começo a pensar nisso, Pollyanna, fico quase louca. Eu daria... tudo que tenho no mundo para saber *realmente* se este garoto é Jamie Kent.

Às vezes, Pollyanna pensava nessa conversa quando falava com Jamie. Ele estava bastante convencido disso.

– É só que, de algum modo, eu *sinto* assim – confessou ele, certa vez, para Pollyanna. – Acredito que sou Jamie Kent. Eu acreditei nisso por algum tempo. Receio ter acreditado nisso por tanto tempo agora que eu... não suportaria descobrir não ser ele. A senhora Carew fez muita coisa por mim, e imagine só se, depois de tudo, eu for apenas um estranho!

– Mas ela... te ama, Jamie.

– Sei disso... e isso a magoaria ainda mais... não vê? Porque isso a magoaria. Ela *quer* que eu seja o Jamie verdadeiro. Sei que ela quer isso. Agora, se ao menos eu pudesse fazer alguma coisa por ela... deixá-la orgulhosa de mim, de alguma forma! Se ao menos eu pudesse *fazer* algo para me sustentar, como um homem! Mas o que posso fazer com isto? – Ele falou com amargura e colocou a mão sobre as muletas ao lado.

Pollyanna ficou chocada e desanimada. Era a primeira vez que ouvia Jamie falar da enfermidade desde os tempos de criança. Ela perscrutou a mente para encontrar a coisa certa a dizer, mas antes mesmo de pensar em algo, o rosto de Jamie passou por uma mudança completa.

– Mas, olha, esquece! Não tive a intenção de dizer essas coisas – gritou ele, com alegria. – E foi uma verdadeira heresia ao jogo, não é? Com certeza, estou *contente* por ter muletas. Elas são muito melhores que a cadeira de rodas!

– E o Livro da Alegria? Você ainda o mantém? – perguntou Pollyanna, com uma voz ligeiramente trêmula.

– Claro! Tenho uma biblioteca completa de livros da alegria agora – retrucou ele. – Estão todos encadernados em couro vermelho-escuro, exceto o primeiro. Aquele ainda é o mesmo caderninho antigo que Jerry me deu.

– Jerry! Todo esse tempo eu pensava em perguntar sobre ele – exclamou Pollyanna. – Onde ele está?

– Em Boston. E seu vocabulário continua tão pitoresco como sempre, só que agora ele se contém, de vez em quando. Ele ainda continua no negócio de jornais, só que agora não está mais vendendo notícias, mas sim as *conseguindo*. Está fazendo reportagens. Fui capaz de ajudar ele e a Mã. E você não acha que fiquei feliz? Mã está em um hospital devido ao reumatismo.

– E ela está melhor?

– Muito. Ela logo vai sair e voltar para casa. Jerry vem recuperando alguns de seus anos perdidos em instrução nos últimos anos. Ele me deixou ajudá-lo, mas apenas como empréstimo. Ele foi muito enfático em estipular isso.

– Claro! – Pollyanna assentiu com a cabeça, aprovando. – Com certeza ele só concordaria assim. Eu faria o mesmo. Não é bom tomar empréstimos que você não conseguirá devolver. Sei como é. É por isso que eu gostaria tanto de ajudar a tia Polly... depois de tudo que ela fez por mim!

– Mas você está ajudando sua tia neste verão.

Pollyanna franziu a testa.

– Sim, estou mantendo hóspedes de verão. Parece, não é? – desafiou ela, floreando as mãos na direção das pessoas. – Com certeza, nunca houve uma tarefa de dona de pensão como a minha! E você devia ter ouvido as previsões medonhas que tia Polly fez sobre esses hóspedes de verão – ela riu à solta.

– E quais foram?

Pollyanna balançou a cabeça, resoluta.

– Não posso contar. É um segredo e pronto. Mas... – ela parou e suspirou, o rosto ficando ansioso novamente. – Isso não vai durar, não é? Não deve durar. Hóspedes de verão se vão. Preciso fazer algo no inverno. Estive pensando. Acho que vou... escrever histórias.

Jamie se virou assustado.

– Você... vai fazer o quê? – perguntou ele.

– Escrever histórias... para vender. Não precisa ficar tão surpreso! Muitas pessoas fazem isso. Conheci duas garotas na Alemanha que faziam isso.

– Você já tentou? – Jamie ainda falava de um jeito engraçado.

– N... não, ainda não – admitiu Pollyanna. Depois, na defensiva, em resposta à expressão no rosto dele, ela se controlou: – Eu *disse* que estou com hóspedes de verão no momento. Não consigo fazer as duas coisas ao mesmo tempo.

– Claro que não!

Ela lhe lançou um olhar de reprovação.

– Você não acredita que eu possa fazer isso?

CAPÍTULO 22

– Eu não disse isso.

– Não... mas do jeito que olha... Não vejo por que não. Não é como cantar. Não é preciso ter boa voz para tal. E não é como um instrumento que é preciso aprender a tocar.

– Acho que é... um pouco... assim. – A voz de Jamie estava baixinha. Os olhos se voltaram para o outro lado.

– Como? O que quer dizer? Ora, Jamie, é preciso apenas um lápis e papel, então... Isso não tem nada a ver com tocar piano ou um violino.

Houve um momento de silêncio. Então veio a resposta, ainda naquele tom baixo, a voz hesitante; os olhos ainda voltados para o outro lado.

– O instrumento que você toca, Pollyanna, será o grande coração do mundo, e para mim parece ser o instrumento mais maravilhoso de todos: aprender. Sob seu toque, se você tiver habilidade, ele responderá com sorrisos e lágrimas, como você.

Pollyanna soltou um suspiro trêmulo. Os olhos dela se encheram de lágrimas.

– Ah, Jamie, como você coloca as coisas de uma maneira tão bela... sempre! Nunca pensei dessa forma. Mas é assim, não é? Como eu amaria fazer isso! Talvez não consiga... tanto assim. Mas li histórias em revistas, muitas. Parece que eu conseguiria escrever coisas como aquelas... Eu *adoro* contar histórias. Estou sempre repetindo aquelas que você conta e sempre rio e choro também, assim como faço quando *você* as conta.

Jamie se virou bruscamente.

– *Elas* te fazem rir e chorar, Pollyanna? Sério? – Havia uma ansiedade curiosa em sua voz.

– Claro que sim, e você sabe disso, Jamie. E me faziam sentir isso há muito tempo no jardim público. Ninguém conta histórias como você, Jamie. *Você* é quem deveria escrever histórias, não eu. E diga, Jamie, por que não? Você se sairia tão bem, tenho certeza disso!

Não houve resposta. Parecia que Jamie não tinha ouvido, talvez porque ele estava concentrado, naquele momento, em um esquilo que se apressava por entre os arbustos ali perto.

No entanto, não era sempre com Jamie, nem com a senhora Carew, nem com Sadie que Pollyanna tinha caminhadas e conversas formidáveis; com frequência, era com Jimmy ou John Pendleton.

Pollyanna estava certa agora de nunca ter conhecido John Pendleton. A velha e taciturna morosidade parecia ter desaparecido inteiramente desde que vieram acampar. Ele remava, nadava, pescava e caminhava com entusiasmo tanto quanto o próprio Jimmy e quase com o mesmo vigor. Ao redor da fogueira do acampamento à noite, ele rivalizava com Jamie ao contar as histórias de aventuras, ao mesmo tempo engraçadas e emocionantes, que lhe ocorreram durante suas viagens para o exterior.

– No "deserto de Sarah", como Nancy costumava chamar... – Pollyanna ria certa noite, enquanto se juntava ao restante do grupo no início de uma história.

No entanto, melhor que tudo isso, na opinião de Pollyanna, eram as vezes em que John Pendleton, sozinho com a moça, falava a respeito da mãe dela, sobre como a conhecia e amava nos dias que já se foram. Essa conversa era uma alegria para Pollyanna, mas uma grande surpresa também, pois nunca no passado ele falara tão livremente sobre a garota que ele tinha amado tanto – sem esperanças. Talvez ele mesmo também sentisse um pouco dessa surpresa, pois certa vez dissera a Pollyanna, pensativo:

– Eu me pergunto por que estou conversando com você desta forma.

– Ah, mas eu amo ter esses momentos com você – sussurrou Pollyanna.

– Sei disso... mas acho que não deveria. No entanto, acho que faço isso por você ser tão parecida com ela, quando a conheci. Você se parece muito com sua mãe, querida.

– Como? Pensei que minha mãe fosse *bonita*! – exclamou Pollyanna, com indisfarçável surpresa.

Ele sorriu enigmaticamente.

– Ela era, querida.

Pollyanna pareceu ainda mais surpresa.

– Então não vejo como *eu* possa ser como ela!

CAPÍTULO 22

O homem riu abertamente.

– Pollyanna, se algumas garotas tivessem dito isso, eu... bem... não interessa o que teria dito. Sua bruxinha! Pobre Pollyanna, tão bobinha...

A garota lançou um olhar de fato reprovador diretamente para os olhos alegres do homem.

– Por favor, senhor Pendleton, não me olhe assim e não me provoque... a respeito *disso*. Eu *adoraria* ser bonita, embora pareça idiota dizer isso. E *eu tenho* espelho em casa, sabe?

– Então eu a aconselho a olhar nele... quando estiver falando, alguma vez – observou o homem, bem sério.

Os olhos de Pollyanna se arregalaram.

– Oras, foi exatamente o que Jimmy falou – exclamou ela.

– É mesmo? Realmente, o jovem malandrinho! – retrucou John Pendleton secamente. Depois, em uma das curiosas mudanças súbitas de modo, tão peculiar dele, falou, com a voz bem baixa: – Você tem os olhos e o sorriso da sua mãe, Pollyanna... E para mim, você é... linda.

E Pollyanna, com os olhos embaçados por súbitas lágrimas mornas, silenciou-se.

Por mais queridas que fossem essas conversas para Pollyanna, no entanto, elas ainda não eram exatamente como as conversas com Jimmy. Nessa questão, ela e Jimmy não precisavam *conversar* para ficarem felizes. Jimmy sempre se sentia muito confortável e era confortador. Eles sequer precisavam falar. Ele sempre a entendia. Não era preciso tocar nas cordas de seu coração para que ela tivesse compaixão por Jimmy: ele era encantador, grande, forte e feliz. O rapaz não se lamentava por um sobrinho há muito perdido nem se consumia pela perda de uma namorada da infância. Ele não precisava se balançar dolorosamente sobre um par de muletas – o que era tão difícil de ver, saber e pensar a respeito. Com Jimmy só era preciso ser alegre, feliz e livre. Ele era tão querido! E sempre permanecia o mesmo... Jimmy!

CAPÍTULO 23
ATADO A DUAS MULETAS

FOI NO ÚLTIMO DIA de acampamento que aquilo aconteceu. Para Pollyanna, de qualquer modo, era lamentável que tivesse acontecido, pois foi a primeira nuvem a trazer sombras de remorso e infelicidade no coração dela durante o passeio todo, e ela se viu soluçando:

– Gostaria que tivéssemos voltado para casa anteontem, então, isso não teria acontecido.

Mas eles não haviam voltado para casa "anteontem", e aquilo havia, de fato, acontecido; foi assim:

Bem cedo na manhã daquele último dia, eles haviam iniciado uma excursão de mais de três quilômetros até a Bacia.

– Faremos mais uma fantástica refeição com peixe antes de partirmos – disse Jimmy. E o restante do grupo concordou com satisfação.

Assim, com um lanche e o material de pesca, eles partiram bem cedinho. Enquanto seguiam a estrada estreita pelo bosque, riam e conversavam, conduzidos por Jimmy, que conhecia melhor o caminho.

No início, Pollyanna havia caminhado bem atrás de Jimmy; mas, aos poucos, foi ficando para trás com Jamie, que era o último da fila:

ela pensou ter detectado no rosto do rapaz a expressão que já conhecia quando ele tentava fazer algo que exigia até quase o limite de suas aptidões e seu poder de resistência. Pollyanna sabia que nada o ofenderia tanto quanto perceber declaradamente seu estado. Ao mesmo tempo, ela também sabia que, da parte dela, mais abertamente que com qualquer outra pessoa, ele aceitaria uma ocasional mão estendida sobre um tronco problemático ou rochedo. Portanto, na primeira oportunidade de fazer a troca sem chamar atenção, ela foi ficando para trás passo a passo, até atingir seu objetivo: Jamie. Foi recompensada imediatamente quando o rosto de Jamie se iluminou, e com a ligeira presunção de ter atingido e conquistado um tronco de árvore caído no caminho, sob a ficção agradável (cuidadosamente criada por Pollyanna) de "tê-la ajudado a superar o obstáculo".

Assim que saíram do bosque, o caminho os conduziu ao longo de uma antiga muralha de pedra durante um tempo, com amplas extensões de pastagens ensolaradas e montanhosas de cada lado e uma casa de campo pitoresca ao longe. Foi na pastagem ao lado que Pollyanna viu solidagos[3] que ela imediatamente cobiçou.

– Jamie, espere! Vou pegá-los – exclamou, ansiosa. – Vou fazer um lindo buquê para a nossa mesa de piquenique! – E agilmente ela pulou o alto muro de pedras e se deixou cair do outro lado.

Era estranho como aquelas flores eram atraentes. Pouco adiante ela viu outro ramalhete e mais um, cada um mais lindo que o outro, a seu alcance. Com exclamações de alegria e gritinhos para Jamie, que a aguardava, Pollyanna – que parecia especialmente atraente com seu suéter vermelho – passava de ramalhete a ramalhete, adicionando-os ao seu estoque. Já estava com as duas mãos repletas quando veio o terrível mugido de um touro zangado, o grito agonizante de Jamie e o som de cascos trovejando encosta abaixo.

O que aconteceu em seguida nunca ficou claro para ela. Ela sabia que havia derrubado as flores e corrido – corrido como nunca correra antes, corrido como pensou que jamais conseguiria – de volta para o

3. Flor campestre da família das margaridas que exibe pequenos cachos de flores amarelas. (N. T.)

muro e para Jamie. Ela sabia que atrás dela as batidas dos cascos se aproximavam, cada vez mais. Vagamente, sem esperança, lá ao longe, ela viu o rosto agoniado de Jamie e ouviu seus gritos roucos. Então, do nada, surgiu uma voz nova – a de Jimmy – soltando um vibrante grito de incentivo.

Ela ainda corria alucinadamente, ouvindo cada vez mais perto o golpe daqueles cascos trovejantes. Tropeçou uma vez e quase caiu. Então se endireitou, ligeiramente tonta, e seguiu em frente. Sentia sua força se esvaindo, quando de repente voltou a ouvir o grito alegre de incentivo de Jimmy. No minuto seguinte, sentiu que fora arrebatada do chão e abraçada por algo que pulsava muito – percebeu vagamente que era o coração de Jimmy. Tudo virou um borrão horrível de gritos, respiração quente e ofegante e cascos batendo cada vez mais perto. Então, justo quando percebeu que aqueles cascos estavam quase chegando nela, sentiu que estava sendo arremessada, ainda nos braços de Jimmy; no entanto, não muito longe, ainda conseguiu sentir o hálito quente do animal enlouquecido enquanto ele disparava. Quase imediatamente, Pollyanna se viu do outro lado do muro com Jimmy curvado sobre ela, implorando que dissesse que não estava morta.

Com um riso histérico, que ainda era um meio soluço, ela se soltou dos braços dele e ficou em pé.

– Morta? Não mesmo... Graças a você, Jimmy. Estou bem. Estou bem. Ah, como fiquei contente, tão contente ao ouvir a sua voz! Ah, isso foi incrível! Como conseguiu? – arfou ela.

– Ora, não foi nada. Eu só... – Um grito abafado o levou a parar de falar subitamente. Ele se virou e viu o rosto de Jamie sobre o chão, bem perto dali. Pollyanna já corria na direção dele.

– Jamie, Jamie, o que aconteceu? – perguntou ela. – Você caiu? Está machucado?

Não houve resposta.

– O que foi, amigo? *Está* machucado? – indagou Jimmy.

Ainda não havia resposta. Depois, repentinamente, Jamie se colocou ligeiramente em pé e virou. Eles viram o rosto dele; então se afastaram, chocados e surpresos.

CAPÍTULO 23

– Machucado? Se estou machucado? – perguntou, um tanto sufocado, com a voz rouca, abanando as duas mãos. – Não imaginam que dói ver uma coisa dessas e não poder fazer nada? Estar preso, indefeso, a duas muletas? Garanto a vocês que não há mágoa no mundo que se iguale a isso.

– Mas... mas... Jamie – gaguejou Pollyanna.

– Chega! – interrompeu o rapaz, quase com raiva. Agora ele conseguira se erguer totalmente. – Não digam nada... Eu não queria fazer uma cena... como esta – concluiu, com a voz entrecortada, dando as costas e oscilando ao longo da trilha estreita que levava ao campo.

Por um minuto, como se paralisados, os dois ficaram para trás, observando-o se afastar.

– Pelo amor de... – exclamou Jimmy então, com voz um tanto trêmula. – Atingiu-o em cheio!

– E eu não pensei e até elogiei você, bem na frente dele – quase soluçou Pollyanna. – E as mãos dele, você as viu? Elas estavam... *sangrando*, onde as unhas se cravaram na pele – concluiu ela, à medida que se virava e cambaleava cegamente, subindo a trilha.

– Mas, Pollyanna, aonde está indo? – indagou Jimmy.

– Atrás do Jamie, é claro! Você acha que eu vou deixá-lo daquele jeito? Venha, precisamos fazer que ele volte.

E Jimmy, com um suspiro que não era inteiramente pelo Jamie, seguiu-a.

CAPÍTULO 24

JIMMY ACORDA

NO CÍRCULO EXTERNO, o acampamento foi considerado um grande sucesso, mas no interno...

Pollyanna se perguntava às vezes se o problema era ela, ou se realmente existia um constrangimento peculiar e indefinível entre todos. Certamente, ela o sentiu e pensou ver evidências que os outros também sentiram. E, quanto à causa disso tudo, sem hesitação, ela atribuía ao último dia de acampamento, com a infeliz viagem à Bacia.

Para ter certeza, ela e Jimmy conseguiram acompanhar Jamie e, depois de bastante bajulação, persuadiram-no a retornar e ir para a Bacia com eles. Mas, apesar dos esforços evidentes de todos em agir como se nada fora do normal tivesse acontecido, ninguém conseguiu ser bem-sucedido. Pollyanna, Jamie e Jimmy talvez exageraram um pouco na alegria; os outros, sem saber de fato o que acontecera, evidentemente sentiram que havia algo um tanto errado, embora, é claro, tentassem esconder isso. Naturalmente, nesse estado de coisas, a alegria descontraída estava fora de questão. Até o jantar antecipado com peixe não teve sabor; logo no início da tarde, puseram-se de volta ao acampamento.

Quando chegaram, Pollyanna tinha esperanças de que o infeliz episódio do touro raivoso seria esquecido. Mas ela não conseguia esquecer, então, para ser justa, não poderia culpar os outros se não conseguissem tampouco. Ela sempre se lembrava dele ao olhar para Jamie. Tornava a ver a agonia em seu rosto, a mancha vermelha na palma de suas mãos. Seu coração doía por ele, e, por doer, sua mera presença se tornara uma dor para ela. Sentindo remorso, confessou para si mesma que não gostava mais de ficar ao lado de Jamie nem de conversar com ele, mas isso não significava que ela não estivesse muitas vezes junto dele. De fato, agora ficava com ele com maior frequência que antes, mas sentia tanto remorso e medo de que ele percebesse seu estado de espírito infeliz que não perdia a oportunidade de aceitar suas propostas de camaradagem; e às vezes ela deliberadamente o procurava. Não precisava procurá-lo muitas vezes, entretanto, pois parecia que, nos últimos dias, Jamie buscava mais sua companhia.

Pollyanna acreditava que a razão disso poderia ser encontrada no mesmo incidente do touro e do resgate. Não que Jamie tenha se referido a ele alguma vez diretamente. Isso nunca aconteceu. Ele também se mostrava mais alegre que o usual; mas em certos momentos, Pollyanna parecia detectar uma amargura escondida, que não existia lá antes. De fato, ela não podia deixar de notar que ele demonstrava quase querer evitar os outros e chegava a suspirar, como se estivesse aliviado, quando se encontrava sozinho com ela. Pollyanna achava que sabia a razão disso, após ele ter dito a ela, certo dia, enquanto assistiam aos outros jogarem tênis:

– Sabe, Pollyanna, não há ninguém que consiga me entender como você consegue.

– Entender? – Pollyanna não percebeu de início a que ele se referia. Estiveram observando os jogadores durante cinco minutos sem trocarem uma palavra.

– Sim, pois *você*, certa vez... não conseguia andar.

– Ah... s... sim, sei – gaguejou Pollyanna; e percebeu que a enorme aflição que sentia deve ter transparecido em seu rosto, pois ele mudou de assunto rápida e alegremente, depois de dar risada:

– Ora, ora, Pollyanna, por que não me diz para jogar o jogo? Eu faria isso se estivesse em seu lugar. Esqueça, por favor. Fui muito estúpido em fazer que se sentisse assim.

Pollyanna sorriu e respondeu:

– Não, não... não, com certeza! – Mas ela, com certeza, não "esqueceu". Não conseguiria. E isso a fazia se sentir ainda mais ansiosa em estar com Jamie e ajudá-lo da forma que pudesse.

"É como se *agora* eu não pudesse deixá-lo perceber que eu senti algo que não fosse *alegria* por estar com ele!", pensou ela ardentemente, enquanto se apressava um minuto mais tarde em tomar a sua posição no jogo.

Pollyanna, entretanto, não era a única no grupo que sentia um novo desconforto e constrangimento: Jimmy Pendleton também, embora ele tentasse escondê-lo da mesma forma.

Jimmy não estava contente nos últimos dias. De um jovem despreocupado, cujas visões eram de maravilhosos saltos sobre abismos até então intransponíveis, ele se tornou um jovem de olhos ansiosos com visões de um temido rival tirando dele a garota que amava.

Agora ele sabia com certeza que estava apaixonado por Pollyanna. Suspeitava que já se apaixonara há algum tempo. Ficou horrorizado, na verdade, por perceber que se sentira tão abalado e sem reação ante o que lhe acontecera. Sabia que mesmo suas adoradas pontes nada significavam perante o sorriso nos olhos da garota e as palavras em seus lábios. Percebeu que o vão mais maravilhoso no mundo, para ele, seria a coisa que o ajudaria a cruzar o abismo do medo e da dúvida que sentia existir entre ele e Pollyanna – dúvida por causa dela; medo por causa de Jamie.

Só quando viu Pollyanna em perigo naquele dia, no pasto, ele percebeu o quanto o mundo – o seu mundo – ficaria vazio sem ela. Só quando completou a corrida maluca para salvá-la, com Pollyanna já em seus braços, Jimmy percebeu o quanto ela era preciosa para ele. Por um momento, na verdade, com os braços ao redor dela, e os dela envoltos ao redor do pescoço dele, foi que sentiu que ela era realmente dele; e mesmo naquele momento supremo de perigo, ele sentiu a emoção da suprema felicidade. Então, logo em seguida, ele viu o rosto de Jamie e suas mãos. Para Jimmy, aquilo só podia significar uma coisa: que Jamie também amava Pollyanna e que tivera que ficar parado, desamparado – "atado a duas muletas". Foi o que ele dissera. Jimmy acreditava que, se ele também fosse obrigado a ficar parado desamparado, "atado a duas muletas", enquanto outro resgatava a garota que amava, *ele* também teria ficado daquele jeito.

Naquele dia, Jimmy voltou ao acampamento com os pensamentos confusos de medo e revolta. Indagava se Pollyanna gostava de Jamie, era esse o medo que tinha. Mas, mesmo que gostasse um pouco, deveria ele ficar de lado sem lutar, de forma fraca, e deixar Jamie fazê-la aprender a gostar mais dele, sem sequer um confronto? Era aí que se encontrava sua revolta. De fato não, ele não faria isso, decidiu Jimmy. Seria uma luta justa entre eles.

Então, embora estivesse sozinho, Jimmy corou até a raiz dos cabelos. Seria uma "luta justa"? Poderia qualquer luta entre ele e Jamie ser "justa"? De repente, Jimmy se sentiu como há anos quando, ainda garoto, desafiara um menino para uma luta por uma maçã que os dois disputavam e, então, ao primeiro golpe, descobriu que o garoto novo tinha um problema no braço. Ele perdeu de propósito então, é claro, e deixou o menino com deficiência ganhar. Mas, para si mesmo, falou ardentemente que aquela era uma situação diferente. Não havia uma maçã em jogo. Era a felicidade de sua vida. Poderia ser também até a felicidade da vida de Pollyanna. Talvez ela nem gostasse tanto de Jamie, mas sim de seu velho amigo Jimmy, se ele demonstrasse ao menos uma vez seus sentimentos. E ele demonstraria. Ele...

Jimmy tornou a corar ardentemente. Mas também franziu as sobrancelhas com raiva: se apenas *conseguisse* esquecer o jeito de Jamie ao reclamar gemendo: "atado a duas muletas"! Se apenas... Mas de que serviria? Não *era* uma luta justa, e Jimmy sabia disso. E ele soube também, bem ali e naquele momento, que a sua decisão seria exatamente aquilo que acabou sendo: ele ficaria observando e esperaria. Daria a Jamie uma oportunidade; caso Pollyanna demonstrasse gostar dele, sairia do caminho e de suas vidas; e eles jamais saberiam, nenhum dos dois, o quanto ele sofria. Ele voltaria às suas pontes, como se qualquer uma, mesmo que o levasse à Lua, pudesse ser comparada a um momento com Pollyanna! Mas era o que ele faria. Deveria fazer isto.

Tudo era muito bom e heroico, e Jimmy se sentia tão exaltado que estava eufórico com algo que parecia quase felicidade quando finalmente foi dormir naquela noite. Mas o martírio na teoria difere muito da prática, conforme os prováveis mártires descobriram há tanto tempo. Estava tudo bem decidir, sozinho e no escuro, que daria a Jamie sua oportunidade; mas era bem diferente fazer isso de verdade, quando envolvia nada mais que deixar Pollyanna e Jamie juntos quase o tempo inteiro que os via. Além disso, ficava muito preocupado com a aparente atitude de Pollyanna em relação ao rapaz com as muletas. Para Jimmy parecia mesmo que ela gostava de Jamie, diante de tanta preocupação com seu conforto, assim aparentemente ela ansiava em ficar com ele. Então, como se fosse para dissipar qualquer margem de dúvida da mente de Jimmy, eis que veio o dia em que Sadie Dean disse algo a respeito do assunto.

Estavam todos na quadra de tênis. Sadie estava sentada sozinha quando Jimmy caminhou até ela.

– Você será a próxima com Pollyanna, não é? – indagou ele.

Ela sacudiu a cabeça.

– Pollyanna não vai mais jogar esta manhã.

– Não vai jogar? – perguntou Jimmy franzindo a testa, pois estava contando jogar uma partida somente com Pollyanna. – Por que não?

Por um breve momento, Sadie não respondeu; então, com evidente dificuldade, contou:

– Ontem à noite, Pollyanna me disse que achava que estávamos jogando tênis demais; que não era certo com... o senhor Carew, já que ele não consegue jogar.

– Ah, entendo, mas... – desamparado, Jimmy se interrompeu, as sobrancelhas franzidas em um sulco ainda mais profundo na testa. No momento seguinte, ele se assustou com a tensão na voz de Sadie, quando ela disse:

CAPÍTULO 24

– Mas ele não quer que ela deixe de jogar. Ele não quer que qualquer um de nós faça algo diferente... por ele. É isso que o magoa tanto. Ela não entende. Não entende! Mas eu compreendo, apesar de ela *achar* que entende.

Algo nas palavras ou no jeito de Sadie fez o coração de Jimmy se apertar. Ele a olhou rapidamente, uma pergunta pronta em seus lábios. Por um momento, ele se conteve; então, tentando esconder a seriedade com um sorriso zombeteiro, acabou perguntando:

– Ora, senhorita Dean, você não está querendo dizer que... que haveria algum interesse *especial* entre eles dois, ou está?

Ela lhe lançou um olhar de desdém.

– Por onde andam seus olhos? Ela o adora! Quero dizer... eles se adoram – corrigiu-se rapidamente.

Jimmy, com uma exclamação inarticulada, voltou-se e se afastou rapidamente, caminhando. Ele não poderia confiar em si mesmo se continuasse ali. Não queria conversar mais, naquele momento, com Sadie. Ele se voltou com tanta pressa, de fato, que nem percebeu que a garota também se virara rapidamente e se ocupou em observar a grama aos seus pés, como se tivesse perdido algo. Era evidente que ela também não desejava tocar mais no assunto.

Jimmy dizia a si mesmo que aquilo não seria verdade de forma nenhuma; que Sadie dissera uma bobagem. Mesmo assim, verdade ou mentira, ele não conseguia esquecê-la. A partir daí o pensamento não se afastou de sua mente e pendia perante seus olhos feito uma sombra toda vez que via Pollyanna e Jamie juntos. Disfarçadamente, ele observava seus rostos. Ouvia o tom de suas vozes. Depois de algum tempo, chegou à conclusão de que, afinal de contas, era tudo verdade: que eles se adoravam e, consequentemente, seu coração pesava feito chumbo em seu peito. Respeitando a promessa que fizera a si mesmo, ele resolutamente se afastou. A sorte estava lançada, Pollyanna não era para ser dele.

Seguiram-se dias inquietos. Ele não ousava simplesmente se afastar de vez da residência dos Harrington, de modo que seu segredo não fosse percebido. Agora, ficar ao lado de Pollyanna era uma tortura. Até a companhia de Sadie tornou-se algo desagradável, pois não conseguia esquecer que fora ela quem finalmente lhe abrira os olhos. Jamie, devido às circunstâncias, não constituía abrigo ou refúgio, o que lhe deixara apenas a senhora Carew. Esta, entretanto, era a própria anfitriã; durante esses dias, Jimmy encontrou conforto apenas em sua companhia. Seja alegre ou séria, ela sempre parecia saber como se amoldar exatamente ao seu humor; era maravilhoso também o quanto ela conhecia de pontes – o tipo de pontes que ele construiria. Ela era ainda tão sábia e compreensiva, sabia exatamente as palavras corretas a serem ditas. Certo dia, ele quase lhe contou a respeito do "pacote"; mas John Pendleton os interrompeu no momento errado, então a história acabou sem ser contada. Às vezes, Jimmy achava que o senhor Pendleton sempre os interrompia no momento errado. Então, ao lembrar o que o pai adotivo fizera por ele, ficava envergonhado.

O "pacote" era algo que datava da infância de Jimmy, e jamais fora discutido com alguém além de John Pendleton – e somente uma vez, por ocasião de sua adoção. O pacote nada mais era que um grande envelope branco, puído pelo tempo e cheio de mistério, selado com um enorme lacre vermelho. Ele lhe fora dado pelo pai e trazia as seguintes instruções, manuscritas com a caligrafia dele: "Para o meu garoto, Jimmy. Não deve ser aberto antes de seu trigésimo aniversário, exceto em caso de sua morte, quando deverá ser aberto imediatamente".

Havia momentos em que Jimmy especulava bastante a respeito do conteúdo do envelope. Outras vezes, ele se esquecia de sua existência. No passado, no orfanato, seu maior terror era que seria descoberto e tirado dele. Naquela época, ele o trazia sempre escondido dentro do forro de seu casaco. Nos últimos anos, por sugestão de John Pendleton, fora escondido no cofre dele.

– Pois não há como sabermos o quanto é valioso – dissera John Pendleton, com um sorriso. – E, de qualquer jeito, é evidente que seu pai queria que ficasse com você, e não gostaríamos de correr o risco de perdê-lo.

– Não, é claro, não gostaria de perdê-lo – concordou Jimmy, sorrindo de volta, de forma um tanto séria. – Mas não estou contando que seja realmente valioso, senhor. Pobre pai, não tinha nada de valioso com ele, conforme eu lembro.

CAPÍTULO 24

Era sobre esse pacote que Jimmy quase falou certo dia para a senhora Carew, se não fosse pela interrupção do senhor Pendleton.

"Ainda assim, talvez tenha sido melhor que eu não tivesse contado a ela", refletiu Jimmy em seguida, a caminho de casa. "Ela poderia ter pensado que o pai tivesse tido algo em sua vida que não estivesse... correto. E eu não gostaria que ela pensasse assim a respeito do... meu pai."

CAPÍTULO 25
O JOGO E POLLYANNA

ANTES DA METADE de setembro, os Carew e Sadie Dean se despediram e voltaram para Boston. Embora soubesse que sentiria muita falta deles, Pollyanna soltou um suspiro de alívio ao ver o trem que os levava sair da estação de Beldingsville. Pollyanna não teria admitido esse sentimento de alívio a ninguém mais e, mesmo para si, ela se desculpou em pensamento.

"Não é que eu não goste deles, de cada um deles", suspirou, observando o trem desaparecer na curva, trilhos abaixo. "É só que... que fico tão triste pelo pobre Jamie o tempo todo; e... estou *cansada*. Ficarei contente, durante um tempo, apenas por voltar aos antigos dias de tranquilidade com o Jimmy."

Pollyanna, no entanto, não voltou aos antigos dias de tranquilidade com o Jimmy. Os dias imediatamente após a partida dos Carew foram tranquilos, certamente, mas não foram passados "com o Jimmy". Ele raramente passava perto da casa agora e, quando as visitava, não era o antigo Jimmy que ela conhecia. Se não estava ranzinza, inquieto e silencioso, mostrava-se alegre e conversador, porém de forma nervosa, algo muito enigmático e perturbador. Não passou muito tempo e ele também foi para Boston, e aí, é claro, ela deixou de vê-lo definitivamente.

Pollyanna ficou surpresa, então, em perceber o quanto ele lhe fazia falta. Até mesmo saber que ele estava na cidade, e que então havia uma chance de ele talvez vir visitá-la, era melhor do que o triste vazio da clara ausência; e mesmo seus estados de humor enigmáticos de alternada tristeza e alegria eram preferíveis a esse silêncio total da falta dele. Então, certo dia, ela se aprumou, com as bochechas ardentes e os olhos envergonhados.

"Bem, Pollyanna Whittier", censurou-se com seriedade, "alguém poderia imaginar que está *apaixonada* pelo Jimmy Bean Pendleton! Não consegue pensar em *nada* além dele?"

Depois, imediatamente, ela se agitou para ficar muito alegre e animada, deixando Jimmy longe de seus pensamentos. O que aconteceu foi que a tia Polly, embora sem planejar, ajudou a moça com isso.

Com a partida dos Carew, fora embora também sua principal fonte de renda, e a tia Polly estava começando a se preocupar novamente – o que demonstrava em voz alta, a respeito do estado de finanças delas:

– Realmente, não sei, Pollyanna, o que será de *nós* – lamentava ela com frequência. – É claro que temos um pouco de saldo com o trabalho deste verão e contamos uma pequena soma de dinheiro das propriedades agora, mas nunca sei quanto tempo essa quantia vai durar, como todo o resto. Se ao menos pudéssemos fazer algo para contar com um pouco de dinheiro vivo!

Foi após um desses lamentos, certo dia, que Pollyanna acabou vendo uma oferta de prêmio de concurso de contos. Era algo muito tentador. Eram muitos prêmios, bastante vultosos. As condições estabelecidas constavam em letras imensas e, ao lê-las, parecia que vencer era a coisa mais fácil do mundo. O aviso continha até um apelo especial, que poderia ter sido escrito para a própria Pollyanna:

"Isto é para você – você quem leu isto", dizia o anúncio. "E se você nunca escreveu um conto antes? Isso não significa que não consiga escrever um agora. Tente. É isso! Não gostaria de *ganhar* três mil dólares? Dois mil? Mil? Quinhentos ou até mesmo cem? Então, que tal tentar?"

– É isso aí! – exclamou Pollyanna, batendo palmas. – Estou tão contente por ter lido isto! E diz que eu *consigo* fazer também. Eu acho que poderia, se tentar. Vou contar à titia, para que ela não precise se preocupar mais.

Pollyanna estava em pé e a meio caminho da porta quando um segundo pensamento a fez parar:

"Pensando bem, acho que não vou contar, não. Será uma bela surpresa para ela; e se *conseguir* o primeiro prêmio...!"

Pollyanna foi dormir naquela noite planejando o que *poderia* fazer com três mil dólares.

Começou a escrever seu conto no dia seguinte; isto é, ela, com um ar muito compenetrado, coletou bastante papel, apontou meia dúzia de lápis e se aboletou na enorme e antiga escrivaninha Harrington na sala de estar. Após mordiscar nervosamente as pontas de dois dos lápis, escreveu três palavras no papel alvo diante de si. Então, suspirou profundamente, jogou de lado o segundo lápis arruinado e pegou outro, fino e verde, com uma bela ponta. E foi esta ponta que ela observou, franzindo a testa, compenetrada.

"Puxa! *De onde* será que eles tiram seus títulos?", pensou, desesperada. "Talvez seja melhor eu primeiro decidir o enredo e então conseguir um título adequado. De qualquer jeito, *vou escrever*." E logo traçou uma linha preta, riscando três palavras, e segurou o lápis para um recomeço.

Entretanto, o começo não veio logo em seguida. Mesmo quando foi escrito, deve ter sido um falso início, pois, decorrida meia hora, a página inteira não mostrava nada mais que uma confusão de linhas rabiscadas, com apenas umas poucas palavras aqui e ali para contar a história.

Neste momento, a tia Polly entrou na sala e, com um olhar cansado, fitou a sobrinha.

– Bem, Pollyanna, *o que* está tramando agora? – interrogou ela.

Pollyanna riu e corou, sentindo-se culpada.

CAPÍTULO 25

– Nada de mais, titia. De qualquer jeito, não parece muita coisa agora... ainda não – admitiu, com um sorriso pesaroso. – Além disso, é segredo, e não vou lhe contar ainda.

– Está bem, como quiser – suspirou tia Polly. – Mas posso lhe dizer que, caso esteja tentando conseguir algo diferente daqueles documentos referentes à hipoteca que o senhor Hart deixou, não tem jeito. Eu já os revi muitas vezes.

– Não, querida, não são documentos. É algo muuuito melhor que quaisquer documentos possam ser – exultou a moça triunfalmente, voltando ao trabalho. De repente, nos olhos de Pollyanna surgiu uma visão brilhante do que poderia ser feito com aqueles três mil dólares.

Por mais meia hora, Pollyanna escreveu e rabiscou, mordiscando seus lápis; então, com a coragem se esvaindo, mas não destruída, ela juntou os papéis e lápis e saiu da sala.

"Quem sabe tenha melhor resultado lá em cima", pensou ela, cruzando apressadamente o saguão. "Pensei que *deveria* trabalhar em uma escrivaninha, por se tratar de uma tarefa literária, mas, de alguma forma, a escrivaninha não me ajudou nesta manhã. Vou tentar ficar sentada ao lado da janela em meu quarto."

O assento perto da janela, porém, não foi mais inspirador, a julgar pelas páginas cheias de riscos e rabiscos que lhe caíram das mãos; e ao final de mais meia hora, Pollyanna descobriu de repente que era hora do almoço.

"Bem, estou contente por isto, de qualquer jeito", suspirou para si mesma. "Prefiro preparar o almoço que fazer isso. Não que eu *não queira* fazer, é claro; só não tinha ideia de que fosse uma tarefa tão difícil... apenas escrever um conto!"

Durante o mês seguinte, Pollyanna trabalhou diligente e obstinadamente, mas em breve descobriu que "apenas escrever um conto" era, de fato, uma tarefa nada fácil de se conseguir. Mas ela não era alguém que deixaria algo de lado depois de colocar a mão na massa. Além disso, havia um prêmio de três mil dólares, ou mesmo algum dos outros, caso ela não ganhasse o primeiro prêmio. Até cem dólares já eram alguma coisa! Assim, dia após dia, ela escrevia e apagava, e reescrevia até que a história estivesse finalmente ali, diante dela. E, é preciso confessar, foi com certa apreensão que ela levou o manuscrito para Milly Snow para ser datilografado.

"É fácil de ler... isto é, o conto faz sentido", devaneou Pollyanna em dúvida, enquanto se apressava em direção ao pequeno lar dos Snow, "e a história é realmente legal, a respeito de uma garota maravilhosamente adorável. Mas, tenho receio que haja algo, em algum lugar, que não ficou muito bom. De qualquer jeito, não acredito que eu deva contar muito com o primeiro prêmio, então não ficarei muito desapontada se eu receber algum dos menores."

Sempre que ia visitar os Snow, Pollyanna pensava no Jimmy, pois foi na beira da estrada, perto da casa deles, que ela o viu pela primeira vez, como um pequeno fugitivo abandonado do orfanato, anos atrás. Ela tornou a pensar nele hoje, contendo um pouco a respiração. Então, erguendo orgulhosamente a cabeça, algo que sempre acontecia por ocasião da lembrança de Jimmy, ela se apressou a subir os degraus dos Snow e tocar a sineta.

Como acontecia geralmente, os Snow receberam Pollyanna com o maior afeto, e ainda, como sempre, não passou muito tempo até que falassem do jogo, já que não havia um lar em Beldingsville onde o jogo do contente fosse mais seguido que naquela casa.

– Bem, e como vão as coisas? – perguntou Pollyanna, depois de ter explicado o motivo de sua visita.

– Esplendidamente bem – sorriu Milly Snow. – Esta é a terceira tarefa que me dão nesta semana. Oh, senhorita Pollyanna, estou tão contente que tenha me pedido para datilografar isto, pois poderá ver que *consigo* trabalhar bem aqui em casa! E tudo graças à senhorita!

– Bobagem! – exclamou Pollyanna, alegremente.

– Mas é verdade. Em primeiro lugar, eu não conseguiria ter feito isso de forma nenhuma se não fosse pelo jogo, que ajudou a minha mãe a ficar tão melhor que passei a ter um pouco de tempo para mim mesma. E então, logo de início, você sugeriu datilografia e me ajudou a comprar uma máquina. Gostaria de saber se isso não fica muito perto de dever tudo à senhorita.

Mas Pollyanna tornou a protestar. Desta vez, ela foi interrompida pela senhora Snow, da sua cadeira de rodas, perto da janela. E ela falou de forma tão séria e grave, que Pollyanna não poderia deixar de ouvir o que dizia:

– Ouça, menina, não acredito que saiba o que fez. Mas desejaria que soubesse! Existe algo em seu olhar hoje, querida, que não gostei de observar. Está atormentada e preocupada com algo, eu sei. Posso ver que está. Não é de se admirar: o falecimento de seu tio, a condição de sua tia, tudo... não vou mais tocar no assunto. Mas há algo que preciso dizer, querida, e precisa deixar que eu diga, pois não aguento ver esta sombra em seus olhos sem tentar afastá-la, contando o que você fez por mim, por esta cidade inteira e por inúmeras pessoas em todos os lugares.

– *Senhora Snow*! – protestou Pollyanna, genuinamente aflita.

– Ora, estou sendo sincera e sei do que estou falando – assentiu a mulher, triunfante. – Para começar, olhe para mim. Não achava que eu era uma criatura rabugenta e lamurienta que jamais, de forma alguma, queria aquilo que tinha, até descobrir o que não tinha? E você não abriu os meus olhos, ao me mostrar três tipos de coisas para que eu *tivesse* aquilo que eu queria, ao menos uma vez?

– Ora, senhora Snow, eu realmente fui... tão impertinente... assim? – murmurou Pollyanna sem graça, corando.

– Não foi impertinência – protestou a senhora Snow, resoluta. – Você não *queria* ser impertinente... E isso fez toda a diferença do mundo! Você tampouco passava sermão, minha querida. Se tivesse, jamais teria conseguido que eu, ou qualquer outra pessoa, jogasse o jogo, acredito eu! Mas você conseguiu me fazer jogar... E veja o que fez por mim e pela Milly! Aqui estou eu, tão melhor que até fico sentada na cadeira de rodas e nela posso ir a qualquer lugar neste andar. Isso significa muito quanto a cuidar de si próprio e dar para as pessoas ao seu redor uma oportunidade de respirar (neste caso, para a Milly). E o médico diz que tudo isso se deve ao jogo. Então, temos os outros, muitos outros, bem aqui, nesta cidade, a respeito dos quais ouço notícias o tempo todo. Nellie Mahoney quebrou o pulso e ficou tão contente por não ter sido a perna que nem se importou com o caso. A velha senhora Tibbits perdeu a audição, mas está tão contente por não ter sido a visão, que na verdade está mais feliz.

Lembra do Joe, que era estrábico, e que costumavam chamá-lo de "Joe Atravessado", por conta de seu temperamento? Era como eu, nada lhe agradava. Bem, alguém o ensinou a jogar e isso fez dele um homem diferente. E ouça, querida. Não é só nesta cidade, mas em outros lugares. Ontem recebi uma carta de uma prima em Massachusetts e ela me contou a respeito da senhora Tom Payson, que costumava morar aqui. Lembra-se deles? Viviam no caminho para a Colina Pendleton.

– Ah, sim, eu me lembro deles – exclamou Pollyanna.

– Bem, eles se mudaram daqui no inverno em que você passou no sanatório e foram para Massachusetts, onde a minha irmã mora. Ela conhece todos muito bem. Ela diz que a senhora Payson lhe contou tudo a seu respeito e como o seu jogo do contente os salvou realmente de um divórcio. E agora, eles não só o jogam entre si, mas ensinaram muitos outros a jogar por lá, e *ainda* estão ensinando mais. Então, minha querida, você percebe que não há como prever onde este seu jogo irá parar? Eu queria que soubesse; pensei que pudesse ajudar... inclusive você... a jogá-lo às vezes. Pois não pense que não entendo que *é* difícil praticar seu próprio jogo... às vezes.

Pollyanna ficou em pé. Ela sorriu, mas os olhos brilharam com lágrimas, ao esticar a mão para se despedir.

– Grata, senhora Snow – disse com a voz trêmula. – *É* difícil, às vezes; e talvez eu precisasse *mesmo* de um pouco de ajuda com o meu próprio jogo. Mas, de alguma forma, agora – seus olhos brilharam com alegria antiga –, se a qualquer momento eu pensar que não consigo praticar o jogo, poderei lembrar que posso ficar contente *sempre* pelo fato de haver outras pessoas jogando!

Pollyanna caminhou para casa um tanto quanto séria naquela tarde. Ficou sensibilizada pelo que a senhora Snow dissera, mas ainda havia certa tristeza em tudo. Pensava na tia Polly, que agora se lembrava do jogo tão raramente, e se perguntava se ela mesma jogava sempre que podia.

"Talvez eu não tenha sido sempre cuidadosa em captar o lado alegre das coisas que a tia Polly fala", pensou, com indefinível sentimento de culpa, "e talvez, se eu mesma jogasse melhor, a tia também o jogasse... um pouco. De qualquer jeito, vou tentar. Se não prestar atenção, essas outras pessoas acabarão jogando o meu próprio jogo melhor que eu!"

CAPÍTULO 26
JOHN PENDLETON

FOI SÓ UMA SEMANA antes do Natal que Pollyanna enviou seu conto (agora bem datilografado) para o concurso. Os vencedores não seriam anunciados antes de abril, segundo o aviso da revista, assim ela se preparou para a longa espera com sua característica e filosófica paciência.

"Não sei como, mas, de algum modo, estou contente que demore tanto", pensou consigo mesma, "pois durante o inverno inteiro me alegrarei pensando que *talvez* eu possa ganhar o primeiro prêmio, em vez de um dos outros, ou ainda *imaginar* que ganharei; então, caso não ganhe, não terei ficado infeliz. Ao passo que, se eu não ganhar, não terei ficado infeliz durante todas essas semanas; e então posso ficar contente com um dos prêmios menores." Que havia a chance de ela não ganhar prêmio *nenhum* nem passava por sua cabeça. De seu ponto de vista, a história, tão bem datilografada por Milly Snow, parecia quase tão boa quanto se já estivesse impressa.

O Natal não foi uma época feliz na residência dos Harrington naquele ano, apesar dos grandes esforços de Pollyanna em alegrá-la. Tia

CAPÍTULO 26

Polly se recusou a permitir qualquer tipo de comemoração no dia e tornou essa sua atitude tão evidente que a moça não pôde dar nem o mais simples dos presentes.

Na noite de Natal, John Pendleton as visitou. A senhora Chilton pediu licença, mas Pollyanna, extenuada do longo dia com a tia, recebeu-o com alegria. Mas mesmo aí ela percebeu algo que maculou a alegria, pois John Pendleton trouxera consigo uma carta de Jimmy, a qual não continha nada além de planos dele com a senhora Carew para realizar uma magnífica celebração de Natal no Lar das Garotas Trabalhadoras: e Pollyanna, mesmo envergonhada de admitir a si mesma, não sentia vontade de ouvir sobre celebrações de Natal naquele momento – menos ainda das de Jimmy.

John Pendleton, entretanto, não estava pronto para deixar o assunto de lado, mesmo quando a carta tinha sido lida.

– Grandes feitos... aqueles! – exclamou, dobrando a carta.

– Sim, com certeza, muito bons! – murmurou Pollyanna, tentando falar com cuidadoso entusiasmo.

– E é hoje também, não é? Eu gostaria de visitá-los bem agora.

– Sim – murmurou Pollyanna de novo, com um entusiasmo ainda mais estudado.

– A senhora Carew sabia o que queria quando pediu para o Jimmy ajudá-la, acho – riu o homem. – Mas me pergunto se o Jimmy gosta disso: brincar de Papai Noel com umas cinquenta garotas ao mesmo tempo!

– Ora, é claro que ele está adorando – afirmou Pollyanna, erguendo um pouco o queixo.

– Pode ser, mas vamos concordar que é um tanto diferente de aprender a construir pontes.

– Ah, sim!

– Mas arrisco pelo Jimmy e aposto que aquelas moças jamais se divertiram tanto quanto com aquilo que ele lhes reservou para hoje à noite também.

– S... sim, é claro – gaguejou Pollyanna, tentando evitar o odiado tremor em sua voz e tentando ainda mais *não* comparar sua noite melancólica em Beldingsville (com ninguém além de Pendleton) àquela das cinquenta garotas em Boston... com o Jimmy.

Seguiu-se uma breve pausa, durante a qual o senhor Pendleton observou, em devaneio, o fogo dançando na lareira.

– Ela é uma senhora formidável... a senhora Carew! – ele completou, finalmente.

– Com certeza, ela é! – Desta vez, o entusiasmo na voz da moça era autêntico.

– Antes disso, o Jimmy me escreveu algo a respeito do que ela fez por aquelas garotas – continuou o homem, ainda olhando o fogo. – Na última carta antes desta, ele escreveu muito sobre isso e sobre ela. Contou que sempre a admirou, mas nunca tanto quanto agora, quando ele consegue perceber como ela é realmente.

– A senhora Carew é muito querida... se é! – declarou Pollyanna, com carinho. – Ela é um amor de todo jeito, e eu a adoro.

John Pendelton se sobressaltou de repente. Ele se voltou para a garota com um olhar muito estranho.

– Eu sei que sim, minha querida. E em relação a isso, podem existir outras pessoas... que a amem.

O coração de Pollyanna deu um salto no peito. Um pensamento inesperado lhe ocorreu com uma força impressionante que a cegou. *Jimmy*! Será que o senhor Pendleton subentendia que o Jimmy gostava dela *daquela* forma?

– O senhor que dizer... – hesitou ela. Não conseguia concluir.

Com um tique nervoso peculiar, ele ficou em pé.

– Eu me referia às garotas, é claro – respondeu ele suavemente, ainda com um sorriso estranho. – Não acredita que aquelas cinquenta garotas a adorem quase até a morte?

Pollyanna respondeu "sim, claro" e murmurou algo a mais em resposta ao comentário seguinte do senhor Pendleton. Mas seus pensamentos estavam tumultuados, e ela deixou que ele conduzisse a maior parte da conversa pelo restante da noite.

John Pendleton tampouco parecia avesso a isso. Inquieto, ele deu uma ou duas voltas ao redor da sala, então tornou a se sentar no lugar anterior. Quando falou, era a respeito do antigo assunto, a senhora Carew.

– Estranho... aquele Jamie dela, não é? Eu me pergunto se ele é sobrinho dela.

Como Pollyanna não lhe respondeu, ele continuou, após um minuto de silêncio.

– De qualquer jeito, ele é legal. Gosto dele. Há algo de bom e sincero nele. Ela é muito ligada a ele. Está claro, para quem quiser perceber, não importa se ele é realmente parente ou não.

Houve outra pausa, e então, com uma voz ligeiramente alterada, ele disse:

– Ainda assim, é estranho também, quando penso nisso, que ela nunca tenha... tornado a se casar. Com certeza, ela é uma mulher muito bonita. Não acha?

– Sim... sim, de fato, ela é – precipitou-se a responder Pollyanna – uma mulher... muito bonita.

Ela fez uma breve pausa ao final do comentário. Foi só então que ela vislumbrou seu próprio rosto no espelho à frente... E de seu ponto de vista, Pollyanna nunca se viu como "uma mulher muito bonita".

John Pendleton divagou e divagou, pensativo e contente, com os olhos fixos no fogo. Que Pollyanna respondesse aos seus comentários ou não, isso não parecia perturbá-lo. Tampouco parecia sequer notar se o escutava ou não. Parecia que queria apenas falar; mas, finalmente, pareceu ficar relutante e se despediu.

Por quase meia hora, já cansada, Pollyanna ansiou que ele se fosse: queria ficar só; mas quando ele se foi, ela desejou que voltasse. De repente, notou que não queria ficar sozinha com seus pensamentos.

Agora, tudo ficara totalmente claro para Pollyanna: Jimmy gostava da senhora Carew. Foi a razão de ele ficar rabugento e inquieto após ela ter partido. Foi a razão de ele ter aparecido tão pouco para vê-la, sua velha amiga. Foi a razão de ele...

Inúmeros pequenos fatos do verão passado se agruparam na memória de Pollyanna agora, testemunhas mudas que não poderiam ser negadas.

E por que ele não gostaria dela? Ela, com certeza, era bonita e charmosa. É verdade que era mais velha que Jimmy, mas jovens casavam muitas vezes com mulheres mais velhas. E, caso eles se amassem...

Pollyanna chorou até dormir naquela noite.

De manhã, tentou encarar as coisas com coragem. Tentou até, com um sorriso lacrimoso, colocar as coisas em teste com o jogo do contente. Então, se lembrou de algo que a Nancy lhe falara há anos: "Si *existi* pessoas no *mundu* pra quem o *jogu du contenti* não *faiz* diferença, é um casal de *enamorados* brigando!".

"Não que estejamos 'brigando' ou que sejamos 'enamorados'", pensou Pollyanna, corando, "mas é igual: posso ficar contente que *ele* esteja contente e ainda que *ela* esteja contente também, só que..." Mesmo para si, ela não conseguiu finalizar essa sentença.

Tendo tanta certeza de que o Jimmy e a senhora Carew estivessem apaixonados, Pollyanna ficou particularmente sensível a qualquer coisa que reforçasse essa crença. E estando sempre atenta a isso, ela percebia as coisas como era de se esperar. Primeiro, nas cartas da senhora Carew.

"Vejo bastante o seu amigo, o jovem Pendleton", escreveu a senhora Carew certo dia, "e gosto mais e mais dele. Desejaria, entretanto, apenas por curiosidade, que pudesse saber de sua origem, devido ao elusivo sentimento de tê-lo visto antes, em algum lugar."

Frequentemente, após isso, ela o mencionava ocasionalmente; e na casualidade dessas referências é que se encontrava o ferrão mais pontiagudo, por mostrar, sem sombra de dúvida, que Jimmy e a presença dele constituíam agora, para a senhora Carew, uma realidade. De outras fontes, Pollyanna também encontrou combustível para o fogo de suas suspeitas. Com mais e mais frequência, John Pendleton "dava uma passadinha" com histórias sobre o Jimmy e o que ele fazia; e sempre, aqui e ali, havia menções à senhora Carew. A pobre Pollyanna se perguntava, de fato, às vezes, se o senhor Pendleton conseguiria falar de qualquer outra coisa que não fosse a senhora Carew e Jimmy, de tantas vezes que um ou outro nome lhe surgiam nos lábios.

CAPÍTULO 26

Ainda havia as cartas de Sadie Dean, e elas falavam de Jimmy e do que ele fazia para auxiliar a senhora Carew. Até o Jamie, que escrevia ocasionalmente, contribuiu com sua pitada, por escrever certa noite:

"São dez horas da noite. Estou sentado sozinho, esperando que a senhora Carew volte para casa. Ela e o Pendleton saíram para um dos usuais encontros sociais na Casa."

Do Jimmy mesmo, Pollyanna recebia notícias raramente; e por isso, ela dizia a si que deveria *ficar contente*.

"Pois se ele não conseguir escrever *nada* que não seja a respeito da senhora Carew e daquelas garotas, fico contente que não escreva com muita frequência!", suspirou ela.

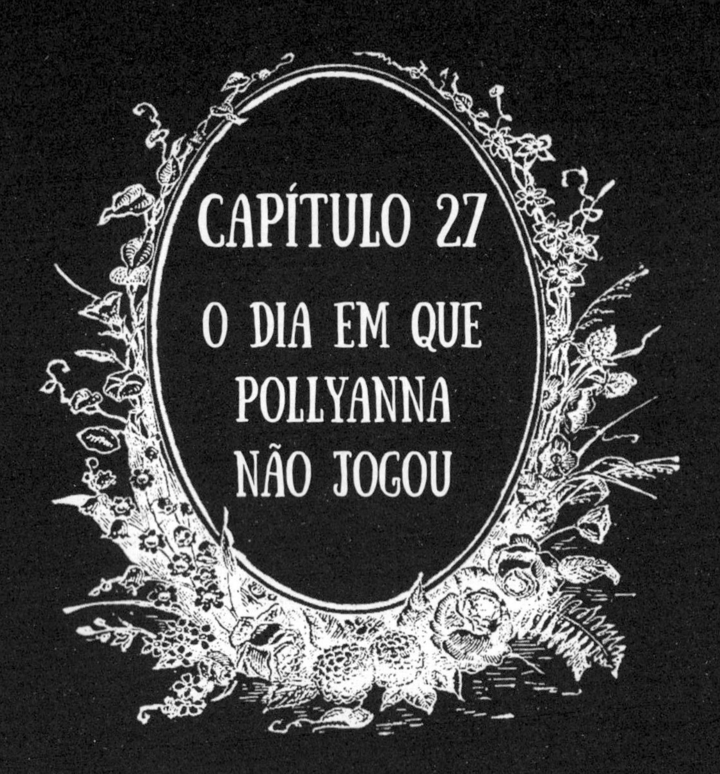

CAPÍTULO 27

O DIA EM QUE POLLYANNA NÃO JOGOU

E ASSIM PASSARAM os dias de inverno... um a um. Janeiro e fevereiro se foram com a neve e a chuva, e março chegou com uma ventania que assobiava e gemia ao redor da velha casa, abrindo e balançando as persianas, sacudindo os portões que rangiam, levando o estado de nervos já fragilizado ao limite.

Durante esses dias, Pollyanna não estava achando fácil se ater ao jogo, embora o fizesse fielmente, com valentia. Tia Polly simplesmente não jogava, o que certamente não facilitava as coisas para a jovem. Tia Polly estava triste e desanimada. Tampouco se sentia bem, e ela havia se abandonado em uma tristeza profunda.

Pollyanna ainda contava com o prêmio do concurso. No entanto, sua expectativa caíra do primeiro prêmio para um dos menores: ela estivera escrevendo mais contos, e a regularidade com que eles voltavam de sua peregrinação até os editores de revistas começava a estremecer sua fé em seu sucesso como autora.

"Bom, posso ficar contente que a tia Polly não saiba nada a esse respeito, de qualquer jeito", declarou Pollyanna a si mesma, retorcendo entre os dedos um pedaço de papel que dizia "recusado com agradecimento", rebocando mais um conto naufragado. "Ela *não deve* se preocupar com isso – ela não deve saber nada a respeito."

Toda a vida de Pollyanna durante esses dias girava ao redor de sua tia, e era de se duvidar se mesmo a tia Polly tinha consciência do quanto se tornara exigente e do quanto a sobrinha se dedicava integralmente a ela.

Foi em um dia especialmente sombrio de março que as coisas chegaram, de certa forma, a um clímax. Pollyanna, ao levantar, olhara o céu com um suspiro – tia Polly sempre ficava mais difícil em dias nublados. Entretanto, cantando uma cançãozinha alegre, que ainda parecia um tanto forçada, ela desceu à cozinha e começou a preparar o café da manhã.

– Acho que vou preparar alguns bolinhos de milho – disse ela confiantemente ao fogão –, então, talvez, a tia Polly não se importe tanto... com as outras coisas.

Meia hora mais tarde, ela bateu na porta da tia.

– Acordada tão cedo? Ora, que bom! E já ajeitou o cabelo sozinha?

– Não conseguia dormir. Tive que levantar – suspirou a tia, cansada. – Tive que ajeitar o meu cabelo também. *Você* não estava aqui.

– Mas não achei que estivesse pronta para mim, titia – explicou Pollyanna com pressa. – Enfim, não faz mal. Ficará contente por eu não estar aqui quando descobrir o que estive fazendo.

– Bem, acho que não... não nesta manhã – respondeu a tia, franzindo a testa de forma perversa. – Ninguém poderia ficar contente nesta manhã. Olhe a chuva! É o terceiro dia chuvoso da semana.

– É verdade, mas sabe que o sol parece muito mais maravilhoso depois que chove muito, como agora? – Pollyanna sorriu, ajeitando com habilidade um pouco de renda e fita no pescoço da tia. – Agora venha, o café da manhã está pronto. Espere só para ver o que preparei para a senhora.

No entanto, naquela manhã a tia Polly não pretendia se distrair nem com bolinhos de milho. Nada estava certo, nada era tolerável segundo ela; e a paciência da moça foi posta a duras provas até o final da refeição. Para piorar as coisas, descobriu-se que o telhado sobre a janela do sótão a leste estava vazando, e uma carta desagradável chegou pelo correio. Pollyanna, fiel a sua crença, declarou que, de sua parte, estava contente... porque tinham um teto para vazar; e, quanto à carta, ela a esperava há uma semana, de qualquer forma, então estava contente que não precisaria se preocupar mais com sua chegada. Ela não *poderia* chegar porque já *havia* chegado... E fim da história.

Tudo isso, somado a diversos outros obstáculos e perturbações, atrasou o trabalho costumeiro matinal até bem mais tarde... Algo quase sempre particularmente desagradável para a metódica tia que orientava a sua vida, de preferência, pelo tique-taque do relógio.

– Mas, Pollyanna, já são três e meia! Sabia disso? – bradou ela, sem paciência. – E você ainda não fez as camas!

– Não, querida, mas farei. Não se preocupe.

– Mas você escutou o que eu disse? Olhe o relógio, menina! Já passou das três horas da tarde!

– É sim, mas não se preocupe, tia Polly. Podemos ficar contentes que não passou das quatro.

Tia Polly fungou com desdém:

– Suponho que *você* possa! – observou, com azedume.

Pollyanna riu.

– Veja, titia, os relógios *são* coisas convenientes quanto paramos para pensar neles. Descobri isso há muito tempo, no sanatório. Quando fazia algo de que gostava e *não queria* que o tempo passasse rápido, prestava atenção no ponteiro da hora e sentia que eu tinha muito tempo, pois o ponteiro andava devagar. Então, em outros dias, quando tinha que fazer algo que doía durante uma hora, por exemplo, eu ficava de olho no ponteiro de segundos, e então sentia como se o velho Tempo estivesse apenas se esforçando para me ajudar a passá-lo tão depressa quanto fosse possível. Agora, eu estou olhando o ponteiro das horas, pois não quero que o Tempo passe rápido, entendeu? – Ela piscou maliciosamente e se apressou a sair da sala, antes que a tia tivesse tempo para responder.

Foi certamente um dia difícil, e à noite Pollyanna parecia pálida e extenuada. Isso também era motivo de preocupação para a tia.

CAPÍTULO 27

– Minha nossa, criança, você parece cansada de tudo! – Ela se irritou. – *Não sei* o que faremos! Suponho que, para ajudar, você *ficará* doente!

–Besteira, titia! Não estou nem um pouco doente – declarou a moça, jogando-se com um suspiro no sofá. – Mas estou *cansada*. Puxa! Como este sofá parece bom! Estou contente por me sentir cansada, pois é tão gostoso descansar.

Tia Polly se voltou com um gesto de impaciência.

– Contente, contente, contente! É claro que está contente, Pollyanna. Você está sempre contente por tudo. Nunca vi uma garota assim. Ah, sim, eu sei que é o jogo – prosseguiu ela, em resposta à expressão do rosto da garota. – E é um jogo muito bom, também; mas acho que você o levou longe demais. Essa doutrina eterna de "poderia ser pior" tem me deixado nervosa, Pollyanna. Sinceramente, seria um grande alívio se você *não ficasse* contente com alguma coisa, vez ou outra.

– Puxa, titia! – Pollyanna se aprumou no sofá.

– Bem, seria, sim. Tente algum dia e você verá.

– Mas, titia, eu... – Pollyanna se interrompeu e observou a tia, refletindo. Um olhar estranho surgiu e um leve sorriso lhe curvou os lábios. A senhora Chilton, que havia voltado ao trabalho, não lhe deu atenção; após um minuto, Pollyanna tornou a se reclinar no sofá, sem terminar a sentença, o sorriso curioso ainda em seus lábios.

Na manhã seguinte, quando Pollyanna saiu da cama, chovia novamente e um vento nordeste ainda assobiava chaminé abaixo. Em frente à janela, ela suspirou involuntariamente, mas seu rosto mudou quase que de imediato:

– Ora, bem, estou contente... – Ela levou as mãos aos lábios. – Puxa... – riu ela, com os olhos alegres. – Vou esquecer, sei que vou, e estragar tudo! Hoje, eu preciso me lembrar de não ficar contente por nada, mas *nada* mesmo!

Pollyanna não fez bolinhos de milho naquela manhã. Começou a preparar o desjejum e depois foi até o quarto da tia.

A senhora Chilton ainda estava na cama.

– Vejo que ainda chove, como de costume – observou a tia, cumprimentando-a.

– Sim, o tempo está horroroso, horroroso demais! – resmungou Pollyanna. – Tem chovido quase todos os dias desta semana também. Odeio este clima!

A tia Polly se virou, a surpresa estampada em seus olhos; mas Pollyanna estava olhando para o outro lado.

– A senhora vai se levantar já? – perguntou, com voz exausta.

– Hã? S-sim... – murmurou a tia, ainda surpresa. – Qual é o problema, Pollyanna? Está muito cansada?

– Sim, estou cansada nesta manhã. E tampouco dormi bem. Odeio ficar sem dormir. As coisas sempre nos assombram à noite, quando estamos acordadas.

– Acho que sei disso – irritou-se a tia. – Eu mesma não preguei o olho após as duas da manhã. E ainda há aquele telhado! Como é que podemos consertá-lo se não para de chover? Você subiu para esvaziar as panelas?

– Ah, sim, e levei mais algumas. Há mais um vazamento agora, um pouco mais acima.

– Outro? Nossa, vai vazar tudo?

Pollyanna abriu a boca. Ela quase disse: “Bem, podemos ficar contentes em poder consertá-lo todo de uma só vez”, quando, de repente, lembrou e substituiu o comentário por outro, com a voz cansada:

– Parece que será assim, titia. É o que parece agora, pelo menos. De qualquer jeito, já ficou ruim o suficiente, e estou cheia disso! – Com essa afirmação, feita com o rosto cuidadosamente virado, ela saiu do quarto, apática.

– É tão engraçado e tão... tão difícil, estou com medo de me confundir toda – murmurou ela, ansiosamente, e se apressou escada abaixo para a cozinha.

Atrás dela, a tia Polly, em seu quarto, seguiu-a com os olhos ainda perplexos.

Tia Polly teve inúmeras ocasiões mais, antes das seis da tarde, para observar Pollyanna com um olhar surpreso e questionador. Nada parecia correto para a sobrinha. O fogo não pegava, o vento soltou

CAPÍTULO 27

uma mesma persiana três vezes e ainda uma terceira goteira foi descoberta no telhado. O correio trouxe uma carta que a fez chorar (embora nenhuma pressão por parte da tia a persuadisse a lhe contar a razão). Até o jantar deu errado, e inúmeras coisas aconteceram à tarde para suscitar observações desanimadas e irritadas.

Só depois de ter passado mais da metade do dia que um olhar repentino de astuta suspeita lutou por supremacia contra outro, de questionamento confuso, nos olhos da tia. Se Pollyanna percebeu, não demonstrou. Certamente, seu mau humor e descontentamento não se abateram. Muito antes das seis horas, entretanto, a suspeita nos olhos da tia se tornou convicção e levou o questionamento confuso a uma vergonhosa derrota. Mas, curiosamente, então, um novo olhar tomou-lhe conta, um que levava a uma centelha de diversão.

Finalmente, após uma reclamação particularmente triste por parte de Pollyanna, tia Polly jogou as mãos para o alto, com um gesto de desespero um tanto brincalhão.

– Já basta, já basta, mocinha! Eu desisto! Eu me confesso vencida em meu próprio jogo. Você pode ficar... *contente* por aquilo que quiser – concluiu ela, com um sorriso severo.

– Eu sei, titia, mas a senhora disse... – começou Pollyanna recatadamente.

– Sei, sei, mas nunca vou fazer isso de novo – interrompeu a tia, enfaticamente. – Misericórdia, que dia foi este! Nunca mais quero passar por um desses. – Ela hesitou, corou um pouco, então continuou, com evidente dificuldade: – Além disso, eu... quero que saiba que... que eu entendo que não venho jogando ultimamente... muito bem; mas, depois disso, vou... vou tentar. *Onde* está o meu lencinho? – concluiu rapidamente, apalpando as dobras do vestido.

Pollyanna saltou do assento e correu instantaneamente para o lado da tia.

– Ora, titia, eu não queria... Foi só uma... brincadeira – gaguejou ela, sem graça. – Nunca pensei que levaria para esse lado.

– É claro que não! – Foi a resposta ríspida, com toda a severidade de uma mulher austera e reprimida, que odeia cenas de sentimento e que tem um medo mortal de demonstrar que seu coração foi tocado.

– Não acha que eu não sei que não pretendia isso? Você acha que, se eu acreditasse que pretendia me ensinar uma lição, eu... eu... – Mas os braços fortes de Pollyanna a envolveram num abraço apertado, e ela não conseguiu terminar a sentença.

CAPÍTULO 28
JIMMY E JAMIE

POLLYANNA NÃO FOI A única a achar o inverno muito rigoroso. Em Boston, Jimmy Pendleton, apesar do esforço incansável para ocupar seu tempo e pensamentos, descobria que nada conseguia apagar sua visão de certo par de olhos azuis risonhos e nada era capaz de suprimir de sua lembrança certa voz alegre e muito querida.

Jimmy se dizia que, se não fosse pela senhora Carew e pelo fato de que poderia ser útil para ela, a vida não valia a pena ser vivida. Mesmo na casa da senhora Carew nem tudo era alegria, pois sempre havia Jamie, e ele trazia pensamentos sobre Pollyanna – pensamentos tristes.

Por estar totalmente convencido de que Jamie e Pollyanna se gostavam e também por estar igualmente convencido de que ele mesmo estava preso pela honra ao proporcionar a Jamie o caminho totalmente livre, nunca lhe ocorreu questionar mais. Ele não gostava de falar ou de ouvir sobre Pollyanna. Sabia que tanto Jamie quanto a senhora Carew tinham notícias dela; e quando eles falavam a respeito da moça, ele se forçava a ouvir, apesar do aperto em seu coração.

Mas Jimmy sempre mudava de assunto assim que possível e limitava suas próprias cartas a ela aos bilhetes mais breves e raros possíveis. Pois, para Jimmy, uma Pollyanna que não fosse dele nada mais era que uma fonte de dor e infelicidade. Ele ficou muito contente quando chegou a hora de deixar Beldingsville e assumir os estudos novamente em Boston: descobriu que ficar perto de Pollyanna – e, no entanto, tão longe dela – era nada mais que tortura.

Em Boston, com toda a febre de uma mente inquieta que busca distração, ele se atirou na execução dos planos da senhora Carew para suas amadas garotas trabalhadoras e, como esse tempo podia ser descontado de suas horas de estágio ele se devotava a esse trabalho, para total satisfação e gratidão da senhora Carew.

E assim, para Jimmy, o inverno passou e chegou a primavera: uma estação alegre e florida, repleta de brisas leves, chuvas amenas e botões verdes e tenros que se expandiam em profusão de flores e fragrância. No entanto, para ele, tratava-se de algo bem diferente de uma primavera alegre, pois em seu coração não havia nada além de um inverno tenebroso de desgosto.

"Se ao menos eles se decidissem e anunciassem o noivado de uma vez por todas", murmurava Jimmy para si mesmo, cada vez mais frequentemente nos últimos dias. "Se ao menos eu *soubesse* de alguma coisa com certeza, acho que conseguiria aguentar melhor!"

Então, certo dia no fim de abril, ele teve seu desejo realizado – parte dele, pelo menos: soube de "alguma coisa com certeza".

Eram dez horas de uma manhã de sábado, e Mary, da casa da senhora Carew, havia conduzido o rapaz até a sala de música com um bem treinado: "Vou avisar a senhora Carew que o senhor está aqui. Acho que ela está à sua espera".

Na sala de música, Jimmy se viu levado a parar subitamente pela visão de Jamie ao piano, com os braços estendidos sobre o móvel e a cabeça pendida sobre ele. Pendleton quase se virou para dar meia-volta em discreta retirada, quando o homem ao piano ergueu a cabeça, mostrando duas bochechas coradas e um par de olhos brilhantes e febris.

– Ora, Carew – gaguejou Jimmy, chocado –, aconteceu alguma coisa?

CAPÍTULO 28

– Aconteceu! Aconteceu! – anunciou o jovem portador de deficiência, agitando as duas mãos; em cada uma havia, Pendleton observava agora, uma carta aberta. – Tudo aconteceu! O que acharia se passasse toda a sua vida em uma prisão e, de repente, visse os portões se abrirem totalmente? O que acharia se em um instante pudesse pedir à garota que ama para ser sua esposa? O que acharia se... Mas, ouça! Você deve achar que sou louco, mas não sou. Talvez eu seja, afinal... louco de felicidade. Quero te contar, posso? Preciso contar para alguém!

Pendleton ergueu a cabeça. Era como se, inconscientemente, estivesse se preparando para o golpe. Empalideceu um pouco; mas sua voz estava bastante firme quando respondeu:

– Claro que sim, amigo. Ficarei... muito contente em ouvi-lo.

Carew, no entanto, mal esperou pelo consentimento. Ele se apressou, de forma um tanto incoerente:

– Não seria grande coisa para você, claro. Você tem dois pés e sua liberdade. Tem suas ambições e suas pontes. Mas... para mim é tudo. É a oportunidade de ter a vida de um homem e fazer o trabalho de um homem de verdade, talvez... mesmo que não sejam represas e pontes. É uma coisa! E que provei agora que *posso fazer*! Ouça. Nesta carta, há o anúncio de uma pequena história minha que ganhou o primeiro prêmio (três mil dólares) em um concurso. Nesta outra carta aqui, uma grande editora aceita com entusiasmo lisonjeiro meu primeiro manuscrito para a publicação de um livro. E as duas chegaram aqui hoje... esta manhã. Você acha que estou louco por estar feliz?

– Não! Claro que não! Parabéns, Carew, de todo meu coração – exclamou Jimmy, calorosamente.

– Obrigado! E você pode mesmo me felicitar. Pense no que isso significa para mim. Pense no que significa se, aos poucos, eu conseguir ficar independente, como um homem de verdade. Pense no que isso significa se eu puder, algum dia, deixar a senhora Carew orgulhosa e feliz por ela ter dado a um deficiente um lugar em sua casa e em seu coração. Pense no que significa, para mim, ser capaz de dizer à garota que amo que, de fato, eu a amo!

– Sim, claro, rapaz! – Jimmy falou com firmeza, embora ele tivesse empalidecido agora.

– Claro, talvez eu não deva ainda fazer essa última ação, ainda não – retomou Jamie, com uma nuvem rápida obscurecendo o semblante alegre de felicidade. – Ainda estou preso a estas... coisas. – Ele bateu nas muletas ao seu lado. – Não posso me esquecer, claro, daquele dia no bosque no verão passado quando vi Pollyanna... Percebi que sempre terei de correr o risco de ver a garota que amo em perigo e não conseguir ajudá-la.

– Ah, mas Carew... – começou o outro, com a voz rouca.

Carew ergueu uma mão ditatorial.

– Sei o que você vai dizer, mas não faça isso. Você não pode entender. Você não está preso a duas muletas. Você fez o salvamento, não eu. Então percebi como seria, sempre, comigo e com... Sadie. Eu teria de me postar ao lado e ver outros...

– *Sadie*! – interrompeu-o Jimmy, abruptamente.

– Sim, Sadie Dean. Você parece surpreso. Não sabia? Não suspeitava... como eu me sentia em relação a ela? – exclamou Jamie. – Será que consegui manter segredo? Tentei, mas... – ele terminou com um sorriso leve e um gesto meio desesperado.

– Com certeza, guardou bem o segredo, amigo... Pelo menos para mim – exclamou Jimmy, feliz. A cor havia voltado totalmente ao rosto de Jimmy, e seus olhos, de repente, estavam muito brilhantes. – Então é a Sadie. Que bom! Eu felicito você de novo: felicito, sim, felicito sim, como a Nancy costuma dizer – Jimmy até balbuciava de tanta felicidade e agitação agora, tão grande e maravilhosa era a reação com a descoberta de que Sadie (e não Pollyanna) era a amada de Jamie.

Jamie corou e balançou a cabeça, com um pouco de tristeza.

– Nada de parabéns... ainda. Veja, eu não falei com ela ainda... mas acho que talvez ela já saiba. Eu imaginava que todos soubessem. Diga, quem você imaginava que fosse, se não era a Sadie?

Jimmy hesitou. Então, com um pouco de precipitação, ele soltou:

– Bem, pensei que fosse a... Pollyanna.

Jamie sorriu e depois apertou os lábios.

– Pollyanna é uma garota charmosa, e eu a amo... mas não desse modo, nem ela me ama desse jeito. Além disso, acho que outra pessoa teria algo a dizer sobre isso, hein?

CAPÍTULO 28

Jimmy corou como um garoto alegre e consciente.

– Verdade? – desafiou ele, tentando tornar sua voz adequadamente impessoal.

– Claro! John Pendleton.

– *John Pendleton*? – espantou-se Jimmy.

– E o que tem o John Pendleton? – questionou uma voz nova; e a senhora Carew se adiantou, com um sorriso.

Jimmy, cujas orelhas, pela segunda vez em cinco minutos, o mundo havia colidido em fragmentos, mal se recompôs para emitir um cumprimento tímido. Mas Jamie, imperturbável, virou-se com um ar triunfante de confiança.

– Nada; é só que eu disse que acreditava que John Pendleton teria algo a dizer sobre Pollyanna amar alguém... além dele.

– *Pollyanna*? *John Pendleton*? – A senhora Carew sentou-se repentinamente na poltrona mais próxima. Se os dois homens diante dela não estivessem tão profundamente absortos em suas próprias questões, teriam percebido que o sorriso havia desaparecido dos lábios dela e que um olhar estranho, quase como de medo, surgiu em seus olhos.

– Com certeza – insistiu Jamie. – Vocês dois estavam cegos no verão passado? Ele não ficou bastante tempo com ela?

– Bem, pensei que ele ficou bastante... com todos nós – murmurou a senhora Carew, com a voz um tanto baixa.

– Não tanto quanto tivesse ficado com ela – insistiu ele. – Além disso, já se esqueceu daquele dia quando falávamos sobre John Pendleton se casar? Pollyanna corou, gaguejou e finalmente disse que ele já *tinha pensado* em se casar, uma vez. Bem, fiquei imaginando então se não havia *algo* entre eles. Não se lembra?

– Sim, acho que sim... agora que está falando – murmurou a senhora Carew novamente. – Mas me esqueci disso completamente.

– Ah, mas posso explicar isso – interrompeu Jimmy, molhando os lábios secos. – John Pendleton *teve* um caso no passado, mas foi com a mãe de Pollyanna.

– A mãe de Pollyanna? – exclamaram duas vozes surpresas.

– Sim, ele a amou anos atrás, mas ela não sentia nada de especial por ele, pelo que entendi. Ela tinha outro amor (um pastor), e se casou com ele: o pai de Pollyanna.

– Ah! – suspirou a senhora Carew, inclinando-se pra frente, de repente, na poltrona. – E é por isso que ele... nunca se casou?

– Isso – confirmou Jimmy. – Então, vejam, não há nada de concreto nessa ideia... de que ele sente algo por Pollyanna. Era pela mãe dela.

– Ao contrário, acho que isso acrescenta mais coisas à minha ideia – declarou Jamie, agitando a cabeça, como se soubesse de algo. – Acho que isso deixa o meu caso ainda mais forte. Ouça. Ele amou a mãe no passado. Não pôde tê-la. O que seria mais natural que amar a filha agora... e conquistá-la?

– Ora, Jamie, você é um incorrigível tecelão de histórias! – reprovou a senhora Carew, com uma risada nervosa. – Isso não é romance de folhetim, é vida real. Ela é jovem demais para ele. Ele precisa se casar com uma mulher, não com uma garota. Isto é, se ele se casar com alguém, quero dizer – gaguejou ela, corrigindo-se, com um súbito rubor colorindo seu rosto.

– Talvez, mas e se ele se apaixonar por uma *garota*? – Jamie argumentou com teimosia. – E realmente, parem para pensar. Recebemos alguma carta dela em que Pollyanna não tenha contado sobre as visitas dele? E você sabe como ele *sempre* fala dela em suas cartas.

Subitamente, a senhora Carew se levantou.

– Sim, eu sei – murmurou ela, com um gesto um pouco estranho, como se estivesse jogando algo desagradável para fora. – Mas... – A mulher não terminou a sentença e, um instante depois, deixou a sala.

Quando retornou cinco minutos depois, ela descobriu, muito surpresa, que Jimmy tinha ido embora.

– Puxa, achei que ele ia conosco ao piquenique das garotas! – exclamou.

– Eu também! – Jamie franziu a testa. – Mas logo ele estava se desculpando sobre algo inesperado que o forçava a viajar, dizendo que viera para avisar que não poderia ir conosco. De qualquer forma, em seguida, ele já tinha partido. Sabe... – Os olhos de Jamie brilhavam novamente. – Acho que não entendi direito o que ele disse. Eu estava pensando em outra coisa... – E, todo feliz, ele espalhou diante dela as duas cartas que o tempo todo ele mantivera nas mãos.

– Oh, Jamie! – murmurou a senhora Carew, depois de ler as duas cartas. – Como tenho orgulho de você! – Depois, repentinamente, seus olhos se encheram de lágrimas ao observar a alegria inegável que iluminava o rosto de Jamie.

CAPÍTULO 29

JIMMY E JOHN

ERA UM JOVEM DETERMINADO e valoroso que saiu da estação de Beldingsville tarde da noite naquele sábado. E era um jovem ainda mais determinado e valoroso que, antes das dez horas da manhã seguinte, percorreu as ruas silenciosas do bairro no domingo e subiu o morro até a mansão Harrington. Avistando os caracóis loiros dos cabelos amados e familiares de uma cabecinha bem equilibrada que acabava de desaparecer para dentro da casa de verão, o jovem ignorou os convencionais degraus da frente e a campainha, cruzou o gramado e caminhou a passos largos pelo jardim até deparar com a dona dos cachinhos dourados.

– Jimmy! – sobressaltou-se Pollyanna, retraindo-se com olhos animados. – Puxa, de onde você vem vindo?

– De Boston, na noite passada. Eu precisava vê-la, Pollyanna.

– M... me ver? – Pollyanna estava claramente ganhando tempo para se recompor. Jimmy parecia tão grande, forte e *querido* diante da porta da casa de verão que ela temia que seus olhos fossem surpreendidos em admiração perceptível, se não mais.

CAPÍTULO 29

– Sim, Pollyanna, eu queria... isto é, pensei... quero dizer, eu temia... Esqueça tudo, Pollyanna, não posso ficar fazendo rodeios assim. Vou ter que ir diretamente ao ponto. É só isso. Fiquei meio afastado antes, mas agora chega. Não é mais um caso de equidade, ele não é portador de deficiência como Jamie. Tem pés e mãos e cabeça como as minhas e, se ele vencer, terá que ganhar em uma luta justa. Eu *tenho* alguns direitos!

Pollyanna o encarou francamente.

– Jimmy Bean Pendleton, de que cargas-d'água você está falando? – perguntou ela.

O jovem riu envergonhado.

– Não me surpreende que não tenha entendido. Não estou sendo muito claro, não é? Mas acho que não tenho sido muito claro desde ontem... quando descobri pelo próprio Jamie.

– Descobriu o que pelo Jamie?

– Foi o prêmio que começou tudo. Veja só, ele acabou de receber um e...

– Ah, estou sabendo disso – interrompeu Pollyanna, ansiosa. – E não é maravilhoso? Pense nisso: o primeiro prêmio, três mil dólares! Escrevi uma carta para ele ontem à noite. Puxa, quando li o nome dele e percebi que era o Jamie... O *nosso Jamie*... fiquei tão animada que me esqueci totalmente de procurar o *meu* nome. E mesmo quando não encontrei o meu e sabia que não tinha conseguido nada... Quero dizer, fiquei tão animada e satisfeita por Jamie que eu... esqueci... tudo o mais – corrigiu-se Pollyanna, lançando um olhar desanimado para o rosto de Jimmy e ardentemente tentando disfarçar a confissão parcial que havia feito.

No entanto, Jimmy estava concentrado demais em seu próprio problema para perceber o dela.

– Sim, sim, foi ótimo, claro. Fiquei contente por ele. Mas, Pollyanna, foi o que ele disse *depois*... Veja só, até então, eu pensava que... que ele gostava de você... que vocês se gostassem...

– Você achava que Jamie e eu gostássemos um do outro? – exclamou Pollyanna, em cujo rosto, agora, sumia uma cor tímida e delicada.

– Puxa, Jimmy, é a Sadie Dean. Sempre foi a Sadie. Ele falava dela a toda hora. Acho que ela também gosta dele.

– Muito bom! Espero que goste mesmo; mas, veja, eu não sabia. Achava que era Jamie e... você. E pensei que, como ele usa... muletas, que não seria justo se eu... se eu ficasse por perto e tentasse te conquistar.

Pollyanna parou subitamente e pegou uma folha no chão. Ao se erguer, o rosto dela encarava o outro lado.

– Um homem não pode... não pode se sentir justo competindo com outro que... seja portador de deficiência. Então eu... eu fiquei distante e lhe dei a chance; embora isso me magoasse muito, garota. Muito. Então ontem de manhã descobri. Descobri algo mais também. Jamie revelou que há... alguém mais na disputa. Mas não posso ficar de lado por ele, Pollyanna. Não posso... apesar de tudo o que ele fez por mim. John Pendleton é um homem e tem os dois pés para correr. Ele precisa arriscar. Se você gosta dele... se você realmente gosta dele...

Mas Pollyanna havia se virado, com os olhos arregalados.

– *John Pendleton*! Jimmy, do que está falando? Por que está falando sobre... John Pendleton?

Uma enorme alegria transfigurou o rosto de Jimmy. Ele estendeu as mãos.

– Então, você não... você não... Posso ver em seus olhos que você não gosta dele!

Pollyanna se encolheu. Estava pálida e trêmula.

– Jimmy, do que está falando? Do que exatamente? – questionou ela, com um tom comovente.

– Estou dizendo que... você não gosta do tio John, não daquele modo. Você entende? Jamie acha que vocês estavam apaixonados. E então comecei a observar e a achar que... talvez fosse verdade. Ele está sempre falando de você, e claro, havia a sua mãe...

Pollyanna soltou um gemido baixo e cobriu o rosto com as mãos. Jimmy se aproximou e colocou um braço carinhoso em seus ombros, mas Pollyanna tornou a se retrair.

CAPÍTULO 29

– Pollyanna, garota, por favor, não faça isso! Você vai me magoar muito – implorou. – Você não gosta de mim... *nem um pouco*? É isso... e você não quer me dizer?

Ela soltou os braços e o encarou. Ela tinha o olhar de algum animal que está sendo caçado e se sente acuado.

– Jimmy, você *acha*... que ele gosta de mim... daquela forma? – ela balbuciou, mal era um sussurro.

Jimmy balançou a cabeça com impaciência.

– Não se preocupe com isso agora, Pollyanna. É claro que não sei. Como poderia? Mas, querida, não é esta a questão. É você. Se você *não* gosta dele e se puder apenas me dar uma chance... meia chance para me deixar fazê-la gostar de mim... – Ele pegou na mão dela e tentou puxá-la para si.

– Não, não, Jimmy, não devo, não posso! – Ela o empurrou para longe dela com as duas mãos.

– Pollyanna, você não está dizendo que *gosta* dele, está? – O rosto dele empalideceu.

– Não, não, de fato... não desse modo – gaguejou Pollyanna. – Mas... você não vê? Se ele gosta de mim, eu preciso a-aprender a gostar dele, de alguma forma.

– *Pollyanna*!

– Não... não me olhe dessa forma, Jimmy!

– Você está dizendo que se *casaria* com ele, Pollyanna?

– Ah, não! Bem, ora... bem... sim, acho que sim – admitiu ela, com a voz fraca.

– Pollyanna, você não faria isso! Não faria! Pollyanna, você está... me magoando.

Pollyanna deu um leve soluço. O rosto dela estava envolto nas mãos novamente. Por um instante, ela continuou a suspirar; depois, abafou os suspiros e, com um gesto trágico, ergueu a cabeça e olhou diretamente para os olhos angustiados e reprovadores de Jimmy.

– Eu sei, eu sei – balbuciou ela, freneticamente. – Eu também estou com o coração partido. Mas preciso fazer isso. Eu partiria o seu, partiria o meu coração... mas nunca partiria o dele!

Jimmy levantou a cabeça. Os olhos refletiram um súbito brilho. Toda a sua aparência passou por uma mudança rápida e maravilhosa. Com um grito terno e triunfante, ele abraçou Pollyanna e a manteve em seus braços.

– Agora, eu *sei* que você gosta de mim! – ele sussurrou baixinho em seu ouvido. – Você disse que partiria o *seu* coração também. Acha que vou desistir de você em favor de qualquer outro homem sobre a terra? Ah, minha querida, você entende muito pouco de um amor como o meu se acha que vou desistir agora. Pollyanna, diga que me ama... *diga*.

Durante um longo minuto, Pollyanna ficou sem resistir ao terno e firme abraço que a envolvia; depois, com um suspiro que indicava metade intenção e metade renúncia, ela começou a tentar se desvencilhar dele.

– Sim, Jimmy, eu amo você! – Os braços de Jimmy a apertaram mais e a teriam puxado de volta para ele, mas algo no rosto dela o impediu. – Eu o amo muito. Mas nunca poderia ser feliz com você e sentir que... Jimmy, você não percebe, querido? Eu precisaria saber antes... que estou livre.

– Bobagem, Pollyanna! Claro que está livre! – Os olhos de Jimmy agora estavam revoltados novamente.

Pollyanna balançou a cabeça.

– Não com isso pesando sobre a minha cabeça. Você não percebe? Foi a minha mãe que o desiludiu há muito tempo: *a minha mãe*. E todos esses anos ele viveu solitário, sem amor, devido a isso. Se, agora, ele vier a mim e me pedir para tomar essa decisão, eu *seria obrigada*, Jimmy. Eu teria que fazer isso. Eu não poderia *recusar*! Você não percebe?

Mas Jimmy não percebia; ele não via nada. Ele não veria, embora Pollyanna implorasse e argumentasse por muito tempo, lacrimosa. Mas ela também estava inflexível – embora tão doce e desiludidamente inflexível –, que Jimmy, apesar de sua dor e raiva, se sentia quase obrigado a confortá-la.

– Querido Jimmy – falou Pollyanna, finalmente. – Precisamos esperar. É tudo que posso dizer agora. Tomara que ele não goste de mim; eu acho que ele não gosta, mas preciso *saber*. Preciso ter certeza disso. Precisamos esperar um pouco até descobrirmos, Jimmy... Até descobrirmos!

E Jimmy teve que se submeter a esse plano, embora fosse com o coração mais rebelde.

– Tudo bem, garota, será como você diz que tem que ser, claro – desesperou-se ele. – Mas, com certeza, nunca antes um homem ficou esperando por uma resposta até a garota que ele ama (e *que o ama)*, descobrir se outro homem a quer.

– Eu sei, mas veja, querido, nunca antes o outro homem *quis* a mãe dela – suspirou Pollyanna, cujo rosto contraiu-se num semblante ansioso.

– Muito bem, voltarei para Boston, claro – concordou Jimmy com relutância. – Mas não pense que desisti, porque não é o caso. Nunca desistirei, já que sei que você gosta de mim, minha querida – ele terminou, com um olhar palpitante que a fez recuar para longe do alcance de seus braços.

JIMMY RETORNOU A Boston naquela noite em um estado que era praticamente uma mistura atormentadora de felicidade, esperança, ira e revolta. Para trás ele deixou uma garota em um estado de espírito não menos invejável, pois Pollyanna – trêmula e feliz com o pensamento maravilhoso sobre o amor de Jimmy por ela – estava, no entanto, desesperadamente aterrorizada diante da possibilidade de ser amada por John Pendleton também: não há emoção de alegria que não carregue a tormenta da dor.

Felizmente, no entanto, com todas essas pendências, esse estado de coisas não teria longa duração; pois, assim que surgiu a chance, John Pendleton, em cujas mãos involuntárias repousava a chave da situação, menos de uma semana após a visita apressada de Jimmy, girou a chave na fechadura e abriu a porta da dúvida.

John Pendleton visitou Pollyanna no fim da tarde de terça. Aconteceu que ele, como Jimmy, viu Pollyanna no jardim e foi direto ao seu encontro.

Ela, olhando para o rosto dele, sentiu um súbito aperto no coração.

CAPÍTULO 30

"Chegou a hora... chegou a hora!", arrepiou-se ela, que, involuntariamente, virou-se como se fosse fugir.

– Ah, Pollyanna, espere um instante, por favor – chamou o homem, apressando os passos. – É justamente com você que gostaria de falar. Venha, podemos entrar aqui? – sugeriu ele, virando-se na direção da casa de verão. – Queria falar com você sobre... algo.

– O-ora, claro – gaguejou Pollyanna, com uma alegria forçada. Ela sabia que estava corando e desejava não corar especialmente naquele momento. Também não ajudava muito que ele tivesse escolhido ir à casa de verão para conversar. A casa de verão, agora, para Pollyanna, era sagrada devido a certas lembranças queridas de Jimmy. "E pensar que teria que ser aqui... logo *aqui*!", tremia ela, freneticamente. Mas, em voz alta, ela se manifestou, ainda com alegria: – Está uma bela tarde, não é?

Não houve resposta. John Pendleton caminhou para a casa de verão e se deixou cair numa poltrona rústica sem mesmo esperar que Pollyanna se sentasse – um procedimento bastante incomum da parte dele. Ela, espiando nervosamente o rosto dele, achou-o tão surpreendente, como o antigo rosto sério e ácido de suas memórias de infância, que soltou uma exclamação involuntária.

Mesmo assim, o homem não prestou atenção. Ainda carrancudo, ficou sentado imerso nos pensamentos. Por fim, no entanto, ele levantou a cabeça e olhou melancolicamente para os olhos assustados da moça.

– Pollyanna.

– Sim, senhor Pendleton.

– Você se lembra do tipo de homem que eu era quando você me conheceu, anos atrás?

– Bem, claro, s-sim... acho que sim.

– Espécime esplendoroso e agradável da humanidade, não era?

Apesar de sua perturbação, Pollyanna sorriu ligeiramente.

– Eu... *eu* gostava do senhor. – Só depois de dizer essas palavras foi que Pollyanna realmente percebeu como elas poderiam soar. Lutou, então, freneticamente para retomá-las ou então tentar mudá-las, e quase havia adicionado um "isto é, quero dizer, eu gostava *naquela época!*", quando parou bem a tempo: com certeza, *isso* não teria ajudado em nada! Ela aguardou então, temerosa, as próximas palavras de Pendleton. Elas vieram quase imediatamente.

– Sei que sim... Deus abençoe seu pequeno coração! E foi isso que acabou me salvando. Fico pensando, Pollyanna, se algum dia poderei fazê-la perceber exatamente o que sua confiança e amor infantil fizeram por mim.

Pollyanna gaguejou algumas palavras confusas de protesto, mas ele as refutou com um sorriso:

– Ah, sim, foi mesmo! Foi você e ninguém mais. Fico pensando se você se lembra de outra coisa também – continuou o homem, após um momento de silêncio, durante o qual Pollyanna olhou furtiva, mas ardentemente, na direção da porta. – Fico pensando se você se lembra de quando eu disse, certa vez, que nada além da mão ou coração de uma mulher, ou da presença de uma criança, faria um lar.

Pollyanna sentiu o sangue lhe subir ao rosto.

– S... sim, n... não... Quero dizer, sim, eu me lembro disso – hesitou ela –, mas não acho que seja sempre assim agora. Quero dizer, isto é, tenho certeza de que o seu lar seja assim agora... É tão lindo como está e...

– Mas, menina, é sobre o meu lar que estou falando – interrompeu o homem com impaciência. – Pollyanna, você sabe o tipo de lar que eu esperava ter no passado e como essas esperanças foram lançadas por terra. Não pense, querida, que eu esteja culpando a sua mãe, pois não estou. Ela apenas obedeceu ao coração, que estava certo; e ela fez a escolha mais sábia, de qualquer modo, como se provou pela terrível escolha que fiz na vida, devido à frustração. Depois de tudo, Pollyanna, não é estranho – acrescentou ele, com a voz ficando mais terna – que seriam as mãozinhas da própria filha dela que me levariam ao caminho da felicidade, afinal?

Pollyanna umedeceu os lábios, transtornada.

– Ah, mas, senhor Pendleton, eu... eu...

Mais uma vez, o homem recusou seus protestos com um gesto sorridente.

CAPÍTULO 30

– Sim, foi você, Pollyanna, e suas mãozinhas, muito tempo atrás e... seu jogo do contente.

– Ah! – Pollyanna relaxou visivelmente em seu assento. O terror nos olhos dela começou a se dissipar lentamente.

– E então todos estes anos fui me tornando, aos poucos, um homem diferente, Pollyanna. Mas há uma coisa que não mudei, minha querida. – Ele fez uma pausa, olhou para longe; depois, com seriedade, virou os olhos negros e ternos para o rosto dela. – Ainda acho que a mão e o coração de uma mulher ou a presença de uma criança fazem um lar.

– Sim, mas o senhor ainda tem a presença de uma criança – precipitou-se Pollyanna, com o terror voltando aos olhos. – Tem o Jimmy agora, sabe?

O homem soltou uma risada divertida.

– Sei, mas... acho que nem mesmo você diria que Jimmy é... é exatamente a presença de *uma criança*... não mais – enfatizou ele.

– N-não, claro que não.

– Além disso... Pollyanna, já me decidi. Preciso ter a mão e o coração de uma mulher. – Sua voz baixou e tremeu um pouco.

– Ah, é mesmo? – Os dedos de Pollyanna se entrecruzaram em um gesto nervoso. Pendleton, no entanto, parecia nem ouvir nem ver. Ele havia se erguido e nervosamente andava para um lado e para o outro pela pequena casa.

– Pollyanna! – Ele parou e a encarou. – Se você fosse eu, e fosse pedir à mulher que você ama para vir e fazer de sua antiga e cinzenta pilha de pedras um lar, como faria para isso dar certo?

Pollyanna quase saltou da cadeira. Os olhos buscaram o chão, desta vez, abertamente perdidos.

– Ah, mas, senhor Pendleton, eu não faria nada, nada mesmo – gaguejou ela, um pouco nervosa. – Tenho certeza de que o senhor estaria... muito melhor... do jeito que está.

O homem a encarou com franca surpresa, depois sorriu com seriedade.

– Seja sincera, Pollyanna... A situação está tão difícil assim? – questionou ele.

– D-difícil? – Pollyanna parecia estar prestes a decolar dali.

– Sim. Esta é apenas a sua maneira de amortecer o choque para me dizer que acha que ela não me aceitará?

– Ah, não... não mesmo. Ela dirá que sim: ela *terá* que dizer que sim – explicou Pollyanna, com seriedade aterrorizada. – Mas estive pensando – quero dizer, estava pensando... que se... se a moça não amá-lo, o senhor de fato seria mais feliz sem ela e... – Pollyanna parou imediatamente ao ver o olhar que surgiu no rosto de Pendleton.

– Não quero ficar com ela, se ela não me amar.

– Não, achei mesmo que não – Pollyanna começou a parecer um pouco menos distraída.

– Além disso, ela não é mais uma moça – prosseguiu ele. – É uma mulher madura que, presumivelmente, teria sua própria opinião. – A voz do homem era grave e ligeiramente reprovadora.

– Ah-h-h-h! Oh! – exclamou Pollyanna, a felicidade surgia, estampada em seus olhos, que cintilavam de alegria inefável e alívio. – Então o senhor ama... alguém... – Com um esforço quase sobrenatural, Pollyanna engoliu as palavras "outra pessoa" antes que saíssem de seus lábios maravilhados.

– Sim, amo! Eu já não disse que sim? – riu John Pendleton, meio sem graça. – O que quero saber é: será que ela poderá me amar? É aí que eu estou contando com a sua ajuda, Pollyanna. Ela é uma amiga querida sua.

– É mesmo? – surpreendeu-se Pollyanna. – Então ela tem que amar o senhor. Vamos fazê-la amar o senhor! Talvez ela já o ame. Quem é?

Houve uma longa pausa antes de a resposta surgir.

– Acredito, afinal, Pollyanna, que não vou... sim, vou... Não consegue adivinhar? É a senhora Carew.

– Ah! – Pollyanna exclamou, com o rosto estampando alegria óbvia. – Que ótimo! Estou contente, tão CONTENTE!

Uma hora mais tarde, Pollyanna enviou uma carta a Jimmy. Era confusa e incoerente – uma série de sentenças incompletas, sem sentido, mas discretamente alegres, das quais Jimmy adivinhou a maior parte do conteúdo: um pouco pelo que estava escrito e muito mais pelo que não estava escrito. Afinal, ele precisava de mais do que isso?

"Ah, Jimmy, ele não me ama nem um pouco. É outra pessoa. Não posso revelar quem é, mas o nome dela não é Pollyanna."

Jimmy mal teve tempo de pegar o trem das sete horas para Beldingsville... mas o pegou.

CAPÍTULO 31

DECORRIDOS MUITOS ANOS

POLLYANNA FICOU TÃO feliz naquela noite após ter enviado a carta para Jimmy que mal conseguia se conter. Antes de ir para a cama, ela sempre dava uma passada no quarto da tia para ver se ela precisava de algo. Naquela noite, depois das perguntas costumeiras, ela se virou para apagar a luz quando um impulso repentino a enviou de volta ao lado da cama da tia. Contendo a respiração, ela ficou de joelhos.

– Tia Polly, estou tão contente que preciso contar para alguém. Eu *quero* te contar. Posso?

– Me contar? Contar o quê, menina? Claro que pode. Você está dizendo, são boas-novas... para *mim*?

– Bem, claro, querida. Acho que sim – Pollyanna corou. – Espero que fique um pouco... *contente* por mim. Claro que Jimmy vai falar com a senhora do jeito certo, algum dia. Mas *eu* queria contar primeiro.

– Jimmy? – O rosto da senhora Chilton mudou visivelmente.

– Sim, quando... quando ele... ele me pedir à senhora – gaguejou Pollyanna, com um fluxo radiante de cor no rosto. – Ah, e-estou tão feliz, eu *precisava* te contar!

CAPÍTULO 31

– Pedir você a mim? Pollyanna! – A senhora Chilton quase saltou da cama. – Você não está insinuando que há algo de *sério* entre você e... Jimmy Bean, está?

Pollyanna se retraiu, desanimada.

– Ora, tia, achei que a senhora *gostasse* de Jimmy!

– E gosto, mas no lugar dele. E esse lugar não é o de marido da minha sobrinha.

– *Tia Polly*!

– Vamos lá, garota, não fique tão chocada. Tudo isso é pura bobagem, e fico contente em poder detê-la antes de ir adiante.

– Mas, tia Polly, isso *já foi* adiante – estremeceu Pollyanna. – E-eu já aprendi a am... t-ter muito carinho por ele.

– Então, vai ter que desaprender, Pollyanna, pois nunca, nunca, darei o consentimento para que se case com Jimmy Bean.

– Mas... por quê, tia?

– Primeira e principalmente porque não sabemos nada sobre ele.

– Como assim, tia Polly? Eu o conheço desde sempre, desde que era uma garotinha.

– Sim, e o que ele era? Um pequeno fedelho fugitivo daquele orfanato! Não sabemos nada sobre sua família e sua origem.

– Mas não vou me casar com a família nem com a origem dele.

Com um gemido de impaciência, tia Polly se deixou cair no travesseiro.

– Pollyanna, você está, com certeza, me deixando doente. Meu coração parece um martelo sobre uma bigorna. Não vou conseguir dormir nem um pouco hoje à noite. *Será* que pode deixar esse assunto descansar até amanhã?

Pollyanna se levantou na hora, com o rosto contrito.

– Ora, ora... puxa... claro, tia Polly! E amanhã a senhora mudará de ideia, tenho certeza. Tenho certeza que sim – reforçou a garota, com a voz trêmula de esperança novamente, enquanto se virava para apagar a luz.

Mas tia Polly não "mudou de ideia" pela manhã. Pelo contrário, a sua oposição ao casamento estava ainda mais determinada. Em vão, Pollyanna suplicou e argumentou. Em vão, ela mostrou como a sua felicidade estava envolvida. Tia Polly estava inflexível. Não aceitava a ideia. Ela, com severidade, advertiu sobre os possíveis males da hereditariedade e a preveniu contra os perigos de se casar com uma família totalmente desconhecida. Ela até apelou, por fim, ao senso de dever e gratidão em relação a ela, relembrando Pollyanna dos longos anos de dedicação amorosa que ela recebeu na casa da tia e lhe pedindo encarecidamente que não a desapontasse com esse casamento, da mesma forma que a mãe dela fizera anos antes com o *próprio* casamento.

Quando Jimmy surgiu, às dez horas, com o rosto radiante e os olhos brilhantes, foi recebido por uma Pollyanna encolhida, assustada e chorosa, que tentou sem eficácia mantê-lo longe com as mãos trêmulas. Com o rosto pálido, mas os braços desafiadores e ternos que a abraçavam apertado, ele pediu uma explicação.

– Pollyanna, querida, o que significa isso tudo?

– Ah, Jimmy, Jimmy... por que você veio? Por que veio? Eu ia te escrever e contar tudo direitinho – resmungou Pollyanna.

– Mas você me escreveu, querida. Recebi a carta ontem à tarde, bem a tempo de pegar o trem.

– Não, não, escrever *outra vez*, quero dizer. Eu não sabia então que eu... eu não poderia.

– Não poderia? Pollyanna! – Os olhos dele se inflamaram em uma ira séria. – Você está dizendo que acha que há o amor de mais alguma pessoa que eu deva esperar? – perguntou ele, mantendo-a ao alcance da mão.

– Não, não, Jimmy! Não me olhe assim. Não posso suportar.

– Então, o que é? O que é que você não pode?

– Não posso... me casar com você.

– Pollyanna, você me ama?

– Sim, claro que sim.

– Então você deve se casar comigo! – exclamou ele, abraçando-a novamente.

– Não, não, Jimmy, você não entende. É... a tia Polly – respondeu Pollyanna com dificuldade.

– *Tia Polly*?

CAPÍTULO 31

– Sim. Ela não vai permitir.

– Ah! – Jimmy jogou a cabeça para o lado com um risinho. – Vamos dar um jeito na tia Polly. Ela pensa que vai perdê-la, mas você só precisa lembrá-la de que ela... ela vai ganhar um... um novo sobrinho! – terminou ele, simulando importância.

Mas Pollyanna não sorriu. Ela virava a cabeça de um lado para o outro, desesperada.

– Não, não, Jimmy, você não entende! Ela... Ela... Ah, como posso explicar? Ela tem restrições contra *você*... *em* relação a *mim*.

Os braços de Jimmy relaxaram um pouco; os olhos ficaram atentos.

– Ah, bom, acho que não posso culpá-la por isso. Eu não sou... nenhuma maravilha, claro – admitiu ele, constrangido. – Ainda assim – ele voltou os olhos amorosos para ela –, eu tentarei fazê-la feliz, querida.

– Com certeza me fará feliz! Sei que sim – confirmou Pollyanna, em lágrimas.

– Então, por que não me dá a chance de tentar, Pollyanna? Mesmo que ela... não aprove, no começo. Talvez com o tempo, depois de casarmos, possamos convencê-la.

– Ah, mas eu não poderia fazer isso – resmungou Pollyanna – depois do que ela disse. Eu não poderia... sem o consentimento dela. Ela fez tanto por mim e depende tanto de mim. Ela não está muito bem agora, Jimmy. E, na verdade, ultimamente ela está... tão carinhosa e vem tentando tanto jogar o jogo, apesar de todos os seus problemas. E, ela... ela chorou, Jimmy, e implorou para não desapontá-la... como mamãe fez no passado. E... e, Jimmy, eu não poderia... depois de tudo que ela fez por mim.

Houve uma pausa; depois, com um rubor vívido se acumulando no rosto, Pollyanna falou novamente, hesitante:

– Jimmy, se ao menos você pudesse dizer à tia Polly algo sobre... sobre seu pai, sua família e...

Jimmy deixou os braços caírem, repentinamente. Ele se afastou um pouco. A cor deixou seu rosto.

– Então... é isso? – perguntou ele.

– É. – Pollyanna se aproximou e tocou o braço dele, timidamente. – Não pense... Não é por mim, Jimmy. Eu não me importo. Além disso, *sei* que seu pai e sua família eram todos... bons e nobres, pois você *é* bom e nobre. Mas ela... Jimmy, por favor, não olhe para mim assim!

Mas Jimmy, com um resmungo baixo, afastou-se dela totalmente. Um minuto mais tarde, com apenas algumas palavras balbuciadas que ela não conseguiu entender, ele já havia deixado a casa.

Da mansão Harrington, Jimmy foi diretamente para casa e procurou John Pendleton. Ele o encontrou na enorme biblioteca cor de carmim onde, há alguns anos, Pollyanna havia tido medo do "esqueleto no armário de John Pendleton".

– Tio John, você se lembra daquele pacote que o meu pai me deixou? – questionou Jimmy.

– Claro. Qual o problema, filho? – John Pendleton olhou surpreso para o rosto de Jimmy.

– Aquele pacote precisa ser aberto, por favor.

– Mas... as condições!

– Não posso evitar. É preciso, só isso. O senhor pode abri-lo?

– Bem, meu garoto, se você insiste, mas... – pausou ele, indefeso.

– Tio John, como talvez o senhor já saiba, eu amo Pollyanna. Pedi para ela ser minha esposa, e ela consentiu. – O homem mais velho soltou uma exclamação de prazer, mas Jimmy não parou nem mudou sua expressão séria e determinada. – Agora ela me disse que não pode... se casar comigo. A senhora Chilton se opõe. Ela se opõe a *mim*.

– *Se opõe a você*? – Os olhos de Pendleton faiscaram de raiva.

– Isso. Entendi o motivo quando Pollyanna me pediu se... se eu não poderia dizer à tia dela algo sobre... meu pai e minha família.

– Que droga! Pensei que Polly Chilton tivesse mais cabeça... Mas, afinal, não é de surpreender. Os Harrington sempre tiveram orgulho imenso de sua linhagem e família – falou ele, com mordacidade. – E você não pôde?

– *Se não pude*? Estava na ponta da minha língua dizer a Pollyanna que não poderia ter havido pai melhor que o meu; então, de repente, eu me lembrei... do pacote e do aviso nele. E tive medo. Eu não ousaria dizer uma palavra até descobrir o conteúdo daquele pacote. Havia algo que papai não queria que eu soubesse até fazer trinta anos... até ser um homem-feito e poder suportar qualquer coisa. Percebe? Há um segredo em algum lugar de nossa vida. Preciso saber que segredo é esse, e tem de ser agora.

– Mas, Jimmy, garoto, não precisa ser tão dramático. Pode ser um segredo bom. Talvez seja algo que *goste* de saber.

– Talvez. Mas, se fosse bom, meu pai manteria isso longe de mim até que eu tivesse trinta anos? Não! Tio John, era algo que ele estava tentando manter longe de mim até que eu tivesse idade suficiente para suportar sem hesitar. Entende? Não estou culpando meu pai. Seja o que for, era algo que ele não podia evitar, garanto. Mas eu *preciso* saber do que se trata. Por favor, traga o pacote. Sei que está em seu cofre.

John Pendleton se levantou imediatamente.

– Vou buscar – disse ele. Três minutos depois, o objeto estava nas mãos de Jimmy, que o estendeu de volta para o pai adotivo.

– Por favor, prefiro que o senhor leia. Depois conte para mim.

– Mas, Jimmy. Eu... Tudo bem. – Com um gesto decisivo, John Pendleton pegou um abridor de cartas e abriu o envelope, removendo o conteúdo. Havia um pacote com diversos papéis amarrados juntos, além de uma folha dobrada isolada, provavelmente uma carta. Esta foi aberta pelo homem e lida primeiramente. Enquanto ele lia, Jimmy, tenso e com a respiração suspensa, observava seu rosto. Assim, ele viu quando se formou o olhar de surpresa, alegria e algo mais que não conseguiu nomear no semblante de John Pendleton.

– Tio John, o que foi? O que foi? – ele exigiu saber.

– Leia por si mesmo – respondeu o homem, passando a carta para a mão estendida do rapaz. E foi isso que Jimmy leu:

Os papéis inclusos são prova legal de que meu filho Jimmy é realmente James Kent, filho de John Kent, que se casou com Doris Wetherby, filha de William Wetherby, de Boston. Também há uma carta na qual explico ao meu filho por que eu o mantive longe da família da mãe todos estes anos. Se este pacote for aberto por Jimmy, aos trinta anos, ele lerá a carta, e espero que perdoe um pai que temia perder completamente o filho, então tomou este drástico curso para mantê-lo consigo. Se for aberta por estranhos, devido à morte dele, peço que a família de sua mãe em Boston seja notificada imediatamente e que o pacote de documentos aqui incluso seja entregue intacto em suas mãos.

John Kent

Jimmy empalideceu e tremia quando ergueu o olhar para encarar os olhos de John Pendleton.

– Eu sou... o Jamie perdido? – hesitou ele.

– Essa carta diz que há documentos aqui para comprovar isso – concordou o outro.

– O sobrinho da senhora Carew?

– Claro.

– Mas, como... o quê? Não consigo entender! – Houve a pausa de um instante antes de o rosto de Jimmy se iluminar com alegria renovada. – Então, com certeza, agora sei quem eu sou! Posso dizer... à senhora Chilton *alguma coisa* sobre minha origem.

– Eu diria que sim – respondeu John Pendleton, secamente. – Os Wetherby de Boston podem traçar sua origem desde as Cruzadas, e não sei, mas talvez desde o ano I. Isso deve satisfazê-la. Quanto ao seu pai, ele também tem boa origem (a senhora Carew me contou) embora fosse um tanto excêntrico e nada agradável com a família, como você sabe, claro.

– Sim, pobre papai! E que vida ele deve ter passado comigo todos esses anos, sempre temeroso de ser encontrado. Consigo entender... muitas coisas, agora, que costumavam me deixar intrigado. Certa vez, uma mulher me chamou de "Jamie". Por Deus, como ele ficou zangado! Agora sei por que ele me apressou para irmos embora naquela noite sem sequer esperar pelo jantar. Pobre papai! Foi imediatamente depois disso que ele ficou doente. Ele não conseguia usar as mãos nem os pés, e logo não podia nem se comunicar direito. Algo prejudicou sua fala. Eu me lembro de que, quando ele morreu, estava tentando me dizer algo sobre este pacote. Agora acredito que estava me pedindo para abri-lo e procurar a família da minha mãe, mas na hora achei que ele estava apenas me avisando para guardá-lo bem. Então foi o que prometi fazer, mas isso, em vez de acalmá-lo, pareceu deixá-lo ainda mais preocupado. Eu não o entendi... Pobre papai.

– Suponho que temos que dar uma olhada nesses papéis – sugeriu John Pendleton. – Além disso, há uma carta de seu pai para você, pelo que entendi. Não quer ler?

– Sim, é claro. E depois... – O jovem riu envergonhado e deu uma espiada no relógio. – Estava pensando em quando poderia voltar... para ver Pollyanna.

Um franzido de preocupação surgiu na testa de John Pendleton. Ele olhou para Jimmy, hesitou e depois falou:

– Sei que quer ver Pollyanna, garoto, e não o culpo. Mas penso que, sob tais circunstâncias, você deveria primeiramente procurar a senhora Carew e levar isto. – Ele bateu de leve nos documentos diante dele.

Jimmy franziu o cenho e refletiu.

– Certo, é o que farei – concordou ele, resignado.

– E, se não se importar, gostaria de acompanhá-lo – sugeriu ele ainda, um tanto hesitante. – Eu... tenho uma pequena questão pessoal que gostaria de conversar com a sua... tia. E se formos para lá hoje, no trem das três?

– Muito bom, tio John! Vamos hoje mesmo. Puxa! Então eu sou o Jamie! Ainda não consigo assimilar isso! – exclamou o rapaz, levantando-se e se movimentando, impaciente, pela sala. – Fico imaginando agora... – Ele parou e corou como um garotinho. – Será que... tia Ruth... vai se incomodar muito com isso?

John balançou a cabeça. Um resquício de sua antiga tristeza lhe surgiu nos olhos.

– Dificilmente, meu garoto. Mas, pensando em mim. Como será? Se você é o garoto dela, onde fico eu?

– O senhor? Acha que *alguma coisa* pode colocá-lo de lado? – Jimmy zombou, com emoção. – Não se preocupe com isso. E ela não vai se preocupar. Ela tem Jamie e... – Ele parou bruscamente, com um olhar consternado. – Por Deus, tio John, eu me esqueci de... Jamie. Isso vai ser duro para... ele!

– Sim, também pensei nisso. Ainda assim, ele é adotado legalmente, não é?

– Ah, sim, mas a questão não é essa. É o fato de ele não ser o verdadeiro Jamie... e de ter duas pernas inúteis. Ora, tio John, isso vai acabar com ele. Eu já o ouvi falar. Sei disso. Além disso, Pollyanna e a senhora Carew já me disseram como ele se sente, como ele tem *certeza* de ser o próprio e como ele fica contente com isso. Puxa vida! Não posso tirar isso dele... Mas o que *posso* fazer?

– Não sei, meu garoto. Não vejo nada que você possa fazer além daquilo que está fazendo.

Houve um longo silêncio. Jimmy havia desacelerado seu andar nervoso para cima e para baixo na sala. De repente, ele disparou, com o rosto iluminado:

– *Há* um jeito, e vou fazê-lo. *Sei* que a senhora Carew vai concordar. *Não vamos contar nada!* Não vamos dizer a ninguém, a não ser para a própria senhora Carew, para Pollyanna e sua tia. Eu *preciso* contar a elas – acrescentou ele, na defensiva.

– Com certeza, meu garoto. Quanto ao resto... – John fez uma pausa, com dúvidas.

– Não é da conta de ninguém.

– Mas, lembre-se, você estará fazendo um sacrifício enorme... de várias formas. Quero que pondere bem a respeito.

– Ponderar? Já ponderei, e não há o que fazer, não com Jamie do outro lado da balança. Eu simplesmente não consigo... É isso.

– Não o culpo, filho, e acho que você está certo – declarou John Pendleton, emocionado. – Além disso, creio que a senhora Carew vai concordar com você, especialmente porque ela *saberá* agora que o verdadeiro Jamie foi encontrado, finalmente.

– Por isso ela sempre repetia que me conhecia de algum lugar – divertiu-se Jimmy. – Agora, a que horas parte esse trem? Estou pronto.

– Bem, eu não – John Pendleton riu. – Felizmente, para mim, ele só parte em algumas horas... – Terminou ele, enquanto se levantava e deixava a sala.

CAPÍTULO 32

UM NOVO ALADIM

FOSSEM QUAIS FOSSEM os preparativos de John Pendleton para a partida – e eles foram tão variados quanto apressados –, foram feitos abertamente, com duas exceções. As exceções eram duas cartas, uma endereçada a Pollyanna e outra à senhora Polly Chilton. Essas cartas, juntamente com instruções detalhadas e cuidadosas, foram passadas às mãos de Susan, sua governanta, para serem entregues após a partida deles. Mas Jimmy não ficou sabendo de nada.

Os viajantes estavam se aproximando de Boston quando John Pendleton falou para Jimmy:

– Meu filho, tenho que lhe pedir um favor... ou melhor, dois. O primeiro é que não digamos nada à senhora Carew até a tarde de amanhã; o outro é que você me permita ir primeiro e ser seu... hum... embaixador, e que você não apareça em cena, até, digamos, quatro horas. Você está disposto?

– Claro que sim – respondeu Jimmy, prontamente. – Não apenas disposto, mas contente. Tenho pensado em como quebrar o gelo com ela, e fico feliz em ter alguém que faça isso por mim.

– Muito bom! Então vou tentar fazer contato com a... *sua tia* pelo telefone amanhã de manhã e marcar um encontro.

Seguindo a sua promessa, Jimmy não apareceu na mansão dos Carew até as quatro da tarde seguinte. Mesmo assim, de repente, ele se sentiu tão constrangido, que caminhou duas vezes na direção da casa antes de reunir coragem suficiente para subir os degraus e tocar a campainha. Uma vez diante da senhora Carew, contudo, ele logo voltou a ser o Jimmy de sempre, tamanho foi o discernimento com que ela lidou com a situação. Com certeza, bem no início, houve algumas lágrimas e algumas exclamações incoerentes. Até John Pendleton teve que buscar o lenço com uma mão apressada. Mas não demorou muito para que um semblante de tranquilidade normal se restaurasse e apenas restasse um brilho terno nos olhos da senhora Carew, além da felicidade óbvia de Jimmy e John, para marcar a ocasião como algo extraordinário.

– E acho que seja tão nobre da sua parte... sobre o Jamie! – exclamou ela, após um momento. – Na verdade, Jimmy (eu ainda vou continuar chamando você de "Jimmy", por motivos óbvios; além disso, acredito que seja melhor para você)... Na verdade, você tem razão, se estiver disposto a isso. E eu também estarei fazendo alguns sacrifícios – prosseguiu ela, emocionada –, pois eu teria muito orgulho em apresentá-lo ao mundo como meu sobrinho.

– E, na verdade, tia Ruth, eu... – Com uma exclamação meio abafada de John Pendleton, Jimmy parou de falar repentinamente. Ele viu, então, que Jamie e Sadie Dean estavam em pé do lado de dentro da porta. O rosto de Jamie estava muito pálido.

– *Tia Ruth*? – exclamou ele, olhando de um para o outro com os olhos assustados. – *Tia Ruth*? Você não está dizendo...

Todo o sangue desapareceu do rosto da senhora Carew e do de Jimmy também. No entanto, John Pendleton se adiantou com alegria.

– Sim, Jamie, por que não? Eu ia contar para vocês logo, de qualquer modo, então vou contar agora. – Jimmy arfou e deu um passo rápido adiante, mas John o silenciou com um olhar. – Há um instante, a senhora Carew me tornou o homem mais feliz ao responder "sim" a certa pergunta que fiz. Agora, assim como Jimmy me chama de "tio

John", porque não deve começar imediatamente a chamar a senhora Carew de "tia Ruth"?

– Oh! Oh... – exclamou Jamie com plena satisfação, enquanto Jimmy, sob o olhar fixo do pai adotivo, quase entregou o jogo ao não conter *sua* surpresa e satisfação. Naturalmente, também, bem naquela hora, a ruborizada senhora Carew se tornou o centro da atenção de todos, e o ponto de perigo passou. Apenas Jimmy ouviu John Pendleton dizer baixinho em seu ouvido, pouco depois:

– Então, veja, seu jovem malandrinho, não vou perdê-lo, afinal. Nós *dois* teremos você agora.

Exclamações e parabéns ainda não haviam cessado quando Jamie, com uma luz renovada nos olhos, virou-se bruscamente para Sadie.

– Sadie, vou contar para eles.... – declarou em triunfo. Então, com a cor viva no rosto dela contando a terna história, antes mesmo que os lábios ansiosos de Jamie pudessem emoldurar as palavras, mais parabéns e exclamações se seguiram, e todos riam e se cumprimentavam.

No entanto, Jimmy começou a olhá-los com um pouco de ressentimento e tristeza.

– Está tudo bem com *vocês* – reclamou, então. – Cada um de vocês tem um ao outro. Mas e eu? Eu só posso dizer, no entanto, que se certa jovem que conheço estivesse aqui, *eu* poderia ter algo para *contar* a vocês.

– Um minuto, Jimmy – interrompeu John Pendleton. – Vamos fazer de conta que sou Aladim, e deixe-me esfregar a lâmpada. Senhora Carew, será que posso tocar o sino e chamar a Mary?

– S-sim, claro, com certeza – murmurou ela, com uma surpresa intrigante que se multiplicou no rosto dos demais.

Poucos momentos depois, Mary estava na porta.

– Será que ouvi a senhorita Pollyanna chegar há pouco? – perguntou John Pendleton.

– Sim, senhor. Ela está aqui.

– Por favor, peça a ela para descer.

– Pollyanna, aqui! – exclamou um coro surpreso, enquanto Mary desaparecia. Jimmy ficou muito pálido, depois muito vermelho.

– Sim, enviei um bilhete a ela ontem pela minha governanta. Tomei a liberdade de chamá-la por alguns dias para vê-la, senhora Carew. Pensei que a garotinha estava precisando de um descanso e de férias; e minha governanta tem instruções para permanecer lá e cuidar da senhora Chilton. Também escrevi um bilhete para a própria senhora Chilton – acrescentou ele, virando-se repentinamente para Jimmy, com uma inconfundível expressão nos olhos. – E pensei que, após ela ler o que eu disse, ela deixaria Pollyanna vir. Parece que deixou, pois... ela está aqui.

E lá estava ela na entrada, corando, com os olhos cintilando, mas, ao mesmo tempo, um pouco tímida e repleta de dúvidas.

– Pollyanna, querida! – Foi Jimmy quem saltou para encontrá-la e quem, sem um minuto de hesitação, tomou-a pelos braços e a beijou.

– Ai, Jimmy, diante de todas essas pessoas! – sussurrou ela, protestando, constrangida.

– Nossa, eu a teria beijado, Pollyanna, mesmo que estivesse no meio da... própria rua Washington – anunciou Jimmy. – Quanto a isso, olhe para... "todas essas pessoas" e veja se precisa se preocupar com elas.

E Pollyanna, ao observar, viu:

Perto de uma janela, de costas, Jamie e Sadie Dean; lá perto da outra janela, de costas também, a senhora Carew e John Pendleton.

Pollyanna sorriu de forma tão... adorável, que Jimmy a beijou novamente.

– Ah, Jimmy, não é tudo tão lindo e maravilhoso? – murmurou ela, baixinho. – E tia Polly sabe de tudo agora, e está tudo bem. Acho que tudo estaria bem de qualquer forma. Ela estava começando a se sentir tão mal... por mim. Agora ela está tão contente. E eu também. Ah, Jimmy, eu estou contente, contente, MUITO CONTENTE por... tudo agora!

Jimmy recuperou o fôlego com tanta alegria que até doía.

– Puxa vida, garotinha, que tudo seja sempre assim... com você – ele engoliu as palavras, abraçando-a bem apertadinho.

– Com certeza será! – suspirou Pollyanna, com os olhos brilhantes de confiança.

Este livro foi impresso pela Rettec Artes Gráficas e Editora
em fonte Franklin Gothic PS sobre papel Norbrite Cream 67g
para a Edipro no verão de 2017.